Jógvan Isaksen

Endstation Färöer

Kriminalroman

Aus dem Dänischen von
Christel Hildebrandt

grafit

Der Autor

Der gebürtige Färinger Jógvan Isaksen schuf mit *Endstation Färöer* den ersten färöischen Kriminalroman. In seinem Heimatland sofort ein Riesenerfolg, wurde er kurz darauf ins Dänische und Isländische übersetzt.

Isaksen lehrt heute färöische Sprache und Literatur an der Universität von Kopenhagen. Zurzeit schreibt er an dem dritten Roman um den Journalisten Hannis Martinsson aus Tórshavn.

Blid er den færøske sommernat
blid og sorgfuld på samme tid –
...
kort er sommerstund, og brat
dør vi en snefuld vinternat.
(J. H. O. Djurhuus)

Mild ist die färöische Sommernacht
mild und kummervoll zugleich –
...
kurz währt nur die Sommerzeit, und jäh
sterben wir in schneeverwehter Winternacht.
(J. H. O. Djurhuus)

Prolog

Das Feuer loderte zum dämmrigen Himmel empor. Die Flammen rissen sich von ihrem heißen Ursprung los und führten für einen kurzen Augenblick ihr eigenes Leben. Der Nachtwind kam langsam herangestrichen und mit ihm stieg und fiel der Funkenregen, tanzte umher und verschwand gen Himmel. Die Gesänge waren verstummt und die Meisten standen nur da und starrten ins Feuer.

Sie versuchte, etwas zu finden, wohinter sie sich hocken konnte. Nun hatte sie so lange ausgehalten, jetzt war sie an der Reihe. Sie war etwas unsicher auf den Beinen und sagte zu sich selbst, dass sie aufpassen musste, wenn sie noch etwas von der Nacht haben wollte. Und sie wollte viel haben. Mehr als irgendeiner dieser Ignoranten, die jetzt damit angefangen hatten, aus dem *Liederbuch des Färöischen Volkes* zu singen, sich erträumen konnte. Aber sie musste aufpassen und einen klaren Kopf bewahren.

Warum war die Hochebene nur so kahl? Es gab nicht einmal einen passenden Stein, um sich dahinter zu verstecken. Sie war jetzt so weit von den anderen entfernt, dass sie meinte, hier würde auch ein kleinerer Stein genügen. Während sie dasaß, hörte sie es irgendwo im Dunkeln atmen. Eine Gänsehaut überlief sie, aber das war nicht der richtige Augenblick für schwache Nerven. Wahrscheinlich war es ein Schaf. Oder ein Mensch, der wie sie nach einem Ort suchte, an dem er der Natur freien Lauf lassen konnte. Die Götter waren Zeuge, dass reichlich getrunken wurde.

Auf dem Weg zurück sah sie auf dem nördlichen Ende der Hochebene die Umrisse einer Person sich gegen den Himmel abzeichnen. Jetzt ist die Stunde gekommen, dachte sie plötzlich. Und ihr wurde im gleichen Moment klar, dass man weit davon entfernt ist, nüchtern zu sein, wenn einem solche Worte einfallen. Sie blieb stehen. Hatte sie Schritte auf dem Kies gehört? Nein, da war nichts. Nur von der Versammlung dröhnte es herüber:

*Und Menschen verschwinden wie Schatten
von Pfaden und taufeuchten Grasmatten ...*

Sie hatte einen Entschluss gefasst und ging auf die Gestalt zu, die am Ende des Felsens stand.

Als sie dorthin gekommen war, blieb sie stehen. Schaute zunächst hinunter auf die still daliegende Bucht, die drei Ortschaften dort unten waren in der Mainacht kaum zu erkennen. Dann blickte sie zum Ritafjall hinauf und südwärts auf den Sigatind und Gøtunestind. Bald würden sie im roten Glanz der Morgensonne schimmern.

In dem Augenblick, als sie den Mund öffnete und die ersten Worte sagen wollte, die Worte, die sie reich machen sollten, packten starke Hände ihre Arme von beiden Seiten und in einer gleitenden Bewegung wurde sie über die Kante geschleudert. Der Angriff kam so unerwartet, dass sich ihr Hals zuschnürte und sie keinen Ton von sich gab, als sie durch die Luft wirbelte. Das Letzte, was ihr durch den Kopf fuhr, während sie fiel und Himmel und Erde mit gleichmäßigem Abstand den Platz tauschten, war die Verwunderung darüber, dass sie den Mond am Himmel nicht fand.

1

Der Skiläufer hob ab und schoss durch die Luft, wobei er sich nach vorn und um die eigene Achse drehte. Es war kaum wahrscheinlich, dass jemand, der zum ersten Mal ein Paar Bretter unter den Füßen hatte, stehend herunterkommen würde. Aber in mehr als dreißig Jahren habe ich mich daran gewöhnt, dass im Film nichts unmöglich ist. Der Skiläufer verschwand in rasender Fahrt einen blendend weißen Hügel hinab. Danach kam Werbung, die übliche Süße.

Ich überließ den Fernsehschirm sich selbst und sah mich um. Der Anblick war nicht viel besser. Ich bin ziemlich viel gereist, habe mehrere Hauptstädte besucht und war sogar an verschiedenen Badestränden gewesen. Und selbst wenn Letztere stinklangweilig sein können und nur mit einem passenden Affen im Gepäck auszuhalten sind, das Schlimmste sind doch Flughäfen. Nur mit einem starken Willen und viel Training schafft man es, sie ohne einen betäubenden Rausch zu überstehen. Das Training hatte ich, es mangelte eher an der Willensstärke. Es war nur noch wenig von dem dritten Bockbier übrig und ein doppelter Gammel Dansk hatte auch schon die Kehle passiert.

Ich saß auf dem Flughafen Kastrup und wartete, dass das Flugzeug zu den Färöern starten würde. Schon wieder verspätet. Auch auf diesem Gebiet hatte ich viel Erfahrung, größtenteils aus der Zeit, als die kleine Fokker Friendship von der Icelandair die Strecke flog. Jetzt brauchte man für die Strecke nur die Hälfte der Zeit und die Landebedingungen wie auch die technische Ausstattung waren viel besser. Trotzdem kam es nicht gerade selten vor, dass die Passagiere in einem Hotel in Kopenhagen übernachten mussten.

Davor hatte ich am wenigsten Angst. Auch wenn ich mir nichts hatte anmerken lassen, waren mir doch eine ganze Menge wohl vertrauter Gesichter aufgefallen. Ich kannte diese

Spezis – die meisten anständigen Menschen hatten mich sicher bereits mit ihnen in einen Topf geworfen –, die dort zwischen den Tischen und Stühlen umherwanderten in der Hoffnung, jemanden zu finden, bei dem sie sich niederlassen konnten. Bei so vielen Menschen war es möglich, ihnen aus dem Weg zu gehen, aber wenn wir ins Hotel mussten, war ich verloren. Die Nacht würde an der Bar und später auf einem der Zimmer zugebracht werden. Unmengen von Bier und Whisky und kein Schlaf. Lustig, nicht wahr ...

Bisher waren wir erst eine Stunde verspätet, es konnte also noch alles Mögliche geschehen. Aber sie waren immer sehr geizig mit Informationen, deshalb wussten die Passagiere nie, warum sie nicht planmäßig abfliegen konnten.

Ansonsten hatte es auf allen Gebieten große Fortschritte gegeben. Die Fluggesellschaft, die diese Strecke bediente, seit sie den Isländern weggenommen worden war, hatte nicht länger das Monopol. Sie waren geflogen, wie es ihnen gerade gefiel, und hatten sich nicht darum gekümmert, ob es den Färöern passte. Wenn die etwas auszusetzen hatten, war es ihr Problem. Es gab nur diese eine Flugroute.

Inzwischen gab es Konkurrenz und die Fluggesellschaft flog nunmehr sogar sonntags – das hatten sie früher nie getan. Vielleicht würde es ihr bald ergehen wie dem Milchboot der Meierei in Tórshavn. Als es als Einziges die Fahrt in den Skálfjørður machte, fuhr es manchmal zweimal am Tag und manchmal nur einmal. Vor allem an Tagen, an denen es viele Passagiere gab, am Ostersamstag oder an Weihnachten, legte es nur einmal ab, und zwar um sieben Uhr morgens. Anders ließ es sich nicht machen. Als eine weitere Fähre nach Sundalagið hinzukam, konnte das Milchboot plötzlich drei- oder viermal täglich fahren. Später, als Brücke und Tunnel gebaut wurden und man von Tórshavn bis nach Eysturoy fahren konnte, pendelte es im Zweistundentakt.

Es schien, als würde es im Flugverkehr die gleiche Entwicklung nehmen. Jetzt gab es eine Morgenmaschine, eine Nachmittagsmaschine und eine Abendmaschine. Ich muss zugeben, dass Konkurrenz nicht immer schlecht ist. So merkwürdig das auch klingen mag, so sind es sicher die Geschäftsmänner, die nicht meiner Meinung sein werden. Jetzt müssen sie ins traute Heim eilen, anstatt wie früher in den *Kormoran* und anschließend in die *Kakadu Bar* gehen zu können.

Ich musste aufpassen, dass ich nicht den Zeitpunkt verpasste, an dem der Flughafen ›beruhigt‹ wurde und nur noch Charterreisende durch den Lautsprecher aufgerufen wurden. Es ist schon früher passiert, dass Leute, die vom Vorabend einen schweren Kopf hatten, das neue System vergaßen und fluchend zurück in die Stadt fahren mussten, um sich ein Zimmer für eine Nacht zu suchen, während sich das Flugzeug mit leeren Plätzen auf seinen sonnenbeschienenen Weg über den Wolken machte.

Solange wir hier warten und den Spezis aus dem Weg gehen, kann ich erzählen, wer ich bin. Mein Name ist Hannis Martinsson und das sagt sicher niemandem etwas. Vielleicht dämmert es einigen, ohne dass sie genau sagen können, weshalb.

Ich schreibe für verschiedene Zeitungen, alle möglichen Zeitungen, an die ich herankomme und bei denen es etwas Kleingeld zu verdienen gibt. Vor allem in ausländischen Blättern schreibe ich über die Färöer und die färöischen Verhältnisse. Wohl in jedem zweiten dieser Hochglanzmagazine, die auf den nordischen Fluglinien verteilt werden, steht ein Artikel von mir. Ein guter Grund, für die Fluggesellschaften zu schreiben, besteht darin, dass man neben dem Honorar noch Gratisflüge einstreicht. Natürlich in angemessenem Rahmen, aber wenn die Zusammenarbeit schon länger besteht und es freie Plätze gibt, kommt man immer mit. Ich bin viel auf diese Art und Weise gereist, und auch wenn seriöse Journalisten diese Form des Reisens ›Hurentouren‹ nennen, weil die Rechnung mit Freundschaft bezahlt werden muss, so kommt mir diese Möglichkeit gerade recht.

Ich bin also ein Freelance-Schreiber. Ich habe schon an verschiedenen Orten dieser Welt gelebt und augenblicklich wohne ich mitten in Kopenhagen. Der Gedanke, wieder nach Hause zu ziehen, ist mir mehr als einmal gekommen. Ich habe nie eine Ausbildung abgeschlossen, aber mehrere halb fertig. Unter anderem auch die Journalistenausbildung.

2

Als wir mit zwei Stunden Verspätung gebeten wurden, uns ins Flugzeug zu begeben, entdeckte ich Hugo. Er sah aus wie immer, groß, blond und so mürrisch, dass man nur selten ohne Weiteres mit ihm ins Gespräch kommt. Wir standen in der Schlange zum Flugzeug. Hugo sah sich um und ließ für einen kurzen Moment seinen Blick auf mir ruhen. Er verzog keine Miene und drehte mir wieder den Rücken zu.

Na gut, Alter, dachte ich, wenn du keine Lust hast, mit mir zu reden, dann soll es mir recht sein.

Obwohl es Samstag war, war die Maschine nicht voll besetzt, und ich hatte eine Sitzreihe für mich. Ich sah Hugos Hinterkopf ein paar Reihen weiter vorn in der Nichtraucherabteilung. Stimmt, er rauchte ja nicht.

Hugo und ich waren zusammen zur Schule gegangen und später beide nach Dänemark gezogen. Seitdem hatten wir uns nie wieder getroffen, vielleicht erkannte er mich also gar nicht wieder. O doch, natürlich tat er das. Es war typisch für ihn, sich so kurz angebunden und brüsk zu verhalten. Nun gut, ich wollte auch am liebsten in Ruhe gelassen werden und die Zeitung lesen, während ich versuchte, die Ohren gegenüber dem unaufhörlichen Gerede der dänischen Handelsreisenden zu verschließen, die stets den größten Teil der Passagiere ausmachten.

Das Flugzeug fuhr bis zum Ende der Rollbahn, beschleunigte und stieg fast senkrecht hoch. Kurz darauf erlosch die *No smoking*-Anzeige und ich zündete mir eine Prince an.

Wie es wohl mit Hugo und Sonja gelaufen war? Ich wusste, sie waren zusammen. Sonja und ich waren Freunde gewesen, aber zwischen Hugo und ihr lief mehr. Wie sich ihre Beziehung in den letzten Jahren entwickelt hatte, wusste ich nicht.

Sonja Pætursdóttir war einer der Gründe, weshalb ich nach Hause fuhr. Sie war nämlich vor gut einem Monat gestorben. Ich selbst hatte mich eine Zeit lang in Rom aufgehalten und versucht, dort etwas auf die Beine zu stellen. Vor ein paar Tagen war ich nach Kopenhagen zurückgekommen, und bei dem Nachbarn, der meinen Briefkasten geleert hatte, lag die Nachricht.

Und auch ein Brief von Sonja. Abgestempelt Anfang Mai. Wir schrieben uns nur selten. Normalerweise nichts Ernstes, Klatsch und Tratsch, Neuigkeiten über dieses und jenes.

Und so war es auch diesmal.

Lieber Hannis.
Während du dich draußen in der weiten Welt amüsierst, muss ich im Nebel herumsitzen und versuchen, etwas zu Stande zu bringen. Hier gibt es nur Streit und Unzufriedenheit. Es wird an öffentlichen Mitteln gespart, während die Steuern erhöht werden, und die Kosten für einen Kindergartenplatz steigen und steigen. Du weißt nicht viel vom Ernst des Lebens, mutterseelenallein wie du bist. Aber das ist wohl auch nicht immer so lustig, oder? Es tut jedenfalls gut, mal ein wenig jammern zu können. Aber wo bist du? Ich versuche seit Wochen, dich anzurufen, aber du antwortest nicht. Ruf mich mal an, mein Schatz, wenn du zurückkommst, es gibt etwas, was ich dich fragen will. Möglicherweise können Elsa und ich es uns dieses Jahr leisten wegzufahren. Und es soll eine richtige Reise werden. Nicht nur vierzehn Tage an der Costa del Sol oder auf Mallorca.
Beste Grüße, Sonja.
PS: Meine Laune ist gar nicht so schlecht.

Elsa war Sonjas sechsjährige Tochter. Die beiden hatten all die Jahre allein gelebt. Wer der Vater war, wusste ich nicht. Sonja war nicht der Meinung, dass das irgendjemand etwas anginge.

Der Brief unterschied sich in nichts von Sonjas üblichen Briefen. Meist waren sie kurz, und während ich die wenigen Zeilen las, spürte ich, dass ich sie vermisste. Wir hatten uns nicht oft gesehen, aber es gab mir ein Gefühl der Sicherheit, dass sie da war. Und jetzt war sie tot. Ich war kurz davor, mit mir selbst Mitleid zu bekommen, weil mir bekannte Leute einfach wegstarben, wenn ich ihnen mal den Rücken zukehrte.

Eine Stimme bat mich auf Dänisch, meinen Tisch herunterzuklappen. Ein Tablett mit dem Üblichen wurde vor mich hingestellt und eine reizende Repräsentantin der Kosmetikindustrie fragte mich, ob ich etwas zu trinken wünschte.

Ich hatte geplant, mir zwei Gin Tonic zu bestellen – Bier hatte ich genug getrunken, bevor ich an Bord ging, und ich hatte keine Lust, die ganze Zeit zur Toilette zu laufen –, aber um einen guten Eindruck bei der Stewardess zu machen, strich ich den Gin. Sie sollte nicht auf die Idee kommen, ich würde trinken.

Die färöischen Zeitungen, die sich in meiner Wohnung gestapelt hatten, während ich in Rom war, hatten über Sonjas Tod berichtet. Es war während einer Versammlung oder eines Treffens – die Zeitungen waren sich nicht einig in der Wortwahl – auf dem Støðlafjall zwischen Gøta und Søldjørður gewesen. In den Sommermonaten in die Berge zu gehen, war eine alte Tradition, die die Veranstalter wieder aufleben lassen wollten. Im Unterschied zu früher wollten die Leute die ganze Nacht dort oben bleiben und auf den Sonnenaufgang warten – ähnlich wie bei der Mittsommernachtsfeier auf dem Skælingsfjall – und ansonsten am Lagerfeuer färöische Lieder singen. Sonja Pætursdóttir war ohne Begleitung gekommen, aber viele ihrer Bekannten waren dort gewesen. Irgendwann im Laufe der Nacht verschwand sie. Diejenigen, denen das auffiel, dachten, sie sei nach Hause oder irgendwo anders ins Gebirge gegangen. Es waren mehr als hundert Personen dort gewesen, man konnte nicht auch jeden Einzelnen achten. Erst am nächsten Tag wurde Sonjas Leiche von einer Frau aus Gøta gefunden, die auf der Suche nach einer entlaufenen Kuh war.

Viel mehr hatte nicht in den Zeitungen gestanden, außer der Aufforderung an die Organisatoren solcher Versammlungen, künftig dafür zu sorgen, dass niemand vom Berg herunterfiel. Die Behörden sollten entsprechende Verordnungen erlassen und jemand meinte, diese nächtlichen Treffen im Gebirge sollten gänzlich verboten werden, da sie nur zu Hurerei und Alkoholgenuss führten. Ich hatte nicht übel Lust, selbst einmal an einer Versammlung teilzunehmen.

Es war nicht auszuschließen, dass Sonja gefallen war. Wenn man genug intus hat, ist das gar nicht so schwer. Aber es gab einiges, was mir nicht gefiel. Zunächst einmal konnte ich mir Sonja überhaupt nicht in den Bergen vorstellen. Sie ging keine zwei Schritte, wenn sie stattdessen Auto fahren konnte. Stets trug sie hochhackige Schuhe und enge Röcke und mit einem Sektglas in der Hand fühlte sie sich wohler als mit dem *Liederbuch des Färöischen Volkes*. Sofern es überhaupt jemanden auf den Färöern gab, der sich in der Nähe des Yuppie-Stils bewegte, dann war es Sonja. Ihr Problem dabei war, dass sie nicht genug Geld hatte. Natürlich konnte sie ihren Stil geändert haben, aber das glaubte ich nicht.

Und dann der Brief an mich. Vielleicht irrte ich mich, aber trotz des leichten Tons kam es mir so vor, als steckte etwas Ernstes hinter ihrem Wunsch, mit mir zu reden. Denn wenn wir miteinander telefoniert hatten, dann war immer ich derjenige gewesen, der anrief. Wenn sie also wochenlang versucht hatte, mich telefonisch zu erreichen, dann musste das etwas bedeuten.

Aus Kopenhagen hatte ich die Polizeiwache in Tórshavn angerufen und mit einem alten Schulfreund gesprochen, der jetzt bei der Kriminalpolizei arbeitete. Er erzählte mir, dass der Vorfall auf Støðlafjall als ein selbst verschuldeter Unfall registriert worden war. Auf meine Frage, ob es nicht irgendetwas Ungewöhnliches an diesem Unfall gab, wollte er zunächst nichts sagen, aber dann kam es: »Es gibt ein merkwürdiges Detail bei Sonja Pætursdóttirs Tod. Sie ist zu weit gefallen, bevor der Körper auf den Felsen aufgeprallt ist. Als hätte sie Anlauf genommen.«

3

Nebel und Sprühregen. Ich stand unter dem Vordach des Flughafengebäudes und rauchte eine Zigarette. Da die Maschine verspätet war, gab es weder Bus- noch Fähranschluss und die Reisenden mussten warten. Ich beneidete diejenigen, die ihr Auto am Flughafen stehen hatten und sofort losfahren konnten.

Hugo war einer von ihnen, aber er sah auf dem Weg zu seinem Wagen weder nach rechts noch nach links. Als er aus der Parklücke fuhr, sah ich, dass sein Auto ein funkelnagelneuer Nissan Bluebird war. Woher um alles in der Welt hatte Hugo Geld für so einen Wagen? Er war mit einer Dänin verheiratet gewesen und hatte zwei Kinder, war aber vor Kurzem geschieden worden. Das alles konnte nicht gratis sein. Danach war er wieder auf die Färöer gezogen und hatte Arbeit bei einem der wohlhabenderen Ingenieure bekommen, einem derjenigen, die für den Staat bauten. Vielleicht ein Firmenwagen?

Nach langem Warten kam endlich der Bus, aber bei Oyrargjógv war die Fähre noch nicht da. Ein großer Teil der Reisenden stieg aus und lief auf dem Anlieger herum, Nieselregen oder nicht, ich war einer von ihnen. Einige standen zusammen und tranken aus einer Whiskyflasche, von ihnen war lautes Gelächter zu hören. Es waren dieselben Spezis, die ich in Kastrup gemieden hatte. Der Tag war sowieso gelaufen, also mischte ich mich mit einer Kognakflasche in der Jackentasche unter die Gruppe.

Als ich abends die Wohnung in der Jóannes Paturssonargøta erreichte, die ich für den Sommer gemietet hatte, war ich leicht beschwipst und es konnte keine Rede davon sein, jemanden zu besuchen. Zumindest nicht in den nächsten Stunden. Ich schmiss die Jacke auf den Boden, trat die Schuhe von den Füßen, warf mich aufs Bett und schlief ein.

Um halb neun wachte ich auf. Der Geschmack in meinem Mund war nicht gerade angenehm, er erinnerte mich an Sägemehl, und ich fühlte mich benebelt. Aber dagegen konnte ich etwas tun. Als ich aus der Dusche kam und mir die Zähne geputzt hatte, schien die Welt viel freundlicher auszusehen, obwohl die Wohnung im Keller eines Reihenhauses lag und ziemlich dunkel war. Es roch außerdem eine Spur muffig, besonders wenn man die Nase in den Kleiderschrank steckte.

Die Wohnung gehörte einem Freund, der zur See fuhr und fast nie auf den Färöern war. Gelegentlich kam er mal, um seine Familie zu besuchen und im Bierclub vorbeizuschauen, ansonsten verbrachte er seine freien Stunden in Kopenhagen. Ich konnte deshalb seine Wohnung benutzen, so oft ich wollte, und das gefiel mir gut. Ich kam mehrmals im Jahr auf die Färöer und hatte keine Familie in Tórshavn. Nicht einmal einen Vetter oder eine Kusine. Meine Eltern lebten nicht mehr und Geschwister hatte ich auch nicht.

Abgesehen davon, dass sie dunkel, die Luft muffig und nur das Notwendigste vorhanden war – darunter natürlich Fernseher und Videogerät –, war die Wohnung absolut brauchbar. Sie lag zentral, nur einen kurzen Fußweg von allen wichtigen Stellen in Tórshavn entfernt, das Ehepaar, das darüber wohnte, war alt, taub und bekam kaum noch etwas mit, und außerdem musste ich nichts dafür bezahlen. Ich höre noch das Gelächter meines Freundes, als ich etwas von Miete murmelte: »Rutsch mir doch den Buckel runter mit deinem Geld! Ihr Schreiberlinge habt doch keinen roten Heller. Lass mich bloß in Frieden mit deinen paar Kröten!« Woraufhin er erneut Chivas Regal in unsere Gläser goss und mich angrinste.

4

Vor dem Bierclub *Ølankret* warteten immer Leute, die hofften, von einem Mitglied mit hineingenommen zu werden. Man hatte nur als Mitglied oder als Gast eines Mitglieds Zutritt zu dem Club. Es war verboten, Leute von der Treppe mitzunehmen, aber das wurde nicht immer beachtet.

Als sie mich allein kommen sahen, kam es fast zu einem Tumult. »Nimm mich doch mit rein!« – »He Süßer! Können wir beide nicht mit rein?« – »Ei, Alter! Bist du allein?«

Ich zwängte mich durch die Menge und sagte, dass sich da nichts machen ließe. Ich würde noch Gäste erwarten. Ich war schon zu lange Mitglied, um mich darauf einzulassen, irgendwelche Leute mit hineinzunehmen.

»Arschloch!«, dröhnte es mir noch in den Ohren, als ich dir Tür zur Bar öffnete. Es war nach Mitternacht und der Laden überfüllt. Die Stimmung war laut und ausgelassen und mit der Musik aus dem Tanzraum in der oberen Etage ergab sich ein kakaphonisches Erlebnis. Der Qualm hing so dicht unter der Decke, dass ich an Opiumhöhlen denken musste.

Ich grüßte nach rechts und nach links, denn ich kannte eine ganze Menge Gesichter und wurde immer wieder gefragt, wann ich angekommen sei und wann ich wieder abreisen würde. Als ich es zehn, zwanzigmal erklärt hatte, nahm die Welle der Fragen ab und ich kam an die Bar.

Mit einem doppelten Gin Tonic in der einen und einer Zigarette in der anderen Hand setzte ich mich an einen Tisch, bereit, mich zu amüsieren und gutzuheißen, was sich mir so bot.

Kurz vor der Sperrstunde, als der Geräuschpegel seinen

Höhepunkt erreichte, sah ich Hugo. Er stand mitten im Raum, vornübergebeugt und die Augen geschlossen. Die Menschen, die zwischen dem ersten Stock und der Bar hin und her wogten, nahmen ihn wie ein Strom in verschiedene Richtungen mit. Er selbst schien nur halb anwesend und ließ sich einfach mitreißen.

Plötzlich öffnete er die Augen und sah mich direkt an.

»Hannis!«, brüllte er. »Alter Freund, willst du einen Schluck?«

Er zog eine halb volle Flasche aus der Jackentasche. Ich ging zu ihm hinüber und konnte ihn dazu bringen, die Flasche wieder wegzustecken. Andernfalls hätte es damit geendet, dass wir beide rausgeschmissen worden wären.

Hugo hing schwer und willenlos an mir.

»Ich habe dich heute wohl gesehen, aber ich konnte nicht mit dir reden.«

Er verhaspelte sich und sprach so undeutlich, dass ich bei all dem Lärm kaum verstehen konnte, was er sagte.

»Ich weiß nämlich was, was du nicht weißt.« Er versuchte, gerissen auszusehen, aber das Einzige, was dabei herauskam, waren ein paar unschöne Grimassen.

»Und was weißt du?«, fragte ich.

»Das sage ich nicht«, murmelte Hugo.

Ich versuchte, mich von ihm zu befreien, aber er krallte sich fest und drückte sein Gesicht dicht an meins. Unsere Nasen berührten sich.

»Hast du gewusst, dass Sonja und ich wieder zusammen waren?« – »Nein, das hast du nicht gewusst«, fügte er selbst hinzu und erstickte mich fast mit seinem sauren Schnapsatem. »Wir wollten heiraten. Das hat sie mir versprochen und jetzt ist sie tot.«

Ich konnte mein Gesicht wegdrehen und so dem schlimmsten Gestank entgehen. Tränen liefen Hugo über die Wangen. Auch das noch.

Irgendwie schaffte ich es, ihn in eine Ecke zu bugsieren, in der es zwei freie Sitzplätze gab.

»Das ist also dein Geheimnis, Hugo?«, fragte ich, um überhaupt etwas zu sagen.

Die Tränen versiegten und er sah mich überrascht an. »Geheimnis? Von was für einem Geheimnis redest du da?«

»Du hast doch gerade gesagt, dass du etwas weißt, was ich nicht weiß.«

Er überlegte einen Augenblick mit halb geschlossenen Augen. »Ach das, das ist was ganz anderes.«

»Etwas ganz anderes? Hat das auch etwas mit Sonja zu tun?«

Jetzt starrte er mich prüfend an. Er sah halbwegs nüchtern aus und schien nachzudenken. Endlich fasste er einen Entschluss, lehnte sich an mich und flüsterte: »Ja, es hat etwas mit Sonja zu tun. Mit ihrem Tod, und deshalb war ich auch in Dänemark. Aber hier können wir darüber nicht reden, das ist viel zu gefährlich.« Er warf einen Blick in die Runde. Dachte kurz nach. »Ich wohne im alten Haus meiner Eltern. Komm morgen Abend um neun da vorbei.«

Jetzt hatte er meine Neugier geweckt, auch wenn ich mir einzureden versuchte, dass es ja nur Hugo war. Hugo, der oft ›Ideen‹ hatte.

»Können wir uns nicht früher treffen?«

»Nein, ich muss vorher noch etwas erledigen.« Die Nüchternheit verschwand wieder und er sank in sich zusammen, schlief fast ein.

Was Hugo wohl damit meinte, dass es zu gefährlich war, hier zu reden. Und was hatte er in Dänemark gemacht? Ich schaute ihn an. Er war völlig hinüber. In dieser Nacht würde ich nichts mehr von ihm erfahren.

Ich stand auf, um noch etwas an der Bar zu holen, bevor sie schloss. Auf dem Weg dorthin lief ich beinahe in eine dunkelhaarige Frau mit einer Prinz-Eisenherz-Frisur. Ihr Gesicht war weiß und etwas puppenartig, mit dunkelroten Lippen und funkelnden dunklen Augen. Sie trug ein schwarzes Minikleid mit einem breiten, glänzenden Gürtel und summte lächelnd vor sich hin.

»Hast du Feuer?« Sie blieb stehen.

Ich gab ihr welches, und während sie inhalierte und den Rauch wieder ausblies, betrachtete ich den Gürtel. Es war auf alle Fälle der breiteste Gürtel, den ich je gesehen hatte. Und der merkwürdigste. In der Mitte prangte eine Metallplatte mit einem Ornament.

»Was um alles in der Welt ist das für ein Gürtel?«

Sie schob neckisch die Hüfte vor und sah mich herausfordernd an. »Das ist ein Keuschheitsgürtel. Eine Frau muss schließlich auf sich aufpassen.« Dann folgte ein perlendes Lachen. Sie wandte sich ab und lief die Treppe hinauf, von wo der Ententanz zu hören war.

Das Trampeln brachte die Lampen zum Schaukeln. Vielleicht ein Bild dessen, was kommen sollte?

5

Sonntag. Ich lag im Bett und starrte an die fleckige Decke, versuchte, Gesichter in den feuchten Stellen zu erkennen, während ich nachdachte. Sollte ich mich auf die andere Seite drehen und versuchen, nochmal einzuschlafen, oder sollte ich aufstehen und mir etwas zu essen organisieren?

Der Hunger siegte. Ich ging in die Küche, aber da war natürlich nichts. Nicht ein Krümel. Also musste ich in die Stadt, um etwas zu kaufen.

Doch zuerst stellte ich mich unter die Dusche, um den Kater wegzuspülen, rasierte mich, holte saubere Unterwäsche und ein Hemd aus dem Koffer und fand schließlich, dass ich es wagen könnte, mich unter ganz gewöhnlichen Menschen sehen zu lassen. Auf dem Küchentisch stand eine Whiskyflasche und sah mich verführerisch an. Aber nein, noch nicht. Ich halte es da mit W. C. Fields: Vor acht Uhr morgens trinke ich niemals etwas Stärkeres als Gin.

Aber acht Uhr war schon lange her. Das Wunschkonzert war so deutlich aus der Wohnung der tauben Obermieter zu hören, als wären wir in einem Raum. Lapp-Lisa und ihre Tochter sangen *Kinderglauben* wie an allen andern Sonntagen auch.

Das Wetter war besser als gestern. Mild und trocken mit einer leichten Brise. Auf dem Weg in die Stadt schien es mir, als könne ich Nólsoy erahnen. Aber das war vielleicht nur Wunschdenken?

Im Hotel *Hafnia*, bei Selterwasser zum Butterbrot, versuchte ich herauszukriegen, was Hugo damit gemeint hatte, dass es zu gefährlich sei, im Club zu reden. Er hatte auch gesagt, dass es etwas mit Sonja zu tun hätte und er deswegen in Dänemark gewesen sei. Ich überlegte, was Sonja und Hugo wohl Gefährliches vorgehabt haben könnten – und Sonja war schließlich tot.

Hugo war ein Ingenieur von der Sorte, die man in jedem zweiten Haus auf den Färöern findet, und Sonja Journalistin. Sie sah überdurchschnittlich gut aus, ansonsten war an ihr nichts Außergewöhnliches. Die beiden waren ganz normale Menschen, die sich in nichts einmischten, wenn es nicht zu ihrem Vorteil war. Was könnte das in diesem Fall gewesen sein? Politisch waren sie völlig passiv, diesen Weg brauchte ich also gar nicht weiter zu verfolgen.

Ich wusste zu wenig, deshalb beendete ich die Gehirnakrobatik und las stattdessen die Anzeigen im *Amtsblatt* vom Samstag, während ich Kaffee trank.

6

In den Bierclubs herrscht oftmals eine zweifelhafte Munterkeit, hervorgerufen durch Alkohol und den Wunsch, für den Augenblick alles Vergangene zu vergessen. War man selbst mittendrin, konnte das ganz lustig sein. Ganz fern im Hinterkopf nagte etwas, wahrscheinlich die Erziehung und die Moral, aber die wurden immer schnell beiseite geschoben. Man fühlte sich in diesen Momenten erregt, ließ die Zügel schleifen und schlug über die Stränge, während man prahlte und den Prahlereien der anderen glaubte. Mitten in allen Strapazen war man kurz davor, einen Augenblick des Glücks zu erleben. Aber nur kurz davor. Die Augenblicke waren nicht lang und mit den Jahren wurden sie immer seltener. Bevor man es gewahr wurde, verlor man den Anschluss und war nicht mehr in der Lage, sich unter ganz gewöhnlichen Menschen zurechtzufinden.

Und dennoch gab es glückliche Momente. ›Der Fünfer‹ war so einer. An jedem Freitag, und zwar ausschließlich freitags, war zwischen fünf und sechs Uhr geöffnet. Jedes Mitglied, das überhaupt die Gelegenheit hatte, beeilte sich, nach beendeter Arbeitswoche in den *Ølankret* zu kommen, um nicht nur das Bier zu genießen, sondern auch um für eine Stunde mit glücklichen Menschen zusammen zu sein. Die Freude über das Wochenende, das vor der Tür stand, prägte diesen Augenblicken ihren fröhlichen Stempel auf.

Etwas anderes war der Sonntagnachmittag. Wie üblich war es rappelvoll und nur an Sonntagen wimmelte es außerdem noch von Kindern und Hunden. Die Väter waren eine Runde spazieren gegangen und ganz zufällig im Club gelandet. Es war der Tag der Anekdoten und das Gelächter wogte üppig zwischen den mit Juteleinwand bespannten Wänden hin und her. Als ich gegen sechs die Bar betrat, war der beste Teil des Nachmittags schon fast vorbei. Zwei der Tische waren noch besetzt, also würden die drei Stunden, bis ich Hugo treffen sollte, auf gemütliche Weise vergehen.

Ich schaute auf die Uhr an der Bar, und als die Zeiger sich der Neun näherten, war es Zeit zu gehen. Ich leerte mein Glas, murmelte ein paar Worte zu meinem Tischnachbarn und ging. Als ich auf die Treppe hinaustrat, schien es mir, als käme ich aus der Tiefe an die Oberfläche. Es war noch ganz hell, und wie Leute, die mitten am Tag aus dem Kino kamen, musste ich gähnen. Nur einen Augenblick knackte es in der Leitung zur Umwelt, aber das Gefühl verschwand und danach herrschte Harmonie.

Ich eilte den Hügel hinunter zum Ende des Jóannes Paturssonargøta, bog links in die Tróndagøta und kurz darauf rechts in die Kongagøta. Ich ging weiter, bis ich zu einer Sackgasse kam, die mein Ziel war.

Das Haus war ein dunkelgrünes Holzhaus von der Sorte, wie es sie viel in den älteren Teilen von Tórshavn gibt. Doch es war eines der größeren.

Ich drückte auf den Klingelknopf, aber er war festgerostet, und das offensichtlich seit vielen Jahren. Ein Türklopfer mit einem brüllenden Löwenkopf bot seine Dienste an. Ich umfasste den Löwen und versuchte, ihm eine Gehirnerschütterung zu verursachen.

Das Geräusch erzeugte in der engen Straße ein Echo. Aber als es verhallte, war es so still wie zuvor. Es war keine Menschenseele zu sehen. Höchstwahrscheinlich liefen gerade die Nachrichten oder Dallas.

Hinter der Löwentür tat sich nichts. Vielleicht war Hugo nicht zu Hause? Es brannte kein Licht, aber es war ja möglich, dass er gern im Dunkeln saß.

Ich betätigte noch einmal den Türklopfer.

Nichts.

Das Küchenfenster war zu hoch, es hatte keinen Zweck zu versuchen hineinzusehen.

Vorletzte Nacht hatte Hugo darauf bestanden, dass wir uns um neun Uhr treffen sollten, deshalb war es ziemlich merkwürdig, dass er nicht da sein sollte. Ich selbst war auch ziemlich neugierig herauszufinden, was mit Sonja passiert war. Hugo wusste etwas, aber es hatte ihm immer schon gefallen, so zu tun, als wüsste er mehr, als er sagte. Oft steckte gar nichts dahinter. Das Wohnzimmer lag auf der anderen Seite des Hauses, und wenn er wie der Rest des färöischen Volkes vor dem Fernseher saß, dann ...

Neben dem Haus war eine Pforte, durch die man in einen kleinen Hof gelangte. Ich ging durch sie hindurch und schaute zu den Stubenfenstern hoch, aber auch dort war kein Licht zu sehen. In dem Moment sah ich, dass die Kellertür nur angelehnt war. Dann war er also doch in der Nähe.

Ich konnte mich noch aus der Schulzeit daran erinnern, dass er oft durch den Keller ins Haus ging. Vielleicht wollte er nur kurz etwas erledigen?

Ich ging in den Keller. Er war niedrig und dunkel und anfangs konnte ich nichts sehen. Wie die meisten Keller war er bis in die letzte Ecke mit allem Möglichem voll gestopft. Ich bewegte mich vorsichtig, bis sich die Augen an die Dunkelheit gewöhnt hatten.

Dann entdeckte ich die Treppe, die nach oben führte. Ein Kleiderbündel lag davor.

Ich trat näher und sah, dass das Kleiderbündel ein Gesicht hatte. Hugos Gesicht.

Der Hals ragte schief zwischen den Schultern hervor. Es gab keinen Zweifel daran, dass sein Genick gebrochen war.

Ich beugte mich über Hugo nieder und legte meine Hand an seinen Hals. Er war noch warm.

Aus den Augenwinkeln erhaschte ich den Schimmer einer Bewegung hinter mir, aber zu spät. Etwas Hartes traf mich am Hinterkopf, direkt hinter dem Ohr, und die Welt füllte sich mit Licht – mit weißem, blendendem Licht.

7

Schmerzwellen wogten durch meinen Kopf. Ich kam langsam wieder zu mir und wünschte, ich fiele erneut in schmerzfreien Schlaf. Eine ganze Schiffswerft war eingezogen und arbeitete im Akkord.

Ich versuchte aufzustehen, aber mir wurde schwarz vor Augen. Ich wartete einen Augenblick. Dann erhob ich mich im Zeitlupentempo. Jetzt ging es besser, obwohl der Schmerz mich immer noch lähmte. Zuerst auf die Knie, dann mit den Händen abstützen. Schließlich stand ich aufrecht. Ich massierte mir den Nacken. Er tat weh.

Schwer im Kopf und schwach auf den Beinen versuchte ich, einen Überblick über meine Situation zu bekommen. Das war schnell geschehen. Hugo war tot und ich war niedergeschlagen worden. Ich schaute auf die Uhr. Es war nach zehn. Der Täter war schon lange auf und davon.

Irgendwie musste ich ihn gestört haben. Ich war ihm in die Quere gekommen. Ob der Kerl Hugo getötet hatte und es so aussehen lassen wollte, als sei das Opfer die Treppe hinuntergefallen? Sicher. Warum hätte man mich zusammenschlagen sollen, wenn es sich um ein Unglück handelte? Oder war da noch etwas anderes im Spiel?

Von all diesen Fragen bekam ich nur noch mehr Kopfschmerzen. Ich mochte nicht weiter nachdenken, aber vielleicht sollte ich stattdessen nach oben gehen. Die Treppe führte zu einem Flur, der nicht gerade der größte war. Eine Kommode mit einem Spiegel darüber, ein Mantel und ein Paar einsame Schuhe waren alles, was dort zu finden war.

Ich konnte zwischen zwei Türen und einer Treppe in den ersten Stock wählen. Ich ging in die Küche. Sauber und ordentlich. Ich schaute in die Schränke und in den Kühlschrank, aber alles sah ganz normal aus.

Im Wohnzimmer war auch nichts Ungewöhnliches zu entdecken. Es war wie die meisten Stuben auf den Färöern eingerichtet: Sofa, Couchtisch, Sessel, Esstisch mit vier Stühlen, ein großer Farbfernseher. Etwas mehr Bücher als üblich und nicht nur die Illustrierte *Varøin*. Zeitungen, färöische und dänische, lagen auf dem Couchtisch. Über dem Sofa hing ein großes Gemälde mit einer gewaltigen Landschaft. Sigmund Petersen ließ sich nicht verleugnen.

Nur eine Sache war anders als in anderen Wohnzimmern: Es gab keine einzige Topfpflanze auf den Fensterbänken, nicht einmal einen Kaktus. Hugo hatte wohl kaum viel Wert auf derartige Gemütlichkeit gelegt.

Die Schlafzimmer und das Bad waren oben. Nur Hugos altes Zimmer wurde noch benutzt. Es sah fast aus wie vor fünfundzwanzig Jahren. Eine große Kommode, fast mannshoch, war das Erste, was ins Auge fiel. Daneben noch Schreibtisch und Bett.

Auf dem Schreibtisch lag alles Mögliche. In den Schubladen einige Papiere und ansonsten der übliche Mist.

Auf der Kommode stand eine größere Anzahl von Modellen, vor allem Flugzeuge und Schiffe. Das Interesse für Modellbau hatte uns zusammengebracht.

In den Schubladen nur Kleidung.

Ich konnte nichts von besonderem Interesse entdecken. Andererseits hatte ich nicht die geringste Ahnung, wonach ich eigentlich suchte. Etwas, was die Ereignisse vom letzten Abend erhellen konnte? Wer hatte Hugo umgebracht, falls er umgebracht worden war? Und was war mit Sonja?

Es war mir bisher überhaupt nicht in den Sinn gekommen, die Polizei anzurufen. Erst jetzt kam mir der Gedanke. Eins war sicher: Ich hatte genug um die Ohren, als dass ich zu jeder passenden oder unpassenden Zeit zum Verhör rennen wollte. Aber informiert werden mussten sie nun mal.

Ich ging denselben Weg wieder hinaus. Doch diesmal ohne niedergeschlagen zu werden. Hugo rührte sich nicht. Ich hatte zu viel Respekt vor der Polizei, um seine Taschen zu durchsuchen. Oder vor dem Tod?

Bevor ich die Pforte zur Straße öffnete, schaute ich mich links und rechts um. Dort war niemand. Wahrscheinlich war das Fernsehprogramm noch nicht zu Ende.

Von der Telefonzelle aus rief ich 11448 an, erzählte ihnen, wo ein toter Mann zu finden sei, und legte wieder auf.

Ich ging zurück zum *Ølankret*, um mich zu stärken. Hoffentlich hatte der Barkeeper etwas, was stark genug war, um die Handwerker in meinem Kopf dazu zu bringen, sich eine Weile still zu verhalten.

8

Als ich am nächsten Vormittag aufwachte, hatte ich Kopfschmerzen. Die Nachwehen des Schlages, den ich in Hugos Keller erhalten hatte, würde ich zweifellos noch einige Tage spüren. Der Höcker war ziemlich groß, wie von einem mittelprächtigen Kamel entliehen.

Mein Zustand hatte sich nicht dadurch gebessert, dass ich bis zur Sperrstunde um halb eins im *Ølankret* gesessen und Gammel Dansk und Bier in mich hineingeschüttet hatte. Mit ein bisschen Fleiß kann man in zwei Stunden eine ganze Menge schaffen.

Ich dachte wieder an Hugo und Sonja. Was war mit den beiden passiert? Und warum? Die Antworten kamen nicht flotter als gestern im Restaurant, aber Hugo hatte auf jeden Fall Recht gehabt, als er von Gefahr sprach.

Als ich mich entschlossen hatte, auf die Färöer zu fahren, hatte ich nicht ernsthaft vermutet, dass ein Verbrechen vorliegen könnte. Es waren nur ein paar Kleinigkeiten nicht so gewesen, wie sie hätten sein sollen. Sonja verschwand trippelnd auf dem Støðlajfall und fiel zu weit. Jetzt war ich überzeugt davon, dass beide ermordet worden waren.

Aber immer noch hatte ich keine Ahnung, warum sie umgebracht worden waren. Oder wer mich im Keller niedergeschlagen hatte. Doch das würde ich schon herausfinden. Einmal weil ich es nicht leiden kann, von hinten eins übergezogen zu bekommen, und zum anderen weil ich Sonja gern gehabt hatte. Hugo war mir eigentlich ziemlich egal, aber in diesem Fall hing er mit Sonja zusammen. Und neben diesen hochmoralischen Abwägungen dachte ich auch an die Story, die in der Sache steckte; schließlich lebte ich davon, Geschichten zu schreiben.

Ich wusste nicht so recht, wo ich anfangen sollte. Sonjas Wohnung war schon längst wieder vermietet. Der Wohnungsmarkt in Tórshavn war so katastrophal, dass man sich kaum zur Arbeit traute, aus lauter Angst, es käme einer und nähme die Wohnung, besetzte sie einfach, während man weg war. Da war also auch nichts zu holen. Dann war da Hugo. Zweifellos hatte man ihn inzwischen abgeholt und es wimmelte an allen Ecken und Enden von Polizisten oder aber das Haus war versiegelt. Am besten wartete ich ein Weilchen, um dann eine gründlichere Durchsuchung des Hauses vorzunehmen als gestern.

Ich konnte ebenso gut Sonjas Schwester anrufen. Daran hatte ich gar nicht gedacht. Ich fand Tvøroyri im Telefonbuch und darunter die Schwester. Während ich die Nummer wählte, fiel mir ein, dass Sonja gesagt hatte, ihre Schwester sei fromm, eine der wenigen in Tvøroyri, hatte sie lachend hinzugefügt.

»Hallo, wer ist da?«, fragte eine Frauenstimme mürrisch.

Ich nannte meinen Namen und sagte, dass ich ein Freund von Sonja war.

»Davon hatte sie viele«, schnaubte sie höhnisch. »Der Herr weiß, was er tut.« Die Stimme war schrill und der schnelle südfjordische Akzent schnitt wie ein Messer ins Ohr.

»Der Herr weiß, was er tut?«, wiederholte ich überrascht. Ich hatte nicht damit gerechnet, dass er so schnell in die Sache mit hineingezogen werden würde.

Sie begann zu predigen: »Kein Entmannter, sei es nun durch Zerschmettern oder durch Verschneiden, soll in die Gemeinde des Herrn kommen. Kein Hurenkind soll in die Gemeinde des Herrn kommen, bis ins zehnte Glied hinein soll seine Nachkommenschaft nicht in die Gemeinde des Herrn kommen.«

Jetzt war mir klar, dass sie geisteskrank sein musste. Trotzdem fragte ich vorsichtig: »Was wollen Sie mit dieser Bibelstelle sagen? Wenn es sich denn um eine handelt.«

»Natürlich ist das eine Bibelstelle. Fünftes Buch Mose, Kapitel 23, Vers 1 und 2. Sie kennen die Bibel nicht, aber ich, und der Lohn der Sünde wird auf die Kinder vererbt. Wollen wir nur hoffen, dass Er in seiner Gnade die Sünden der Mutter nicht auf das kleine unschuldige Kind überträgt.« Sie begann, ein neues Bibelzitat herunterzuleiern.

Ich wurde immer verwirrter von ihrem Geschwätz und eines war klar: Von ihr war keine Hilfe zu erwarten. Sie war gerade mit einer Stelle aus der Offenbarung fertig, als es mir gelang einzuwerfen: »Ja, das stimmt. Und selten landen Fliegen in der Schüssel eines sterbenden Mannes.«

»Das ist gewisslich wahr«, predigte die Schwester weiter. Dann hielt sie inne und für einen Moment war da eine erholsame Stille. »Das ist nicht aus der Bibel. Woraus ist das? Denn das sage ich Ihnen, wie ich es auch allen anderen sage: dass der, der sich an die Schrift hält ...«

»Nein, das ist nicht aus der Bibel«, unterbrach ich sie. »Das war aus Hammershaimbs Anthologie.«

Ich schmiss den Hörer auf die Gabel.

Was nun?

Ich nahm den Hörer, der gerade diese unsanfte Behandlung zu spüren bekommen hatte, wieder in die Hand und rief im *Bladet* an, Sonjas Arbeitsplatz in den letzten zehn Jahren. Eine Urlaubsvertretung erzählte mir, dass sie nicht genau wusste, womit Sonja sich zuletzt befasst hatte, und dass die Kollegen fast alle im Urlaub wären. Aber ich dürfte gern mal vorbeischauen. Sonjas Büro war wegen der Urlaubszeit noch unbesetzt, es war noch keine neue Kraft für sie eingestellt worden.

Vielleicht fand ich dort etwas?

9

Es war schon später Vormittag, als ich die J. C. Svabosgøta in Richtung *Bladet* ging. Das Wetter war schön, die Sonne wollte durchbrechen, aber es war nicht warm. Elf Grad vielleicht. Genau das richtige Wetter für mich.

Von der Schiffswerft her hörte ich Hämmern, ansonsten

war es so ruhig, wie es an einem Werktag nur sein konnte. Nur ab und zu fuhr ein Auto vorbei, sodass die Patienten auf der Pflegestation des Zentralkrankenhauses vielleicht mal etwas Ruhe hatten. Die Planung der verantwortlichen Stellen war nämlich genial: Das Krankenhaus ist zu beiden Seiten einer der Hauptstraßen der Stadt gebaut worden. Die Pflegeabteilung, in der Ältere und Schwächere wieder zu Kräften kommen sollen, liegt direkt an der Straße, und jedes Mal wenn ein Lkw vorbeifährt, erzittert das ganze Gebäude. Vielleicht ging man davon aus, dass die Alten auf dieser Station sowieso taub waren und ihnen der Straßenlärm nichts ausmachte. Oder wollte man ihnen einen zusätzlichen Stoß versetzen?

Ich ging ums Krankenhaus herum auf dem Fußweg nach Sandagerø.

Als ich an dem alten, grasgedeckten Propsthof vorbeikam, fühlte ich mich für einen Augenblick in die Jahrhundertwende zurückversetzt. Diese Ruhe und Schönheit gehörten nicht in unsere Zeit. Beim *Bladet* waren sie freundlich und hilfsbereit wie immer. Mir wurde Sonjas Büro gezeigt und man erlaubte mir, mich umzusehen, so lange ich wollte. Niemand fragte mich, wonach ich eigentlich suchte. Oder warum. Vielleicht weil es nur Urlaubsvertretungen waren? Oder einfach weil sie selbst es so gewohnt waren zu suchen, dass sie sich nicht einmischten, wenn ein Kollege das Gleiche tat?

Sonjas Büro sah aus, wie es bei Zeitungen eben auszusehen pflegt: eine große Unordnung. Papier, Bücher, Zeitungen, DIN-A4-Mappen, Behälter mit Bleistiften und Kugelschreibern, Filzstifte in verschiedenen Farben. Ein Aschenbecher, bis zum Rand voll mit Kippen. Wahrscheinlich seit Sonjas Tod nicht geleert. Ich nahm eine der Kippen. Prince Light, das passte zu ihr.

Die Wände waren mit Jute tapeziert und als Pinnwand benutzt worden. Alles Mögliche zwischen Himmel und Erde hing hier, aber nichts, was ich in Verbindung mit ihrem Tod bringen konnte – oder mit Hugos.

In der obersten Schreibtischschublade lagen eine halb volle Packung Prince Light, ein paar Streichholzschachteln, Füller, Haarspangen und andere Kleinigkeiten. In der zweiten Schublade entdeckte ich auch nichts Spannendes: Menstruationsbinden, eine Packung Tampax medium und Papiertaschentücher. In der dritten Schublade standen ein paar leere Bier- und Mineralwasserflaschen. Nichts, was nach einer Spur aussah. Merkwürdig, oder? Ich sah auf den Computer, der auf einem kleinen Tisch stand. Viele benutzten ihren Computer als Adressbuch und Terminkalender.

Ich stellte den PC an. Die Übersicht der Textdateien enthielt nichts Ungewöhnliches. Sie waren nach neuen und alten Artikeln sortiert, einige von ihnen waren noch in Unterordner gegliedert.

Ich saß eine Weile da und scrollte den Bildschirm hoch und runter. War da etwas, das anders war? Nein, sah nicht so aus.

Es waren auch zu viele Dateinamen, als dass ich sie alle hätte durchsehen können. Einige sagten mir überhaupt nichts. Das war allerdings nicht so merkwürdig, denn die Bezeichnungen mussten kurz sein und waren deshalb oft unverständlich.

Ich schaute mir die Datierung der Dateien an. Die meisten waren von vor- oder nachmittags, dazwischen mal eine vom frühen Abend.

Doch es gab einen Namen, der anders war. Nicht nur weil er nur aus einem Ausrufungszeichen bestand, sondern vor allem weil er um 4.59 Uhr abgespeichert worden war, und zwar in der Nacht, in der Sonja aufs Støðjafjall gezogen war. Der Inhalt umfasste 300 Bites.

Ich gab den Namen ein. Dort stand: *7-dir.*

War das nur Blödsinn? Oder englische Computersprache, in der *dir* directory bedeutet? Oder etwas ganz anderes?

Schließlich sagte ich mir, dass es keinen Grund gab, hier länger sitzen zu bleiben. Ich ließ eine Übersicht über die Dokumente und von dem merkwürdigen *!* ausdrucken. Dann stopfte ich das Ganze in die Tasche, bedankte mich und zog von dannen.

Während ich in die Stadt ging, murmelte ich den kurzen Inhalt vor mich hin. Ich versuchte, ihm einen Sinn zu entlocken.

Aus welchem Grund hatte Sonja um fünf Uhr morgens an ihrem Computer gesessen und *7-dir* eingetippt? Die einfachste Erklärung war, dass sie etwas getrunken hatte und einfach nur dasaß und herumspielte. Aber das gefiel mir nicht, denn dann wäre ich wieder bei null angelangt. Und warum sollte sie um diese Zeit zum *Bladet* hinausgehen und mit ihrem Computer spielen?

Syv-dir. Computersprache? Aber wo waren dann diese sieben *dirs? Dir* und *dyr,* was auf Färöisch Tür bedeutet, werden gleich ausgesprochen. Dir-dyr-Tür? Die Zahl Sieben war in vielen Zusammenhängen bekannt, von Schneewittchen und den sieben Zwergen bis zum siebenarmigen Leuchter. Die Bibel war voll mit Siebenen, vom Schöpfungsbericht bis zur Johannes-Offenbarung. Das Buch mit den sieben Siegeln, das Lamm mit den sieben Hörnern, der siebenköpfige Drache ... Ich glaubte mich zu erinnern, dass die Zahl Sieben die einzige unter den Zahlen von eins bis zehn ist, die man weder erhält, wenn man eine der anderen Zahlen multipliziert, noch bekommt man eine dieser Zahlen, wenn man mit sieben multipliziert. Das sollte ein Zeichen für Isolation und Jungfräulichkeit sein. Vielleicht war meine Erinnerung aber auch nicht ganz richtig, denn Letzteres war nicht gerade charakteristisch für Sonja. Das Spiel konnte man fortsetzen: Seven Up, das Siebengestirn, *Syv-dir.*

Plötzlich hatte ich eine Eingebung, einen Schuss in den Nebel. Ich hätte das Ziel nie erreicht, wenn ich es anvisiert hätte, aber jetzt stand für einen Augenblick alles still. War es möglich? Hing es so zusammen?

10

Ich saß in der Zentralbibliothek, einen Stapel Bücher vor mir. Es waren Bücher über die Färöer. Ich suchte nach Sjeyndir. Mein Schuss in den Nebel lief darauf hinaus, dass *7-dir* Sjeyndir meinte – *sjey* bedeutet auf Färöisch sieben –, also die Bucht mit den Grotten auf der Nordseite von Steymoy. So ein Wortspiel war Sonja zuzutrauen, damit man nicht sofort sehen konnte, woran sie arbeitete. Ich verstand es zwar nicht, suchte aber nun nach Informationen über die Grotten.

Jørgen-Frantz Jacobsens Chronik kam mir als Erstes in den Sinn. Ich hatte sie vor vielen Jahren gelesen und sie war mir als fesselnde Beschreibung in Erinnerung geblieben. *Die äußerste Küste* hieß sie und so wurden dort die Grotten geschildert:

Wir kamen immer tiefer und es wurde dunkler und dunkler. Aber als wir fünfzig, sechzig Meter erreicht hatten, drang wieder Licht in die Höhle. Es kam von der Seite durch ein weit oben liegendes Fenster und offenbarte ein zyklopisches Interieur. Mitten in der Grotte stand eine Säule. Sie hatte den Umfang eines Turms und trug allein das ganze Gewicht eines fantastisch konstruierten Gewölbes. An dieser Stelle kreuzten sich zwei Grotten. Der lange Gang, durch den wir hereingekommen waren, wurde im rechten Winkel von einem anderen gekreuzt, und beide setzten sich bis weit in die Gebirgsmassen hinein fort. Wir waren nicht in einer Höhle, sondern in einer Höhlenformation.
In der grünlichen Schwärze des Wassers lagen ein paar Seehunde und beobachteten uns, stumm und neugierig wie die Repräsentanten einer anderen Welt. Die Dunkelheit verdichtete sich hinter uns. Weit drinnen, am Ende des einen Grottenganges, leuchtete ein weißer Sandstrand. Aber

das Wasser war zu unruhig, als dass wir diese schwierige Passage hätten rudernd bewältigen können. Der andere Grottengang verlor sich in totaler Dunkelheit. Mein Führer hatte noch nie das Glück gehabt, ihn erforschen zu können, und heute war es ganz unmöglich, sich in diese Katakombe hineinzuquetschen. Wir mussten uns an die große Säulenhalle halten, wo wir lange blieben und auf den Wellen schaukelten, überwältigt von der dämonischen Dämmerung und dem titanischen Lärm. Wir kehrten durch ein anderes Portal zur Welt zurück. Der weite, gesunde Atem des Meeres schlug uns entgegen und befreite mein Herz von einem unbeschreiblichen Druck.

Schon bei Jørgen-Frantz Jacobsen war offensichtlich, dass man nur bei völliger Windstille in die Nähe der Grotten kam.

War denn kein Bild von Sjeyndir in einem der Bücher? Ich selbst war auf Streymoy nie weiter nördlich als bis Trørnuvík gelangt, darum hatte ich keine Ahnung, wie es bei Sjeyndir aussah.

In vielen Büchern wimmelte es nur so von schönen Fotos der verschiedensten Ecken auf den Färöern und mehrere Male war ich schon nahe dran, bei den Gebirgen nördlich von Saksun. Erst in dem Fotoband des Franzosen Franceschis gab es ein Foto von der Felswand bei Sjeyndir. Das Bild sagte mir nicht besonders viel. Es war schwarz-weiß und zeigte eine raue Felswand, die ins Meer herabfiel.

Die Formationen ähnelten Elefanten. Den Elefanten von Carlsberg. Mit gesenkten, zum Angriff bereiten Köpfen.

Ich schob die Bücher zur Seite, lehnte mich auf dem Stuhl zurück und versuchte nachzudenken.

Wenn wir davon ausgehen, dass Sonja mit *7-dir* Sjeyndir gemeint hat, warum hat sie es in den Computer getippt? Ich konnte keinen Sinn darin sehen, dass Sonja mitten in der Nacht zum *Bladet* fuhr, um *7-dir* in den Computer zu schreiben. Ob es nun Sjeyndir bedeutete oder nicht – und daran zweifelte ich langsam. Welche Bedeutung konnte Sjeyndir für sie gehabt haben? Ich war mir fast sicher, dass sie nie dort gewesen war.

Etwas anderes musste dahinterstecken. Aber was? Und wo konnte ich es finden? Die kurze Bezeichnung war im Computer, also war die Chance, dass es dort auch eine Beschreibung gab, ziemlich groß. Oder jedenfalls ein Stichwort.

Die Jobliste, die ich im *Bladet* ausgedruckt hatte, sah auf dem Papier genauso normal aus wie am Bildschirm. Artikel, Reportagen. Gewöhnliche Zeitungsarbeit.

Die Übersicht umfasste mehr als ein Jahr, deshalb war sie lang und es dauerte eine Weile, ehe ich sie durchgesehen hatte. Das Ganze sah ziemlich gewöhnlich aus, aber sicher konnte ich mir erst sein, wenn ich jedes einzelne Dokument im Computer untersucht hatte. Das würde mehrere Tage dauern, deshalb suchte ich nach einem anderen Ausweg.

War da überhaupt etwas, wonach ich suchen konnte? Es war ziemlich hoffnungslos.

Ich studierte die Liste erneut. Was stand da? Was hatte da schon die ganze Zeit gestanden? *<DIR>*. Sonja hatte einen Teil ihres Materials in Unterbibliotheken geordnet und jede von ihnen hatte die Endung *<DIR>*.

7-dir konnte also Nummer sieben bedeuten. Hatte Sjeyndir also gar nichts mit der Sache zu tun?

Ich zählte bis zum siebten *<DIR>*, davor stand *Krieg*. Ich erinnerte mich dunkel daran, dass Sonja vor geraumer Zeit eine Artikelserie über den Zweiten Weltkrieg geschrieben hatte. Anlass war der 50. Jahrestag jenes 1. September gewesen, an dem die größte Götterdämmerung in der Geschichte der Menschheit begonnen hatte. Die Chance, dass ich in diesem Material etwas finden würde, war nicht sehr groß. Ich wusste ja nicht einmal, ob Sonja mit dem rätselhaften *7-dir* überhaupt darauf hinweisen wollte. Auf jeden Fall musste ich noch einmal zum *Bladet*.

Die Sirene der Schiffswerft hatte mir vor ein paar Minuten mitgeteilt, dass jetzt Mittagspause war. Also musste ich ein oder zwei Stunden warten.

Im Ausland hatte ich mich daran gewöhnt, abends warm zu essen, deshalb war ich nicht besonders hungrig. Was sollte ich machen, bis ich an den Computer herankonnte?

Ich dachte erneut nach. Ich musste aufpassen, dass das nicht zur Gewohnheit wurde. Jetzt war es Hugo, der mir im Kopf herumspukte. Er hatte etwas von mir gewollt, was, das wusste ich nicht, und außerdem war da etwas höchst Merkwürdiges in seinem Haus vor sich gegangen. Irgendjemand hatte Hugo umgebracht und mich niedergeschlagen, und das sicher nicht aus reinem Jux, selbst wenn ich ein paar Leute kannte, die ein Vergnügen daran gehabt hätten.

War etwas an Hugo Haus, worauf ich nicht geachtet hatte? Ich war einer Spur nahe, konnte sie aber nicht fassen. Stattdessen fielen mir alle unsere heimlichen Spiele wieder ein. Hugo hatte mir eine unsichtbare Schrift beigebracht. Ich glaubte mich zu erinnern, man schrieb dabei mit Zitronensaft, und das Geschriebene kam zum Vorschein, wenn man das Papier ans Feuer hielt. Hugo liebte solche Geheimniskrämerei. Er hatte immer noch ein Versteck in seinem Zimmer. Ich sprang auf. Das war es, was mir im Kopf herumgespukt hatte. Hugos Versteck in einem Hohlraum unter den Bodendielen. Man musste den Teppich ein wenig wegziehen, ein Brett anheben und schon war da ein ganz nettes Versteck.

Ich trug die Bücher zum Tresen, aber die Bibliothekarin war so sehr mit dem Radio beschäftigt, dass sie mich kaum wahrnahm, als ich mich verabschiedete und ging.

11

Eine schmale Treppe führt von der J. C. Svabosgøta zur Rættará hinunter. Aus allen Häusern hörte ich die Rundfunknachrichten: Noriega, Polen, Gorbatschow. Noch ein großer Fabriktrawler war Konkurs gegangen. Das Land verspürte brennenden Schmerz. Die Besitzer kauften ein solches Schiff meistens zum halben Preis zurück. Es war nicht nötig, die Nachrichten zu Hause zu hören, man brauchte nur zwischen den Häusern herumzulaufen, um alles mitzubekommen. Als ich Müllers Lagerhaus erreichte und in die Skálatrøð einbog, verlor ich den Faden. Die Häuser waren jetzt zu weit entfernt, außerdem kam jetzt nur noch der Veranstaltungskalender, und wo es Bingo oder Gottesdienste gab, konnte mir egal sein.

Die Anzahl der Boote in der Vestara Vág war enorm, sie schienen sich zu vermehren. Jedes Mal wenn ich sie sah, kam es mir vor, als sei die Menge wieder gewachsen. An der Rasmus' Bro, wo die Milchboote Tróndur und Sigmundur früher angelegt hatten, lag jetzt ein weißer Zweimaster. Ich verstehe nicht viel davon, deshalb konnte ich nicht sagen, um welchen Bootstyp es sich handelte, aber es sah gut aus. Die Flagge am Achtersteven ähnelte der niederländischen mit drei Querstreifen in Rot, Weiß, Blau. Aber in der Mitte war ein Symbol, also kam es wohl aus einem anderen Erdteil. Vor allem jüngere Länder hatten häufig irgendein Zeichen in ihrer Flagge.

Vagliø und die Niels Finsensgøta waren menschenleer, nur in der Konditorei sah man neugierige Gesichter aus den Fenstern spähen. Die Sackgasse zu Hugos Haus genauso lebendig wie gestern Abend – wie ein Grab. Doch ich glaubte von irgendwoher Mittagsmusik zu hören.

Die Außentür war versiegelt. Also war die Polizei dagewesen. Das freute mich, denn so wurde mir Hugos Leiche erspart, aber wie sollte ich jetzt hineinkommen? Auf keinen Fall wollte ich mitten auf der Straße stehen und in aller Öffentlichkeit das Polizeisiegel aufbrechen, und das galt auch für die Kellertür. Auf dieser Seite der Straße stand kein Fenster offen, und als ich in den Hof kam, sah ich nur das gleiche Siegel und die gleichen geschlossenen Fenster.

Während ich dastand und überlegte, ob ich eine Scheibe einschlagen oder lieber gleich das Siegel brechen sollte, fiel mein Blick auf die Kellertür. Mit dem Siegel stimmte etwas nicht, es schien lose zu sein. Ich ging hin und schaute es genauer an. Es war gelöst und schlampig wieder aufgeklebt worden.

Sinn eines Siegels ist ja nicht, jemanden daran zu hindern irgendwo hineinzukommen. Aber man kann sofort sehen, ob jemand da gewesen ist. Hier musste es sich um eine Person handeln, der es völlig egal war, ob die Polizei wusste, dass jemand da gewesen war. Oder hielt sie sich immer noch hier auf? Es lief mir eiskalt den Rücken hinunter. Ich hatte keine Waffe. Sollte ich die Polizei anrufen? Nein, das würde zu lange dauern und mir die Sache nur erschweren.

Ich löste das Siegel von der Tür und öffnete sie vorsichtig. Es war vollkommen still, kein Laut war zu hören. Meine Augen gewöhnten sich langsam an die Dunkelheit im Keller, und ich konnte erkennen, dass niemand vor der Treppe lag. Ich sah mich nach einer Waffe um, ein Spaten und eine Mistgabel standen an die Wand gelehnt. In meiner Not war ich kurz davor, den Spaten zu ergreifen, obwohl er eigentlich zu groß und unhandlich war, um ihn in einem Haus zu benutzen. Da fiel mein Blick auf eine große, rostige Rohrzange, die auf der Fensterbank lag. Ich ergriff sie und fühlte mich gleich sicherer.

Die Treppe knackte, obwohl ich versuchte, mich so vorsichtig wie möglich zu bewegen. Die Tür zum Flur war zu, ich stand oben auf der Treppe fast im Dunkeln, hielt den Atem an und lauschte.

Nichts zu hören.

Ich drückte die Klinke hinunter und schob die Tür vorsichtig mit der linken Hand auf, während die rechte die Rohrzange bereithielt.

Der kleine Flur hatte sich seit gestern verändert. Er war von einem Unwetter heimgesucht worden. Die Schubladen waren aus der Kommode herausgerissen und auf dem Fußboden ausgekippt worden, die Kommode umgeworfen, der Spiegel in einer Ecke zerschlagen, obenauf lag ein Mantel. Ich versuchte, nirgends draufzutreten. Es war immer noch nichts zu hören. Die Türen zur Küche und zum Wohnzimmer standen weit offen.

Zuerst ging ich ins Wohnzimmer. Der Tornado war hier mindestens genauso zerstörerisch gewesen. Nichts stand oder lag, wie es sollte, Möbel, Bücher und Nippes ergaben ein riesiges Durcheinander. Mittendrin lag das zerschnittene Sigmund-Petersen-Gemälde. Die Küche war ein einziger Dreckhaufen. Sämtliche Dosen waren auf dem Boden ausgekippt worden: Zucker, Kaffee, Tee und Mehl überall. Eine Schicht Mehl bedeckte Tisch, Stühle und den Boden. Der Kühlschrank stand mit brennendem Licht weit offen.

Ich verließ den Schweinestall und ging die Treppe hinauf nach oben. Irgendjemand hatte nach irgendetwas gesucht und das konnte noch nicht lange her sein, denn die Polizei musste heute Vormittag hier gewesen sein. Aber auf keinen Fall hatten sie dieses Durcheinander angerichtet, wie schlampig sie auch sein mochten. Ich lauschte, so gut ich konnte, strengte meine Ohren an, aber nichts. Nicht einmal eine Uhr hörte ich ticken.

Bei jeder Stufe, die ich nahm, kam mir das Knacken so laut vor, dass ich glaubte, die gesamte Nachbarschaft könnte es hören, ganz zu schweigen von der Person, die sich möglicherweise im ersten Stock befand.

Mein Herz schlug schneller.

Mir brach der Schweiß aus, und die Hand, die die Rohrzange hielt, wurde feucht.

Oben auf dem Treppenabsatz stand ich für einen Augenblick wie der Erzengel mit gehobenem Flammenschwert, bereit, alle Sünder zu vertreiben. Aus der fernen Wirklichkeit konnte man ein Auto starten und wegfahren hören.

Vorsichtig schaute ich in die leeren Zimmer und ins Bad. Niemand. Wie unten war alles durchwühlt worden und lag in einem großen Tohuwabohu.

Die Tür zu Hugos Zimmer war nur angelehnt. Ich schlich mich zu ihr, schob sie mit dem linken Fuß auf, bereit, mit der Rohrzange zuzuschlagen.

Keine Menschenseele. Aber was für eine Bescherung: Kleidung, Schubladen, Modellflugzeuge, Bücher, alles ein einziges Durcheinander.

Vieles davon war zerbrochen oder auseinander gerissen. Wer auch immer hier nach etwas gesucht hatte, der Person war es völlig gleichgültig gewesen, ob man es merken würde, außerdem hatte sie offenbar nichts gefunden, so brutal, wie sie zu Werke gegangen war. Dieses Zimmer war eindeutig am gründlichsten untersucht worden, denn es gab hier nichts, was nicht auseinander genommen worden war.

Ich sah mich einen Moment lang um. Langsam ließ ich die Hand mit der Rohrzange sinken. Hier war niemand, also konnte ich meine Waffe ebenso gut hinlegen, während ich nach Hugos Versteck suchte. Der Teppich sah alt und abgenutzt aus, die Farbe war eine undefinierbare Mischung aus Grau und Grün. War das etwa noch derselbe Teppich wie vor zwanzig Jahren? Wo wohl das Versteck war? Auf jeden Fall an der Außenkante des Teppichs, an so viel konnte ich mich noch erinnern, und dann fiel mir noch eine Heizung ein. Unter dem Fenster stand eine vom alten Schlag, gesprenkelt mit Rostflecken wie mit Masern. Ich kniete mich hin und hob den Teppich hoch. Ja, da war ein Strich quer über zwei Holzbohlen und etwa fünfundzwanzig Zentimeter weiter wiederholte sich der Strich. Mit den Fingerspitzen bekam ich ein Brett zu fassen und hob es hoch. In dem Hohlraum lag eine braune, mit einem Gummiband umwickelte Papiermappe. Ich nahm die Mappe und entfernte das Gummi. Sie war voll mit Zeitungsausschnitten, Fotos und Kopien. Das Meiste drehte sich um den Zweiten Weltkrieg, so schien es jedenfalls. Zu einer genaueren Untersuchung kam ich nicht, denn in diesem Augenblick hörte ich, wie neben mir eine Tür geöffnet wurde.

Der Schrank!, fuhr es mir blitzartig durch den Kopf, und ich wollte mich gerade zu dem Geräusch umdrehen, als ich von einem harten Schlag getroffen wurde und ausging wie ein Licht.

12

Stimmen. Weit weg redete jemand. Mir war übel und ich fühlte mich völlig kraftlos. Ich schaffte es nicht, mich zu übergeben, und schaffte es nicht, zur Besinnung zu kommen. Die Stimmen kamen näher, wurden deutlicher. Ich versuchte, sie zu ignorieren, wollte nichts hören, nur meine Ruhe haben.

Aber die bekam ich nicht. Jetzt merkte ich, dass da jemand an mir zog, mich rüttelte, die Schmerzstöße durchschnitten meinen Kopf wie ein Messer und dann schoss es aus mir heraus. Irgendjemand hob mich hoch und hielt meinen Kopf nach unten, während es aus mir herausquoll, bis nur noch grüner Schleim von meinen Lippen tropfte. Die Schmerzen in meinem Kopf waren immer noch da, aber ich fühlte mich etwas besser und kam unsicher auf die Beine.

Zwei Männer standen vor mir. Den einen kannte ich nicht, er trug eine Polizeiuniform, war groß, schlacksig und jung. Er versuchte energisch auszusehen, aber ganz offensichtlich fehlte ihm dazu die Erfahrung.

Die hatte dafür der andere, mein alter Bekannter. Es war derselbe, mit dem ich von Kopenhagen aus wegen Sonja telefoniert hatte. Er war mittelgroß und leicht korpulent, sah freundlich und entgegenkommend aus. Er ähnelte einem netten Vater, der er auch war, aber man brauchte nicht weit hinter die Fassade zu schauen, dann stieß man auf eine ungewöhnliche Willensstärke. Ich kannte ihn seit vielen Jahren und wusste, dass er alles, was er sich vornahm, auch durchführte. Er hieß Karl Olsen. Wir redeten miteinander, wenn wir uns trafen, und waren halbwegs Freunde. Wie man eben befreundet ist, wenn man sich schon immer gekannt hat. Es gibt so viel Gemeinsames, was verbindet.

Karl sah mich fragend an, sagte aber nichts.

»Habt ihr ihn erwischt?«, quäkte ich.

»Es war niemand außer dir hier, als wir kamen«, sagte Karl. »Und das ganze Haus war auf den Kopf gestellt«, fügte er hinzu.

»Du brauchst mich gar nicht so anzusehen«, erwiderte ich, während ich vorsichtig mit der Hand meine rechte Kopfseite berührte. Da war es klebrig. Dieses Mal hatte der Schurke mich also blutig geschlagen. »Das war schon so, als ich gekommen bin.« Für einen Moment war Stille. »Woher wisst ihr eigentlich, dass ich hier bin?«, fragte ich schließlich.

»Die Nachbarn haben angerufen. Sie wussten, dass das Haus versiegelt war, und dann haben sie einen Mann auf dem Hof gesehen – die Beschreibung passte auf jemanden, den ich kenne, leider –, und als er nicht zurückkam, haben sie uns angerufen.

»Was zum Teufel machst du hier?«, fuhr er schroff fort. »Wir waren heute Nacht hier und haben den Mann geholt, der hier wohnt ... gewohnt hat«, korrigierte er sich. »Er lag tot im Keller. Und als ob das nicht reicht, finden wir dich heute bewusstlos im selben Haus, und nicht nur das Siegel ist aufgebrochen, sondern auch der größte Teil der Einrichtung zerstört.«

Er hielt inne. Und jetzt wurden seine Augen kalt und hart wie Gewehrmündungen. »Warst du es, der uns angerufen hat?«

Ich hob eine Hand, um ihn zu bremsen, bevor er noch wütender wurde. »Ja, das war ich und ich werde dir das Ganze erklären.«

»Da kannst du sicher sein, dass du das wirst.« Mein Bekannter sah nicht aus, als hätte ihn mein Geständnis viel milder gestimmt.

Der Kaffee in öffentlichen Institutionen und Büros ist meiner Erfahrung nach nur selten trinkbar. Er ist viel zu stark und viel zu bitter und in der Regel nur lauwarm. So auch der Kaffee auf dem Polizeirevier, wo ich zwei Stunden lang saß, um meinen Bericht zu wiederholen. Dabei wechselten Karl und der Leiter der Kriminalpolizei, ein Mann von Suðuroy in den Fünfzigern, sich damit ab, mich auszuschelten. Und sie nahmen dabei kein Blatt vor den Mund. Dieses Mal sollte ich noch davonkommen, und das auch nur, weil sie so nett waren, aber beim nächsten Mal würden sie mich einlochen.

»Ja, ja, ich habe kapiert«, seufzte ich müde und erschöpft, fast gelähmt von den Kopfschmerzen. »Ihr habt meine Entschuldigung bekommen und ich werde es nie wieder tun. Liebe Mama«, fügte ich leise hinzu.

»Verdammt nochmal, Hannis, jetzt nimm dich aber in Acht«, sagte der Vorgesetzte wütend. »Wir wollen keinen Ärger mehr mit dir haben. Wenn du anderer Meinung bist, musst du umdenken.«

Er ging hinter dem Schreibtisch auf und ab, während Karl auf der anderen Seite saß und mit den Beinen baumelte. Er schaute auf seine Schuhe hinab, aber mir schien, als sähe ich ein Lächeln in seinen Mundwinkeln.

»Ich finde es nur merkwürdig, dass ihr Sonjas und Hugos Tod nicht weiter untersucht. Sie ist vom Støðlafjall gestürzt und einen Monat später fällt er die Kellertreppe hinunter und bricht sich das Genick. Beides Zufälle?«

»Ich kann nichts Merkwürdiges daran entdecken«, unterbrach mich Karl. »Es ist mehr als wahrscheinlich. Sonja hatte zu viel gebechert und ist abgestürzt. Dass der Körper so weit gefallen ist, bevor er aufprallte, kann alle möglichen Gründe haben. Einen Aufwind zum Beispiel. Und an der Tatsache, dass Hugo die Kellertreppe hinunterpurzelt und so unglücklich fällt, dass er sich den Hals bricht, daran ist auch nichts Außergewöhnliches. Er hat gern das eine oder andere Glas gekippt und in den letzten Jahren war er selten nüchtern. An keinem der beiden Todesfälle ist etwas Auffälliges. Und ich kann zwischen den beiden auch keinen Zusammenhang erkennen. Nichts plus nichts ergibt ... nichts.«

Er hatte sich warm geredet bei dem Versuch, mich davon zu überzeugen, dass alles ganz normal vor sich gegangen war. »Und es gibt keinen Grund, dass du herumläufst, dir alles Mögliche einbildest und die Dinge verdrehst.«

»Dann war die Person, die mich oben in Hugos Zimmer niedergeschlagen hat, vielleicht auch eine Einbildung? Und das Versteck? Und was ist mit gestern Abend?«

Der ältere Kriminalbeamte sah mich müde an. Er wollte nicht mehr. »Unserer Einschätzung nach war es ein Einbruch. Es spricht sich schnell rum, wenn jemand tot ist, und es gibt eine ganze Menge Halunken in dieser Stadt, die auf eine solche Idee kommen könnten. Du bist da hineingestürmt und niedergeschlagen worden. Was das Versteck und gestern Abend angeht, so wissen wir nur das, was du uns erzählt hast.« Man konnte ihm ansehen, dass sein Vertrauen diesbezüglich nicht besonders groß war.

Mir blieb nichts anderes übrig als zu gehen.

Karl brachte mich zur Eingangstür. »Du musst unsere Situation verstehen. Wir haben nichts Außergewöhnliches entdeckt, und du willst, dass wir nach Mördern suchen. Wo sollen wir suchen? In welcher Richtung? Es gibt nichts, wonach wir suchen könnten. Lass Sonja und Hugo in Frieden ruhen.«

Im selben Augenblick, als ich Karl etwas erwidern wollte, kam eine dunkelhaarige Frau vorbei. Auf unserer Höhe angekommen, blinzelte sie mir schnell zu. Ich blieb stehen, drehte mich um und schaute hinter ihr her, während sie den Flur entlangging. Es war das Mädchen mit dem Keuschheitsgürtel.

»Guckst du den Mädchen hinterher? Ja, ja, wenn ich nicht verheiratet wäre und keine Kinder hätte ...« Karl klang sehnsuchtsvoll und ironisch zugleich.

13

Ich stand auf der Jonas Broncksgøta, arg zugerichtet, und es wäre eine Lüge zu behaupten, es ginge mir gut. Das Schlimmste hatte ich auf dem Polizeirevier abgespült, wo ich auch zwei Kodymagnyl bekommen hatte. Den Kopfschmerzen war die

Spitze genommen worden, aber im Nacken und in der Wange tat es immer noch weh. Die Schmerzen sorgten dafür, dass ich nicht vergaß, dass ich zweimal an einem Tag niedergeschlagen worden war. Und keiner hatte mir erzählt, warum.

Ein Taxi kam die Straße heruntergesaust, ich hielt es an und ließ mich zum *Bladet* fahren.

Der Fahrer war in Plauderlaune. »Du warst wohl bei der Polizei?« Er sah mich im Rückspiegel an. »Das ist aber eine ordentliche Schramme, die du da an der Wange hast, was?«

Hinter dem fragenden Tonfall war der Wunsch zu erkennen, die ganze Geschichte zu erfahren, damit er sie den anderen Kunden weitererzählen konnte. Ich hatte in den letzten zwei Stunden auf so viele Fragen geantwortet, dass mir die Neugier des Fahrers jetzt zu viel wurde. »Ja, ja«, sagte ich wie in Gedanken versunken und schaute aus dem Fenster hinaus.

Der Fahrer, der dem Alter nach zu urteilen über langjährige Erfahrung verfügen musste, war nicht der Typ, der sich zum Schweigen bringen ließ. Er wechselte nur das Thema, plapperte jetzt vom Wetter, dass es nachmittags wärmer geworden war, und sprang den ganzen Weg bis zum *Bladet* von einem Thema zum anderen. Ein gelegentliches »Hmm« von meiner Seite reichte. Man konnte nicht behaupten, dass er von seinem Gesprächspartner viel verlangte.

Beim *Bladet* ging ich direkt in Sonjas Büro und dort ins *7-dir* auf ihrem Computer. Es handelte sich um eine Artikelserie über den Zweiten Weltkrieg, die in chronologischer Reihenfolge den Angriff auf Polen, Dünkirchen, die Besetzung Dänemarks und Norwegens, den Blitzkrieg über London und so weiter abhandelte. Insgesamt waren es zwanzig ganz gewöhnlich aussehende Zeitungsartikel. Ich blätterte ein Stück hin und her, las hier und dort ein wenig, fand aber nichts Besonderes. Nichts, was eine Glocke zum Läuten brachte. Andererseits wusste ich gar nicht, wonach ich suchte, oder ob ich an der richtigen Stelle suchte. Aber ich hatte das Gefühl, dass die ganze Angelegenheit etwas mit dem

Zweiten Weltkrieg zu tun hatte. Die Mappe bei Hugo zu Hause, Sonjas Artikelserie.

Wie es wohl mit Bildern aussah? Der Computer enthielt keine, aber das *Bladet* hatte sicher einige Exemplare jeder Nummer archiviert. Ich ging ins Vorzimmer und fragte. Ja, ich sollte einfach ins Archiv gehen, die letzte Tür rechts.

Der Raum war ungefähr zehn Quadratmeter groß und fast vollständig mit Zeitungen ausgefüllt, die sich in den Regalen und auf dem Boden stapelten. Ich warf einen Blick auf einige Bündel und sah, dass die Zeitungen in einer gewissen Reihenfolge gelagert waren. Der Computer hatte die Artikel datiert, also brauchte ich nicht lange, um die richtigen Ausgaben herauszusuchen.

Nachdem ich über eine Stunde rauchend gelesen hatte, stieß ich auf einen Artikel über Kämpfe in Italien, in dem viel von den Lovat Scouts die Rede war, die auf den Färöern stationiert waren, bevor sie auf die Schlachtfelder geschickt wurden. Es gab auch einige Fotos: das zerstörte Monte Cassino, die Landung der Truppen in Salerno, Bilder von Alexander, Patton, Montgomery, Mussolini, mit dem Kopf nach unten hängend, und dann von der deutschen Heeresleitung: Kesselring, von Vietinghoff, von Mackensen, Herr, Heidrich, Baade, von Senger und Etterling, Kappler. Der erste und der letzte Name waren rot unterstrichen. Kesselring und Kappler. Aus dem Artikel ging hervor, dass Kesselring der deutsche Oberkommandant in Italien war und dass er ein größeres Problem darstellte, als die Alliierten erwartet hatten. Kappler wurde in dem Artikel nicht erwähnt, aber auf dem unscharfen Foto sah er aus, als sei er ein SS-Mann gewesen.

Das alles sagte mir nicht besonders viel. Es war langsam Zeit zum Abendessen, aber noch hatte mich niemand aufgefordert zu gehen, also las ich weiter. Die letzten Artikel handelten von den letzten Kämpfen in Europa und Asien. Über die Atombomben auf Hiroshima und Nagasaki wurde gesondert geschrieben. In dem Artikel über das Nachkriegsdeutschland stand etwas über die Werwölfe und die Organisation ODESSA, die alten Nazis half, von denen sich viele in Südamerika versteckten. Dieser Abschnitt war ebenfalls rot unterstrichen und es war ein Fragezeichen dahinter gesetzt worden. ODESSA? Ob das etwas mit der Realität zu tun hatte? Ich hatte vor vielen Jahren einen Film mit diesem Titel gesehen, der von faschistischen Zusammenkünften und Ähnlichem handelte, hatte die Handlung aber immer als der Fantasie entsprungen abgetan.

Summa summarum: Die Namen zweier deutscher Offiziere in Italien waren unterstrichen sowie die Hypothesen – denn waren es mehr als Hypothesen? – von den Werwölfen und ODESSA. Was konnte ich daraus schließen? Ich versuchte intensiv nachzudenken, aber egal wie ich die wenigen Erkenntnisse, die ich hatte, auch drehte und wendete, ich kam nicht von der Stelle. Ich war kurz davor zu glauben, das Ganze sei nur ein Hirngespinst.

Jemand rief, dass man jetzt Feierabend mache. Ich rief zurück, dass ich gleich käme. Ich ging in Sonjas Büro und schaute ein letztes Mal auf ihren Computer. Die Artikel über Italien und das Nachkriegsdeutschland standen in einer Rubrik für sich, beide abgespeichert um 4.59 Uhr in der Nacht, bevor Sonja starb. Ich sah die beiden Artikel durch, konnte aber nichts entdecken, was sich von den gedruckten Versionen unterschied. Nicht bevor ich ans Ende kam, wo stand: *Sjeyndir? Hugo.* Nur diese beiden Worte, sonst nichts.

Ich hatte ins Schwarze getroffen. *7-dir* bedeutete sowohl Sjeyndir als auch die siebte dir-Datei. Wie viel Rätselraten ich noch vor mir haben sollte, das ahnte ich nicht.

14

Die Whiskyflasche schaute mich nicht mehr so verlockend an. Es war nur noch wenig übrig, womit sie hätte locken können, und jetzt, da der Abend schon etwas fortgeschritten war, waren wir miteinander vertraut geworden. Es war jedenfalls besser, mit ihr zu reden, als sich immer und immer wieder dieselben Fragen zu stellen: Wer? Warum? Wie?

Es gab keine Antwort.

Was ging da vor sich? Die Fragen ließen mich nicht in Ruhe. Ich lehnte mich mit dem Glas in der Hand zurück. Was willst du? Was ist da los? Was übersiehst du? Der Alkohol übernahm langsam das Steuer, sodass ich mich im Kreis drehte.

Du akzeptierst nicht, dass die Leute um dich herum in großer Zahl sterben. Nicht dass die Welt für dich stillstehen soll. Du weißt, dass alles, was stillsteht, stirbt. Leben ist Bewegung. Aber du willst nicht, dass die Menschen, die du kennst und die dich gekannt haben, mit denen du gemeinsame Erinnerungen hast, sterben. Das empfindest du wie einen Diebstahl, als würde jemand das Dasein schrumpfen lassen, eine systematische Amputation, die zum Schluss nur noch dich übrig lässt.

Vielleicht möchtest du ja doch, dass die Welt stillsteht?

Also, was sind denn das für Katastrophengedanken? Außerdem ist die Chance, dass du die Mehrheit überlebst, nicht besonders groß. Krebs oder ähnliches Teufelszeug werden dich geschafft haben, ehe deine Bekannten überhaupt die ersten Anzeichen des Alterns bemerkt haben.

Ich nahm einen großen Schluck.

Es ist unglaublich, wie sentimental man von Schnaps wird. Ehe ich mich versah, würden die Tränen fließen.

Es gab nur zwei Möglichkeiten, dem zu entkommen. Schlafen oder in die Stadt gehen. Damit die Gefühle etwas Abstand gewinnen konnten.

Eine dritte Möglichkeit bestand darin, den Fernseher einzuschalten. Ich versuchte diesen Mittelweg, aber nein, das färöische Fernsehen sendete montags nicht. Auf dem Fußboden unter dem Fernseher stand ein Videogerät und ein paar Kassetten lagen auch herum. Sie waren nicht beschriftet. Ich schob eine von ihnen in den Apparat und befand mich in einer finnischen Reportage über die Färöer.

Sie erwies sich schnell als ausgesprochen komisch, als ein färöischer Spezialist sich verschiedene färöische Mythen vorknöpfte: Man könne die Färöer als eine Nation von Fixern charakterisieren, die ihren Schuss Dänemark benötigten; für sämtliche Arbeitsplätze würde so viel Unterstützung gezahlt, dass das Land faktisch eine große, beschützte Werkstatt sei; die färöischen Alkoholiker seien Luxustrinker, die zum Entzug nach Island geschickt würden, damit sie wieder von vorn anfangen könnten, wenn sie zurückkämen.

Ich saß da und brüllte vor Lachen, aber das lag vielleicht auch am Whisky.

15

Nachdem die R. C. Effersøesgøta lange Zeit eine der ruhigsten Straßen der Hauptstadt gewesen war, wurde sie vor ein paar Jahren zu einer der meistbefahrenen. Hübsch ist die Straße nicht, aber sie dient ihrem Zweck, den Verkehr vom Zentrum und Hafen hinauf zum Industrieviertel á Hálsi zu führen. Der Verkehr ist fast immer fürchterlich und mitten am Tag und gegen fünf Uhr herrscht ständig Stau. Das wird nicht besser durch die Tatsache, dass das größte Einkaufszentrum des Landes an der Straße liegt und keine separaten Ein- und Ausfahrten besitzt.

Ich stand mit dem Kadett, den ich mir bei einer Autovermietung ausgeliehen hatte, mitten auf der Straße und wartete auf eine Lücke im Verkehr. Nachdem ich mich auf das Gelände des Einkaufszentrums gedrängelt hatte, stellte ich das Fahrzeug so schnell wie möglich ab. Als ich mich von dem Wagen entfernen wollte, sah ich ein Schild: *Nur für Kunden der Apotheke.* Ich dachte, es würde kaum möglich sein, herauszufinden, wer wo einkaufte, also brauchte man sich darum nicht zu kümmern.

Als die Brötchen und der Kaffee runtergerutscht waren und die erste Zigarette des Tages zwischen meinen Lippen steckte, fühlte ich mich besser. Es saßen nur wenige Leute in der Cafeteria, die Jugendlichen waren noch nicht da. Möglicherweise machten sie mit ihren Eltern Urlaub und konnten deshalb nicht in das größte Vergnügungszentrum der Hauptstadt kommen.

Man hatte sich viel Mühe gegeben und ein großes, hübsches Kunstwerk aus Glas erhob sich über drei Etagen. Darum herum wanden sich zwei Wendeltreppen aus Marmor. Es war wie in dem Lied *If I Were a Rich Man:* eine, um hinauf-, und eine, um hinunterzugehen. In dem Lied gibt es noch eine dritte, nur zum Schmuck, aber das musste die Treppe am anderen Ende des Zentrums sein.

Die Uhr besagte, dass die Bank jetzt geöffnet hatte, und ich setzte mich langsam in Bewegung.

Während der Zusammenkunft mit der Whiskyflasche am gestrigen Abend war mir Hugos Auto eingefallen und in dem Zusammenhang die Frage, woher er wohl das Geld dafür gehabt hatte. Vielleicht war ja gar nichts Merkwürdiges dabei, aber eine Untersuchung war es schon wert. Wie es um Sonjas finanzielle Situation stand, wusste ich nicht, und ich wollte nicht dieses spröde Frauenzimmer auf Suðoroy danach fragen, aber in dem Brief hatte Sonja Auslandsreisen erwähnt. Sie musste Geld erwartet haben. Blieb nur noch die Frage, zu welcher Bank ich gehen sollte. Gelegentlich hatte ich einen Scheck von Sonja bekommen, und ich glaubte mich zu erinnern, dass er immer von einer Filiale hier auf Trapputrøðin stammte. Es war zumindest einen Versuch wert.

Am Schalter fragte ich gleich nach dem Filialleiter, jemand anders würde mir sowieso keine Informationen geben. Ein junges, blondes Mädchen in einem so kurzen Rock, wie ich ihn das letzte Mal vor mehr als zwanzig Jahren gesehen hatte, fragte, ob ich einen Termin hätte. Ich sagte, dass dem so wäre, und bat sie, mir das Büro des Filialleiters zu zeigen. Ohne nachzudenken deutete sie den Flur hinunter, und bevor sie etwas sagen konnte, war ich schon auf dem Weg zur Tür.

In der Mitte des Zimmers stand ein großer, alter Schreibtisch und an der Wand gegenüber der Tür hing ein entsprechend großes Bild der Insel Mykines, auf dem das Abschlachten der Grindwale dargestellt war. Der Mann, der hinter dem Schreibtisch saß, entsprach in seinen Maßen weder den Dimensionen noch der Brutalität des Gemäldes. Er war klein und dünn, blass, trug eine Nickelbrille und seine Glatze glänzte, als wäre sie poliert. Zwei kalte blaue Augen, schmal wie der Spalt einer Muschel und ebenso scharf wie diese, sahen mich an.

»Was bilden Sie sich ein, hier einfach hereinzuplatzen?«

»Ich brauche einige Informationen und dachte, so ginge es am schnellsten.«

»Mir gefällt Ihr Auftreten nicht.«

»Das spielt keine Rolle. Es ist sowieso nicht zu verkaufen.«

Der Kopf fuhr zurück, als würde er geschlagen. Er schaute mich einen Augenblick lang an, dann fing er an zu lachen.

»Philip Marlowe.«

»Ja«, sagte ich. »*Die Tote im See.*«

»Sieh mal an, du kennst deinen Chandler.« Aus dem Sie war ein Du geworden.

»Das ist nicht so erstaunlich wie die Tatsache, dass ein Bankdirektor ihn kennt.«

»Wir Bankleute lesen auch noch was anderes als Zahlen.«

Er zog die Manschetten mit den Goldknöpfen weiter aus den Jackenärmeln, schob den Schlips gerade und sah mich über den Brillenrand hinweg an. Die Unterhaltungspause war vorbei.

»Wir haben einen gemeinsamen Freund, aber jetzt ist nicht der Moment, über ihn zu reden. Sag mir, worum es geht und ...« Er schaute auf die Uhr. »Und beeil dich ein bisschen, ich muss gleich zu einer Sitzung.«

Ich erzählte dem Filialleiter, dass die beiden Toten meine besten Freunde gewesen waren und dass ich wissen wollte, ob die kleine Elsa etwas bekommen würde, jetzt, da ihre Mama und deren zukünftiger Ehemann tot waren. Ich murmelte etwas davon, dass ich andernfalls versuchen würde, ihr zu helfen.

»Sie müssen wissen, dass wir eigentlich keine Auskünfte über unsere Kunden geben dürfen. Aber wenn es sich um eine Samaritertat handelt ...« Er drückte ein paar Tasten seines Computers.

»Stimmt, sowohl Sonja Pætursdóttir als auch Hugo Jensen hatten eine hübsche Summe Geld auf ihrem Konto. Mehr darf ich Ihnen wirklich nicht sagen, aber jetzt können Sie wieder beruhigt schlafen. Die Kleine ist versorgt.« Er sagte das in einem spöttischen Ton und die kalten blauen Augen schienen mich zu durchbohren. Offensichtlich hatte er kein Wort von dem geglaubt, was ich ihm erzählt hatte. Er war scharf wie ein Rasiermesser.

Ich verabschiedete mich und eilte davon.

Ich hatte die Bestätigung erhalten, dass Sonja und Hugo Geld auf ihren Konten hatten, während sie zuvor nie einen roten Heller besessen hatten. Hugo fuhr außerdem ein neues und teures Auto. Irgendwo mussten sie auf eine Geldader gestoßen sein, aber wo? Und ob das mit ihrem Tod zu tun hatte? Mammon und Tod wandern gemeinsam ...

Der Verkehr auf der R. C. Effersøesgøta strömte ohne Unterlass in beide Richtungen. Alle wollten zur gleichen Zeit nach Hause zum Mittagessen. Man stopfte etwas in sich hinein, hörte dabei Radio, hastete aufs Klo und schon war man wieder unterwegs. In den meisten Familien arbeiteten beide Eltern, da war es nicht besonders lustig, am Ende eines Arbeitstages heim zu den Resten vom Mittagessen und einem Haufen schmutzigem Geschirr zu kommen, wenn eigentlich das Abendbrot an der Reihe war. Viele Firmen hatten ihre Arbeitszeiten schon geändert, die Leute wollten lieber durcharbeiten und dafür abends eher gehen. Aber diese Veränderung hatte sich noch nicht so weit durchgesetzt, dass die Straßen in Tórshavn vor und nach der Mittagspause leerer waren.

Ich saß im Kadett und wartete, bis das Schlimmste vorbei war. Ich tat, als nähme ich Tabletten, damit die Leute glaubten, ich stünde mit Recht auf dem Apothekenparkplatz. Aber vielleicht glaubte doch niemand, dass meine Zigarette ein Wundermittel der Pharmaindustrie sei.

Als der Verkehr auf der Straße nicht mehr ganz so dicht war, startete ich den Wagen und fuhr Richtung Norden. Ich wollte nach Eysturoy, und wenn es sich machen ließ, rauf aufs Støðlafjall. Und es schien ganz so, als ließe es sich machen – bei hohem Himmel und Sonne.

Auf dem Weg den Oyggjarvegur hinauf blickte ich auf Tórshavn hinunter, das friedlich und still dalag und sich sonnte. Ich versuchte, so viel wie möglich von diesem Anblick in mich aufzunehmen. In diesem Jahr hatte es bisher nur wenige schöne Tage gegeben und es war nicht damit zu rechnen, dass noch viele kommen würden. Der Winter war hart gewesen, der schlimmste seit Menschengedenken, dann ein nasses Frühjahr, und jetzt ein Sommer, der wenig versprach. Aber heute war alles eitel Freude, die Stadt genoss, was der Augenblick bot, und stellte sich vor, sie könne, was das Wetter betraf, ebenso gut am Mittelmeer liegen. Draußen auf dem Fjord gab es einige Schiffe, die meisten lagen zwischen Borðan und Kirkjubønes, und ich überlegte, ob ich nicht lieber zum Fischen rausfahren sollte. Ich wusste sowieso nicht, was ich auf dem Støðlafjall wollte, und hatte auch nicht viel Hoffnung, dass die Fahrt dorthin mir etwas bringen würde, was ich nicht sowieso schon wusste. Es wäre bestimmt lustiger zu angeln, als im Gebirge herumzukraxeln.

Während ich in der Sonne weiter Richtung Norden fuhr, wobei ich die meiste Zeit die Straße für mich allein hatte, träumte ich von Dorschen und Schellfischen, die glänzend über die Reling kamen. Als ich an der kleinen Walstation bei Air vorbeikam, hatte ich auch einen kleinen Heilbutt gefangen.

Der Blick vom Støðlafjall war großartig. Der Himmel war blau und wolkenlos. In allen Richtungen ein Berg neben dem anderen, die nächstgelegenen hellgrün, um dann in die Ferne hin immer dunkler zu werden. Das Gebirge in der hintersten Reihe hatte einen bläulichen Schimmer, schattenblau. Es lag ein Hauch von Unwirklichkeit über dem Panorama, man konnte es nicht recht glauben, zu sehr sah es aus wie auf einer Postkarte. Eine sanfte Brise strich über die Ebene und ich hatte das Gefühl, als wollte dieser Windhauch bekräftigen, wie schön und still Land und Meer sich zusammenfügten. Abgesehen von einem grauen Inspektionsschiff, das in schnellem Tempo nach Norøragøta fuhr, lag die Gøtuvík glatt und unberührt. Von oben aus gesehen, aus einer Höhe von fast 600 Metern, ähnelten Bucht und Häusergruppen einer Spielzeuglandschaft, wie man sie auf größeren Bahnhöfen sehen kann. Wirf eine Krone ein und die Züge setzen sich in Bewegung. Aber hier gab es keine Möglichkeit, die Krone loszuwerden, und die Gebirge waren keine Spielzeuglandschaften, sondern hohe, steile Berge, von denen man hinunterfallen konnte. So wie Sonja Pæturdóttir.

Die Ebene auf dem Støðlafjall war groß, man konnte bequem darauf Fußball spielen. Es wuchs etwas Gras und Moos, das Meiste war jedoch von Kieselsteinen und Schlamm bedeckt. Es gab hier auch ein kleines Haus mit einer großen Antenne, eine Transformatorstation. Sonst war es kahl. Ich ging die östliche Kante entlang und mir schien es nicht so leicht hier hinunterzufallen, aber sie war runtergefallen und ich hatte keinen Zweifel daran, dass ihr dabei jemand eine helfende Hand gereicht hatte. Andererseits konnte man hier im Halbdunkel und leicht angetrunken sicher hinunterstürzen, von daher leuchtete mir der Standpunkt der Polizei auch ein.

Ich blieb einen Augenblick stehen und schaute die steilen Felswände hinunter, dabei fiel mir ein, dass hier während des Krieges ein englischer Kapitän ums Leben gekommen war. Aber er war auf dem Felsen herumgeklettert, das war etwas ganz anderes. Nur zur Syørugøta hin fiel der Berg so steil ab, mehrere hundert Meter fast senkrecht in die Tiefe. Die anderen Seiten waren zugänglich, jedenfalls einigermaßen. Warum um alles in der Welt war Sonja auf die Idee gekommen, in die einzige Richtung zu gehen, in die sie nicht hätte gehen sollen, wenn die Sicht so schlecht war?

Während ich dastand, in die verschiedenen Richtungen sah und erneut das Inspektionsschiff entdeckte, das den Silberspiegel der Bucht zerstörte, kam mir der Gedanke, dass es wohl kaum eine Landspitze auf den Färöern gab, an der noch kein Schiff kollidiert war. Trotz all der modernen technischen Instrumente wurde die Küste torpediert wie nie zuvor. Vielleicht sollte man einmal sämtliche Landzungen auf den Färöern zählen, dagegen die Kollisionen und die Prozentzahl ermitteln. Außerdem könnte man berechnen, welches die am meisten angefahrene Landspitze ist, und herausfinden, ob es noch welche gibt, die ungeschoren davongekommen sind. Ich schüttelte den Kopf, um all diese nutzlosen Gedanken loszuwerden. Ich wusste, wie schnell ich mich in irgendwelche bedeutungslosen Sackgassen verirren konnte.

Ein Grund für die vielen Kollisionen war, dass die Mannschaft auf einem modernen Frachtschiff nicht groß genug war. Die wenigen Männer, die es auf einem Boot gab, durften nur auf offener See schlafen. So kam es, dass sie in Landnähe, zwischen den Inseln, während der Wache vor Übermüdung einschliefen. *Du bist nur eine Figur im Schachspiel, bei dem das Geld die Leute regiert,* summte ich.

Das Auto stand vor dem großen grünen Zelt der Zeltmission bei Gøtueiði. Es hatte Aufmerksamkeit erregt, weil es das Kennzeichen 666 hat, die Zahl aus der Offenbarung. Der Rundfunk berichtete oft von Veranstaltungen im Zelt, aber ich hatte nie aufmerksam genug zugehört, um mitzubekommen, worum es sich dabei drehte. Das Zelt stand in einem alten Steinbruch und mitten am Tag ähnelte es einem Reservelager der Ingenieure, wie es so verschlossen dastand. Aber wer weiß, vielleicht spielten sie da im Dunkeln splitternackt Blindekuh, wie von einer Sekte südlich des Fjords zu den glücklichen Zeiten der Walstation berichtet wurde.

Auf dem Rückweg Richtung Süden, bei ebenso schönem Wetter wie auf der Hinfahrt, aber mehr Autos auf der Straße, dachte ich darüber nach, dass ich kein Stück weitergekommen war. Ich wusste nicht, wonach ich suchte, und war der Einzige, der glaubte, dass es überhaupt etwas gab, wonach gesucht werden musste. Ich konnte ebenso gut wieder nach Dänemark zurückfahren.

Nein, sagte eine andere Stimme, du fährst nicht unverrichteter Dinge zurück nach Dänemark. Du bist zweimal niedergeschlagen worden, es passieren äußerst merkwürdige Dinge und zwei Menschen sind tot. Du bist der Einzige, der Klarheit in die Sache bringen kann, denn du bist der Einzige, der sie ernst nimmt. Das Material in Sonjas Computer musste, genau wie die Unterlagen in Hugos Haus, etwas mit den Ereignissen zu tun haben. Irgendwo muss etwas sein, was dich auf die richtige Spur bringt. Außerdem ist in dem ganzen Durcheinander eine Story verborgen, die verkauft werden kann. Wenn alles gut geht, kannst du sie bei den internationalen Medien unterbringen. Über kurz oder lang wird etwas ans Licht kommen und dann geht's los.

Auf diese Art und Weise versuchte ich, mich selbst zu überreden, nicht den Schwanz einzuziehen, auch wenn ich ganz genau wusste, dass ich es später bereuen würde.

Der moralische Standpunkt, Hand in Hand mit dem ökonomischen, gewann.

16

Zurück in Tórshavn stellte ich den Wagen in der Nähe der Wohnung ab, es war gar nicht daran zu denken, am späten Nachmittag mitten in der Stadt einen Parkplatz zu finden. Im Zentrum ging ich in die Gemeindebibliothek, um zu sehen, ob sie Material über Kesselring und Kappler hatten.

Kappler fand ich nirgends, aber Kesselring wurde in verschiedenen Büchern erwähnt – aber leider nur erwähnt. In einer Übersicht über den Zweiten Weltkrieg stand:

Albrecht Kesselring (1885–1960). Deutscher Offizier. Bei Kriegsausbruch war er General der Luftwaffe. Spielte eine wichtige Rolle bei der Schlacht um England 1940/41. In den letzten Kriegsmonaten war er Oberbefehlshaber für ganz Europa. Zum Tode verurteilt als Kriegsverbrecher, aber 1952 begnadigt und freigelassen.

Das war alles und es half mir natürlich nicht viel. Genauso wenig fand ich über die Werwölfe und ODESSA. Aber es gab einen dicken Wälzer auf Englisch über die Kämpfe in Italien. Da Kesselring im Register häufiger genannt wurde, lieh ich mir das Buch aus.

Als ich auf die Niels Finsengøta kam, hatte es angefangen zu nieseln. Der Wind wehte jetzt aus Süden und dieser Wind brachte immer Regen und Nebel mit sich. Das Nebelloch Tórshavn breitete die Arme aus und empfing ihn freudig.

Ich stellte mich unter und betrachtete die Autos und die Menschen. Diese Reihenfolge war nicht zufällig, denn es waren viel mehr Autos als Menschen in der Fußgängerzone. Während ich mir den Kopf darüber zerbrach, ob es möglicherweise eine philosophische Erklärung für dieses Phänomen gab, protestierte zum Glück mein Magen. Ich hatte seit dem Morgen nichts Ordentliches mehr gegessen. Am Vaglið hatte *Fish and Chips* geöffnet und ich kaufte die größte Portion, die sie hatten.

Mit Fisch und Pommes unter dem Arm eilte ich heim und stellte mir vor, wie gut das schmecken würde. Gleichzeitig dachte ich an Kesselring und das Buch, ich hatte geplant, mich darin zu vertiefen, nachdem ich gegessen hatte. Ich wollte ins Bett gehen – nicht mit Joyce, wie in dem Gedicht, sondern mit Kesselring. Wer von beiden der bessere Bettgenosse sein würde, sollte die Zeit erweisen.

17

Am hintersten Tisch, gleich neben dem Tresen, saßen drei Männer und spielten Schafskopf. Ihre Stimmen dröhnten durchs ganze Lokal, während die Personen selbst zur Hälfte im Zigarettenrauch verschwanden. Ich ging zur Bar und bestellte ein Bier. Drei von den vieren waren ungefähr in meinem Alter und wir grüßten uns, wenn wir uns auf der Straße begegneten. Der vierte näherte sich den fünfzig, war etwas schwabbelig, hatte eine ungesunde Hautfarbe, schmale Schultern und einen breiten Hintern. Alles an ihm hing, auch die Falten in seinem Gesicht, sie waren tief und ähnelten den Vorhängen in einem Rokokohaus. In das dünne, mausgraue Haar war reichlich Fett geschmiert worden. Er war ein bekannter Stänkerer. Einer von der nervigen Sorte, der nicht aufhören konnte und dicke Lügen vom Stapel ließ.

»Na Alter, wo bist du gewesen?«, fragte der Fünfzigjährige. »Hast wieder in Dingen rumgeschnüffelt, die dich nichts angehen, damit du Zeitungen mit Klatsch und Tratsch beglücken kannst?«

Die Bosheit schaute aus seinem lächelnden Gesicht hervor.

»Nein. Ich war zu Hause bei deiner Frau.« Es war allgemein bekannt, dass sie öfter fremdging.

Er sprang auf, sein Gesicht wechselte die Farbe.

»Verdammt nochmal, ich schlag dich zusammen!«

Aber der Tisch war dazwischen, fest im Boden verschraubt, sodass er nicht an mich herankam.

»Halt's Maul«, sagte einer der anderen. »Setz dich wieder hin und hör auf, dich so aufzuregen, nur weil dich jemand ein bisschen ärgert. Du teilst auch aus, also musst du auch einstecken können.«

Der Fünfzigjährige setzte sich, aber die Wut kochte weiter in ihm. »Kann schon sein. Aber der Scheißkerl ist doch keine fünf Øre wert. Nur weil er für irgend so ein Käseblatt schreibt, glaubt er, er sei etwas Besonderes.«

Er sah mich böse an, hob aber die Karten wieder auf, die er auf den Tisch geworfen hatte. »Warte nur, mein lieber Freund, so leicht kommst du mir nicht davon«, zischte er, bevor er sich wieder den Karten widmete.

Ich drehte ihm den Rücken zu und ging in eine Ecke, in der der Clubwirt Harald saß und Zeitung las. Er ließ sich nicht so leicht aus der Ruhe bringen, und wie ich ihn kannte, hatte er bei dem Wortwechsel vorhin höchstens einmal von der Zeitung hochgeschielt. Er hatte die Mitte vierzig schon überschritten, war dunkelhaarig, schwer und breit und hatte gesunde rote Wangen. Er trug einen Färöerpullover, Gummistiefel und kam zweifellos gerade von seinem Boot.

»Es ist schon beeindruckend, wie gut du Leute aufstacheln kannst«, kam es bedächtig im nördlichen Dialekt von ihm. Er sah mich nicht an, während ich mich setzte, blätterte nur unkonzentriert in der Zeitung. Dann faltete er sie zusammen und warf sie auf einen Stuhl. »Da steht nichts Lesenswertes drin. Anstatt dass jede Partei eine eigene Zeitung hat, sollten sie gezwungen werden, zusammen eine zu machen. Dann würden wir vielleicht eine Zeitung bekommen, die zu etwas nütze ist.«

Er lehnte sich auf dem Sofa zurück, schaute zum Kartentisch hinüber und sah mich dann mit lächelnden blauen Augen an. »Kümmere dich nicht um das Arschloch. Wenn es nach mir ginge, wäre er schon längst rausgeschmissen worden. Wenn er noch ein einziges Mal Krach schlägt, beantrage ich bei der Verwaltung Lokalverbot für ihn. Er ist oft genug gewarnt worden. Aber was bringt dich hierher? Das Letzte, was ich gehört habe, war, dass du jetzt irgendwo im Süden wohnst.«

»Na ja, wohnen ... Ich war ein paar Monate in Rom und habe versucht zu schreiben, aber es ist beim Versuch geblieben. Nein, ich bin wie üblich nach Hause gekommen, um zu schreiben. Und dann ist da noch Sonja.«

Ich erzählte ihm einiges von dem, was ich erlebt hatte, und dass ich sicher war, dass mit Sonjas und Hugos Tod etwas nicht stimmte. Als ich fertig war, saß Harald für einen Augenblick in Gedanken, er war nicht der Typ, der sich schnell ereiferte.

»Du sagst, die Polizei hält es für Zufall, dass die beiden innerhalb so kurzer Zeit ums Leben gekommen sind.« Er machte eine Pause. »Merkwürdig ist das schon, aber erst mal würde ich der Polizei zustimmen. Du hast ja auch nichts gefunden, das irgendetwas beweist. Das auf Sonjas Computer finde ich nicht so furchtbar spannend, wir wursteln alle immer wieder mal mit etwas herum, und wenn sie in jener Nacht beschwipst war, kann da alles Mögliche herauskommen. Dass du zweimal zusammengeschlagen worden bist, erscheint mir auch seltsam, aber die Verbrechen haben in Tórshavn enorm zugenommen, seit du weggezogen bist. Es ist durchaus möglich, dass irgend so ein Kleinkrimineller von Hugos Tod erfahren und sich beeilt hat, sobald der Weg frei war.«

Ich protestierte und fragte Harald, wer mich denn dann gestern Abend niedergeschlagen haben sollte. Und wo das Geld herkam, das Sonja und Hugo plötzlich besessen hatten. Er murmelte zustimmend, meinte aber, dass es auch dafür bestimmt eine plausible Erklärung gäbe.

Ich holte uns noch zwei Bier und fragte, ob Harald etwas über Sonja und Hugo wüsste, vor allem aus der letzten Zeit.

»Ich weiß nicht, was da sein sollte. Und so gut kannte ich Sonja ja auch nicht und Hugo ebenso wenig. Sonja war meistens am Wochenende hier, sie suchte, wie so viele, einen Kerl. Doch …« Er machte eine kleine Pause. »Ich habe sie in Vágsbotnur gesehen. Sie rannte dauernd an Bord dieses Schoners aus Paraguay. Du hast ihn bestimmt gesehen, er liegt am Kai, weiß und groß, ein zweimastiger Stahlschoner.«

Ja, ich hatte ihn gesehen, aber nicht gewusst, dass er aus Paraguay war.

»Was hat Sonja da dauernd zu suchen gehabt?«

»Keine Ahnung. Vielleicht ging es um eine Story fürs *Bladet*? Aber jetzt, wo ich darüber nachdenke, fällt mir auf, dass das Schiff in den Medien überhaupt nicht erwähnt worden ist. Merkwürdig, denn es ist jetzt schon fast zwei Monate hier und hübsch und auffällig ist es auch. Es passiert nicht jedes Jahr, dass wir solchen Besuch bekommen. Aber die Scheißzeitungen kennen wohl deren Besuchszeiten nicht ...«

»Was ist denn das für ein Schiff und was machen die hier?«

»Ich habe keine Ahnung, was die hier tun. Oder was das für Leute an Bord sind. Ich habe versucht, ein bisschen herumzuschnüffeln, aber die jungen Kerle auf dem Schiff sind äußerst unfreundlich und reden nur spanisch. Zumindest kriegt man kein englisches Wort aus ihnen heraus. An Bord lassen sie einen gar nicht erst. Ich habe auch zwei ältere Männer gesehen, aber die zeigen sich nur selten. Kommen mal an Deck und rauchen eine Zigarre. Nur der eine von ihnen war wenige Male an Land, er ist freundlich und entgegenkommend und spricht ein wenig englisch. Er sagt, sie seien Sportangler. Das hat er jedenfalls zu mir gesagt, als ich ihm auf dem Weg in die Stadt gefolgt bin. Sehr liebenswürdig war er, aber unter die Oberfläche bin ich nicht gekommen.«

»Glaubst du denn, dass die hierher gekommen sind, um Forellen zu angeln?«

»Aus Südamerika? Bist du blöd? Ich habe noch nie einen von ihnen mit einer Angelrute gesehen. Ich habe ja tagsüber meistens frei und streune oft unten in Vágsbotnur herum, pumpe mein Boot leer, besuche die Lästerbank und rede mit den Leuten. Aber ich habe noch nie einen von diesen Männern etwas tun sehen, was auch nur im Entferntesten mit Angeln zu tun haben könnte. Nein, das ist reine Fantasie.«

»Was machen sie dann? Machen sie denn nie die Leinen los und fahren mal rum?«

»Doch, sie sind ein paarmal Richtung Norden gefahren. Wohin, wissen die Götter. Nein wirklich, es ist etwas Unheimliches an dem Schoner.«

»Und du hast niemand außer Sonja an Bord gesehen?«

»Jetzt, wo du fragst ... Ich habe einmal den Fischereidirektor aus unserer Landesverwaltung an Bord gehen sehen. Du weißt schon, der, der aussieht wie ein rumänischer Hühnerdieb. Aber das war neben Sonja auch der Einzige.« Harald lächelte etwas spöttisch. »Andererseits wohne ich nicht in Vágsbotnur, also ...«

»Du hast gerade ein paar unfreundliche junge Männer erwähnt. Wer sind die?«

»Die Mannschaft, nehme ich an, auch wenn sie eher wie Gorillas in einem Kriminalfilm aussehen, groß, breite Schultern, abweisend.« Er nahm einen großen Schluck aus seinem Bierglas. »Aber lass uns von etwas anderem reden, von etwas Lustigerem.« Er klang ungeduldig.

»Augenblick, nur noch eine Sache. Du sagst, dass niemand an Bord darf, Sonja aber ständig dort war. Wie erklärst du dir das?«

»Keine Ahnung.« Harald stand auf. »Was trinkst du, Gold oder gewöhnlich?«

Ich antwortete, das sei mir gleich, und er ging zur Bar, um aufzutanken.

An diesem Abend bekam ich nicht mehr aus Harald heraus. Er war des Spiels müde und vermutlich hatte er auch nicht mehr viel zu erzählen. Am nächsten Morgen wollte ich mich selbst mal da unten umsehen.

18

Es war bedeckt und eine leichte westliche Brise folgte mir hinunter zum Kai. Noch war es trocken, auch wenn der Himmel nichts Gutes versprach. Ich knöpfte den obersten Mantelknopf zu und steckte die Hände tief in die Taschen.

Vor und nach meinem Besuch im Bierclub hatte ich über die Kämpfe in Italien während des Zweiten Weltkriegs gelesen. Das Buch war interessant. Es war immer spannend, über diese Zeit zu lesen, aber was Kesselring mehr als vierzig

Jahre nach Kriegsende auf den Färöern sollte, war nicht leicht zu verstehen. Insgesamt hatte ich aus den 500 Seiten nicht viel mehr herausgefunden als aus dem kurzen Artikel in der Bibliothek. Doch, eine Sache: Kesselring hatte den Spitznamen ›Smiling Albert‹.

Als ich aus der Grims Kambansgøta zur Vestara Vág abbog, kam ich an der alten schwarzen Schmiede vorbei, die jetzt Galerieräume beherbergte. Ein großes buntes Plakat teilte mit, dass eine ausländische Künstlerin in den nächsten Tagen Aquarelle ausstellen wollte. Das Plakat genügte mir. Soweit ich sehen konnte, gehörte sie zu denjenigen, die gehört hatten, dass die Färinger jeden Mist kauften, deshalb wollte sie es auch mal versuchen. Und sie hatte Recht. Aber ich bin der Meinung, dass es schlimm genug ist, wenn wir unseren eigenen Schrott kaufen, wir brauchen nicht auch noch den aus dem Ausland.

Eine Unzahl von Booten lag in Vágsbotnur, die Stege waren kurz davor, unter der Last der großen und kleinen Fahrzeuge zusammenzubrechen. Es gab Ruderboote mit Beimotoren und norwegische Plastikboote von der Größe kleiner Trawler. Sie versuchten, wie die richtigen Schiffe auszusehen, die bei der Fischfabrik Bacalao und am Reparaturkai der Schiffswerft auf der westlichen Seite der Bucht lagen.

Sie waren in ganz unterschiedlichem Zustand. In vielen stand mindestens ein Fuß Regen- oder Meerwasser, sie waren schon längere Zeit nicht mehr leer gepumpt worden. Ich habe mir auch erzählen lassen, dass bei Weitem nicht alle Boote jedes Jahr hinausfuhren. Einige behaupteten steif und fest, dass nur die Hälfte das Meer außerhalb der Mole schon mal gesehen habe und dass die Zahl derjenigen, die noch hinausfuhren, nur deshalb so hoch war, weil Sandagerø immer noch Walfangplatz war. Jedes Mal wenn eine Gruppe Grindwale in die Nähe von Tórshavn kam, zogen mehr als hundert Boote raus zum Fangplatz am Krankenhaus, um gleich wieder zu wenden. So konnten sie zur Verwaltung gehen und sich als Teilnehmer melden, damit sie ihren Anteil bekamen. Dass sie nicht immer genau wussten, wie viele dabei gewesen waren und deshalb aufrunden mussten, machte die Ausbeute für den Einzelnen nicht geringer.

Aber einen hübschen Anblick boten die Schiffe, die Reling an Reling, den Achtersteven am Steg, in einem wohlorganisierten Chaos dalagen. Den Hintergrund bildeten die malerischen Häuser auf Bryggjubakki, rote, gelbe, blaue, in einem Baustil, der die Fantasie zu einem kleinen, alten, internationalen Handelsort führte. Ein Zeichen dafür, dass hier einmal das lebhafte Treiben von Arbeitern und Leichtern geherrscht hatte, die die Fracht zwischen den Lagerhäusern und Schiffen verluden. Die Schiffe hatten in der Bucht geankert oder auch draußen auf der Reede. Mittlerweile war ein großer Teil des Hafengebiets zu Parkplätzen für Autos und Freizeitboote umfunktioniert worden.

Hinten bei der Lästerbank lief ein zufriedener Harald in blauem Overall herum.

Er lächelte mir zu. »Na, Alter, wie geht's heute? Kopfschmerzen?«

»Nein, nein. Mir geht es ausgezeichnet. Du weißt, guten Menschen geht es immer gut. Ist das das Schiff?«

Ich schaute lange zu dem Steg hinüber, an dem das weiße Segelschiff angelegt hatte. Erst jetzt fiel mir auf, dass es anders war. Irgendwie gehörte es nicht hierher.

»Ja, das ist es.« Wir gingen langsam in die Richtung. »Es ist ein Schoner, ein zweimastiger Stahlschoner. Ist dir aufgefallen, dass der Großmast ganz hinten ist und fürs Stagsegel aufgetakelt?«

Harald schielte zu mir herüber. »Du hast keine Ahnung, was ein Stagsegel ist, oder?«

»Nein.«

»Das bedeutet, dass das Schiff zwischen beiden Masten Segel führt. Das Segel erinnert sehr an Focksegel. Du hast doch mal vom Fock gehört?«, versuchte er mich zu necken.

Ich ignorierte ihn und zählte neun Bullaugen. Fünf auf der vorderen Seite und vier auf der hinteren.

»Ein fremder Vogel in unseren Breitengraden, aber das Biest sieht gut aus, wenn es unter vollem Segel ausläuft.« Ein Hauch von Sehnsucht trat in Haralds Stimme und Gesicht.

Wir waren zum Schoner gekommen, der friedlich und menschenverlassen dalag. Hübsch und auffällig traf es gut. Er war kreideweiß, etwa zwanzig Meter lang und vier bis fünf Meter breit. Der Steven war lotrecht und von ihm ragte ein riesiger Spriet mit einem Netz darunter heraus, das aussah wie ein Kletternetz auf einem Spielplatz. Aber hier gab es keine kleinen Kinder, hier gab es überhaupt niemanden. Das Schiff lag da, als wäre es für den Winter zurechtgemacht worden, aber es war Hochsommer.

Der einzige Aufbau war ein niedriger Wandschirm vor dem Ruder; wie bei den ersten Schaluppen stand man draußen und steuerte. Das unterstrich noch den langen, schlanken Schiffskörper und außerdem waren die beiden Masten außergewöhnlich hoch und schmal. Es gab keine Wanten, um hinaufzukommen, nur dünne Drahtseile zum Festhalten.

Das war wirklich ein fremder Vogel.

Die Flagge, die ich gestern gesehen hatte, war verschwunden. Der Flaggenmast stand nackt und kahl da, und ohne Schmuck hatte er etwas Verwelktes, Herbstliches an sich.

Vorne stand kein Name, darum ging ich ans Heck. *Eva, Asunción.* Asunción?, überlegte ich. Das war eine Stadt, wenn ich mich recht erinnerte, aber wo?

»Paraguay«, sagte Harald, der offenbar meine Gedanken gelesen hatte. »Asunción ist die Hauptstadt von Paraguay. Ich bin mal dort gewesen, als ich auf großer Fahrt war, aber ich kann mich nicht mehr an die Stadt erinnern. Eine dieser üblichen südamerikanischen Städte mit Hochhäusern und Slums quer durcheinander. Reiche und Arme in einem Chaos, unter Druck gehalten von den Soldaten eines brutalen Diktators.«

»Ich dachte, Paraguay liegt mitten im Landesinnern.«

»Tut es auch, aber der Paraguay-Strom ist die Verbindung zum Meer.«

Wir blieben einen Augenblick stehen und blickten auf die *Eva* aus Asunción in Paraguay. Sie konnte sich sehen lassen. Irgendwas wühlte in meinem Kopf herum.

»Harald, wofür ist Paraguay bekannt?«

»Keine Ahnung. Unterdrückung?«

»Ja, und was noch? Was ist aus Europa seit dem Zweiten Weltkrieg dort hingeströmt?«

»Da sagst du was. Alte Nazis. Verdammt nochmal, das Land ist voll von Kriegsverbrechern und Stroessner und seine Nachfolger liefern keinen aus, egal an welches Land.« Er schwieg eine Weile. »Denkst du an Sonja und Hugo und an die Artikelserie?«

Ich wollte Harald gerade antworten, als eine wütende Stimme brüllte: »What are you doing? Get away!« Das wurde mit einem schleppenden spanischen Akzent gerufen, wobei der Mann, der mitten auf dem Schiff stand, aussah wie die personifizierte Brutalität. Groß und breitschultrig, kurzes blondes Haar, und selbst auf die zehn Meter Entfernung blitzten seine hellblauen Augen. Das weiße Unterhemd war kurz davor, von den Muskeln gesprengt zu werden, aber er sah nicht aus wie jemand, der Bodybuilding nur zum Vergnügen machte.

»Just looking at your beautiful ship«, antwortete ich und versuchte, dabei freundlich zu klingen.

Der Blonde bewegte sich mit federndem Gang langsam an Deck in unsere Richtung. Er wog bestimmt über zweihundert Pfund. Der Schoner lag hoch im Wasser, das Deck war ungefähr einen Meter über der Kaihöhe. Das ließ den riesigen blonden Ochsen noch bedrohlicher erscheinen und außerdem strahlte sein Gesicht nicht gerade Entgegenkommen aus, als er uns sagte, dass wir genug gesehen hätten und uns nach Hause scheren sollten.

Ich merkte, wie Harald wütend wurde.

»Was, zum Teufel, bildet sich dieser Affe eigentlich ein? Verpiss dich zu Mamas Bananen. Hier hast du nichts zu sagen.«

In seiner Aufregung hatte er vergessen, englisch zu sprechen, sodass der Ochse sich nicht rührte und uns bloß mit leeren Augen anstarrte.

Harald merkte es und wechselte zum Mannschaftsenglisch. »What the fuck do you mean, you son of a bitch? I ...«

Weiter kam er nicht, denn ich zog ihn mit mir zum Kai, wobei er immer wieder versuchte, sich umzudrehen und dem Segelschiff und dem Repräsentanten der Mannschaft Schimpfworte zuzurufen.

In der Konditorei gab es viele Menschen und neugierige Blicke, aber gerade als wir ankamen, wurde ein Fenstertisch frei und wir setzten uns. Wir bestellten Kaffee und belegte Brötchen und rauchen eine Zigarette, während wir warteten.

Als wir den Kaffee probiert hatten, sagte Harald: »Warum durfte ich ihm nicht die Meinung sagen?«

»Aus dem einfachen Grund, weil ich versuchen will, an Bord zu kommen. Ich will mit den beiden Älteren reden und sehen, was ich aus ihnen rauskriege. Hast du nicht gestern Abend gesagt, die Jungen könnten kein Englisch?«

»Als ich versucht habe, mit ihnen zu reden, haben sie nur auf Spanisch geantwortet. Aber dieses Arschloch konnte Englisch verstehen und sprechen.«

Wir schauten eine Weile aus dem Fenster, beobachteten die vorbeigehenden Leute. Einige hatten es eilig, andere ließen sich Zeit und sprachen mit fast jedem, den sie trafen. Eine Gruppe von Schulkindern, die freihatten oder schwänzten, kam angelaufen, ein mitgenommen aussehender Alkoholiker schwankte verschlafen und fröstelnd auf der Suche nach dem nächsten Rausch vorbei. Hübsche junge Mädchen schlenderten in rhythmischer Habt-ihr-mich-gesehen-Haltung vorbei in Richtung Fußgängerzone. Sie hatten keine Eile, erspähten sie durch die Fenster einen freien Tisch, kamen sie herein. Hier konnte man den ganzen Tag sitzen und hatte genug damit zu tun, das Spiel drinnen und draußen zu verfolgen.

»Irgendwas stimmt nicht mit dem Schoner«, sagte Harald. »Ich habe vorher nicht darüber nachgedacht. Es stinkt nach Unheil.«

»Du hast ja plötzlich ein unglaubliches Interesse an dem Boot entwickelt. Soweit ich mich erinnern kann, hast du gestern Abend im *Ølankret* gerade mal ein paar Worte darüber reden wollen. Liegt es daran, dass man dich geärgert hat?«

»Nein, nicht nur. Obwohl das auch eine Rolle spielt. Ich habe heute Nacht über das nachgedacht, was du von Sonja und Hugo erzählt hast. Ich muss dir Recht geben, es ist verdammt merkwürdig. Mit einem Mal sind beide tot. Durch ein Unglück, sagt die Polizei, aber in beiden Fällen sind die Umstände ungewöhnlich. Und wie ist es möglich, dass Sonja an Bord des Schoners gehen konnte, wann immer sie wollte, während andere nicht einmal in dessen Nähe gelangen? Na ja, der Fischereidirektor war auch an Bord, aber sonst niemand. Du kannst sagen, was du willst, hier ist irgendetwas verdammt faul.«

»Das habe ich dir doch gestern Abend schon gesagt. Aber welche Verbindung gibt es zwischen den beiden Toden und den Typen aus Paraguay? Es ist gar nicht sicher, ob es überhaupt eine Verbindung gibt. Aber ich habe mir vorgenommen, es rauszukriegen ... und ob es etwas mit den alten Nazis zu tun hat. Hast du nicht irgendetwas in der Richtung gefragt, als dieses blauäugige Arschloch hinter uns hergerufen hat?«

»Und wie willst du das anstellen?«

»Da fragst du mehr, als ich beantworten kann.«

Ich lehnte mich zurück. »Wenn ich lange genug nachdenke, wird mir schon etwas einfallen.«

Kurz danach stand Harald auf, er musste noch die Steuern für die Getränke im *Ølankret* bezahlen. Er schlug mir vor, mitzukommen und anschließend noch ein Bier mit ihm zu trinken. Nein, ich wollte nicht mitten am Tag schon Bier trinken, und außerdem hatte ich mehr Lust, meine Gedanken zu sammeln, als sie weiter schweifen zu lassen. Als Harald gegangen war, fing ich ernsthaft damit an.

Ich betrachtete die Mädchen.

19

Später am Nachmittag ging ich wieder zur Vágsbotnur hinunter. Die letzten Stunden hatte ich verschiedene Fragen hin und her gewendet und war zu dem Schluss gekommen, dass der Weg zum Ziel nur über die Leute an Bord des Schoners aus Paraguay führen konnte. Der Weg zum Ziel war vielleicht zu viel gesagt, aber ich wusste nicht, was ich sonst machen sollte.

In der Vágsbotnur waren nicht viele Menschen. Es gab einen, der sein Boot leer pumpte, und ein paar vereinzelte Touristen, die umherschlenderten und fotografierten. An Bord der *Eva* war dafür mehr Leben als am Vormittag. Jetzt waren vier Männer an Deck. Der schon bekannte freundliche junge Mann und ein anderer, der ihm in Größe und Aussehen ähnelte. Seinen Charakter konnte ich nur erraten, aber der unterschied sich bestimmt nicht viel von dem des anderen. Die beiden Männer, die an der Backbordseite beim Fockmast standen, erregten mein besonderes Interesse. Sie schauten zu dem Lagerhaus hinüber, sodass ich nur ihre Rücken sah. Aber beide waren weit in den Sechzigern, vielleicht noch älter. Der eine hatte, abgesehen von einigen spärlichen Haaren über den Ohren, eine Glatze, der andere dichtes weißes Haar. Der Glatzköpfige trug eine Brille. Sonst sahen sie sich ähnlich, jedenfalls soweit ich das von meiner Position aus sehen konnte. Beide waren überdurchschnittlich groß und hatten breite Schultern. Sie waren etwas stiernackig und hatten leichtes Übergewicht, aber vor vierzig Jahren hatten sie zweifellos Aufsehen erregt.

Die beiden blonden Muskelpakete versperrten mir den Weg, als ich mich dem Schiff näherte. Keiner von ihnen sagte etwas, sie sahen mich nur mit leeren, gefühlskalten Augen an. Zwei weiße Unterhemden, zwei Paar Jeans voller lebloser Kraft. Es lief mir kalt den Rücken hinunter. Diesen vier durfte man nicht zu nahe kommen, sie würden mir wie einer Schnake Arme und Beine ausreißen, wenn es ihnen gefiel.

»Guten Tag«, sagte ich auf Englisch. »Ich bin Journalist und würde mich gerne über Ihren Schoner informieren. Wo kommen Sie her und aus welchem Grund?«

Ich hatte Block und Stift herausgeholt, frisch gekauft im Buchladen auf dem Weg hierher.

Niemand antwortete mir. Sie sahen durch mich hindurch. Ich lächelte sie an, aber das nützte nichts. Es war schlimmer, als zu einer Tür zu sprechen. Außerdem stand ich einen Meter unter ihnen und musste den Kopf in den Nacken legen. Ich schielte zu den Älteren hinüber und sah, dass der Weißhaarige verschwunden war, während der Glatzköpfige lächelnd herankam.

»Sie müssen entschuldigen«, sagte er in fließendem Englisch, »aber unsere Mannschaft hat den Befehl, ohne meine Zustimmung niemanden an Bord zu lassen.«

Die Goldbrille funkelte und Mund und Augen in dem runden Gesicht lächelten. Er bestand aus lauter Entgegenkommen, dort in seiner dunkelblauen Windjacke, dem weißen Hemd und dem rot gepunkteten Schlips.

»Waren Sie es vielleicht, der heute Vormittag auf so unverschämte Art und Weise abgewiesen wurde?«

»Ja, zusammen mit einem Freund.«

»Dann möchte ich mich bei Ihnen entschuldigen. Unsere Männer sind nicht immer so zuvorkommend, wie sie sein sollten, denn sie sind ganz andere Häfen als diesen hier gewöhnt.« Er sah sich lächelnd um. »Viel Englisch können sie auch nicht, also hoffentlich ...«

Er sah mich bittend an, seine ganze Körperhaltung drückte aus, dass es sein größter Wunsch im Leben wäre, dass ich Nachsicht üben würde hinsichtlich dessen, was geschehen war.

»Schon in Ordnung, darüber wollen wir nicht streiten.«
Ich versuchte, den gleichen entgegenkommenden Ton wie der Fremde zu finden, und mit einschmeichelnder Stimme fuhr ich fort: »Dann haben Sie also nichts dagegen, wenn ich an Bord komme und mich mit Ihnen unterhalte? Es geschieht ja nicht jedes Jahr, dass wir Besuch aus Paraguay bekommen.«

Die Augen hinter den Brillengläsern schienen unverändert zu lächeln, aber die Stimme war einen Hauch kühler als vorher. »Na ja, das stimmt wohl, aber wir haben nichts zu erzählen und im Moment passt es uns gerade nicht. Wir müssen verschiedene Sachen organisieren.« Sein Lächeln wich nicht, die Mundwinkel waren wie versteinert. »Sie müssen verstehen, wir sind sehr beschäftigte Geschäftsleute zu Hause in Asunción und sind hierher gekommen, um Ruhe zu haben. Wir wollen Forellen angeln und die frische Luft genießen, Gespräche mit Journalisten sind das Letzte, was wir uns wünschen. Ich bin mir sicher, Sie verstehen unseren Standpunkt.«

Ganz offensichtlich hatte ich nur zwei Möglichkeiten. Ich versuchte es zunächst mit sanfter Nachgiebigkeit: »Ich verstehe Ihren Standpunkt gut, andererseits bin ich Journalist und wir leben ja davon, dass wir schreiben ...«

»Dann sind wir uns ja einig«, schnitt der Brillenmann mir das Wort ab und wollte gehen.

Hier half also kein Wohlwollen. Einer der Trümpfe, die ich in der Hand hatte, musste auf den Tisch. »Und was ist mit Sonja Pætursdóttir? Sie war doch fast täglich an Bord und sie war Journalistin.«

Ich sah aus den Augenwinkeln, dass die Zwillinge Schulze und Schultze sich anspannten, aber mein Blick war auf die Brille fixiert. Nun gab es keinen Zweifel mehr, der Sommer war vorbei, sogar das Lächeln sah jetzt verkrampft aus.

»Ich will nicht leugnen, dass Sonja Pætursdóttir ein paarmal an Bord gewesen ist.«

Nein, dazu bist du zu schlau, dachte ich.

»Das geht nur uns etwas an. Außerdem gibt es einen großen Unterschied zwischen einem gewöhnlichen Journalisten und einer hübschen Frau. Es war uns ein Vergnügen, sie einige Male zum Mittagessen bei uns zu haben.«

Jetzt lächelte er wieder über die ganze Visage. Er wollte wohl andeuten, dass wir beide, mein Gott nochmal, ja schließlich Männer seien, ich würde schon verstehen ...

Die Götter sollten nur wissen, dass ich nicht die geringste Lust hatte, diesen Kerl zu verstehen. Ich machte einen letzten, hilflosen Versuch.

»Vielleicht könnten wir uns ein andermal ja doch unterhalten. Sie könnten mir erzählen, warum die Färöer so ein guter Platz für den Forellenfang sind.«

Mir war selbst klar, dass dies nicht gerade die Frage war, auf die ein großer Geschäftsmann aus Paraguay unbedingt antworten wollte. Er antwortete auch nicht, sondern ging ein paar Schritte an Deck entlang und öffnete eine Luke.

Ich schlug meinerseits den Kurs Richtung Heimat ein, empfand aber einen Stich Demütigung, weil ich beiseite geschoben worden war wie ein nörgelndes Kleinkind, und mich ritt der Teufel. Ich drehte mich um und rief in meinem selbst gestrickten Deutsch: »Vielleicht wir über lachende Albert reden können?«

Der Kopf des glatzköpfigen Alten, der immer noch über Deck zu sehen war, erstarrte, und während ich langsam zum Kai ging, fühlte ich, dass mehrere Augenpaare sich in meinen Rücken bohrten. Als ich in die Mylnugøta einbog, sah ich, dass jetzt vier Männer an Deck standen. Alle schauten mir nach.

20

Der Brief, der in dem kleinen Flur lag, hatte weder Empfänger noch Absender. Ein kleiner weißer Umschlag, von dem ich annahm, er sollte für mich sein, war ich doch der Einzige, der hier in der Wohnung anzutreffen war. Das war Logik für Fortgeschrittene. Im Umschlag lag ein Zettel, auf dem stand: *S 250.000, H 250.000, Schweiz N.N.*

Das war alles, aber es war nicht schwer zu erraten, wer den Zettel durch den Briefschlitz geworfen hatte und was er bedeuten sollte. Sonja und Hugo hatten jeder 250.000 Kronen aus der Schweiz überwiesen bekommen. *N.N.* war zweifellos das lateinische *nomen nescio* und bedeutete in diesem Fall, dass der Absender unbekannt war. Hier hatte ich die Erklärung, warum Hugo sich so einen teuren Japaner leisten konnte.

Es war mir auch klar, dass es bei den Schweizer Bankgesetzen gar keinen Zweck hatte, dort nachzufragen. Internationale Verbrecherorganisationen, die Mafia mit der Camorra an der Spitze hätten sich nicht einen Tag ohne die gesetzeshörigen Schweizer halten können. Diese lebten oft von der Kriminalität anderer und konnten dennoch ohne einen Fleck auf ihrer weißen Weste auftreten. Unglaublich, dass die Weltgemeinschaft das akzeptierte. Aber sie tat es.

In einem Buch hatte ich gelesen, dass Mord und Verbrechen an der Tagesordnung waren, als die Borgias in einem großen Teil Italiens regierten – das kulturelle Ergebnis waren Leonardo da Vinci, Michelangelo und die ganze Renaissance. In der Schweiz herrschte seit fünfhundert Jahren Frieden – das Ergebnis: die Kuckucksuhr.

Indem ich mich über die Schweiz ärgerte, wurde ich einiges von den Aggressionen los, die sich während des Gesprächs am Kai in mir angestaut hatten. Ich hatte einen langen Spaziergang durch die Stadt gemacht, aber als ich nach Hause kam und den Umschlag fand, nagte die Begegnung immer noch an mir. Gesegnet sei der Bankdirektor. Aber es konnte ja auch gar nicht anders sein: In einer Person, die Chandler mochte, musste ein guter Kern stecken.

Ich steckte den Zettel in meine Brieftasche.

Wenn ein Schiff einläuft, musste es sich nicht im Hafenamt und beim Zoll melden? Ich vertiefte mich ins Telefonbuch und wehe, das Hafenamt stand nicht unter Hafenamt! Es geschah nicht jeden Tag, dass man eine öffentliche Institution unter der Bezeichnung fand, die man normalerweise für sie verwandte. Es gab zwei Nummern, die Brücke und das Wachthaus in Alaker. Letzteres klang wie ein Relikt aus der Zeit, als die Färöer von den Seeräubern verwüstet wurden. Heute wurde das Land nicht von Leuten von außerhalb geplündert, heute wohnten sie hier. Unter keiner der Nummern meldete sich jemand, entweder waren sie nach Hause gegangen oder sie liefen im Hafengebiet herum.

Das *Zollamt, Färöisches* schloss laut Telefonbuch um halb vier, aber das Zollhaus auf der Østre Brygge war einen Versuch wert.

Eine mürrische Stimme sagte: »Hallo.«

»Hier ist Hannis Martinsson, spreche ich mit dem Zollhaus?«, fragte ich.

»Warum fragst du? Weißt du nicht, welche Nummer du gewählt hast?«, kam es unverschämt aus dem Hörer.

»Doch, aber üblicherweise meldet man sich mit dem Namen des Amtes.«

»Kann schon sein. Was willst du?«

Die Stimme war unfreundlicher als üblich.

»Ich möchte gern wissen, wie viele Leute auf der *Eva*, dem Schoner aus Paraguay, sind und wie sie heißen. Die *Eva* liegt in der Vestara Vág...«

»Ich weiß ganz gut, wo das Schiff liegt«, unterbrach mich der unfreundliche Zöllner. »Glaubst du wirklich, die Zollbehörde gibt jedem erstbesten Idioten, der uns die Zeit mit Anrufen stiehlt, vertrauliche Informationen?«

Nein, das dachte ich nicht.

»Das ist gut, denn das tun wir auch nicht.«

Der Hörer wurde aufgeknallt. Kein freundliches ›Auf Wiederhören‹. Vielleicht sollte man für Zöllner mal einen Kursus in Höflichkeit im Hotel *Hafnia* ins Auge fassen.

Das Gespräch unterschied sich nicht sonderlich von einem, das ich vor zwei Tagen mit Suðuroy geführt hatte. Könnte es sein, dass die Zollbehörden Sonjas Schwester gut gebrauchen konnten?

Pass und so weiter waren Sache der Polizei, also musste mein alter Freund Karl Olsen herhalten. Auf dem Polizeirevier sagten sie, dass er unterwegs sei und ich ihn erst am nächsten Vormittag erreichen könnte.

»Und so geschah es«, sagte ich zu mir selbst und dachte über den Ausdruck in der Schöpfungsgeschichte nach.

Der Kühlschrank war gefüllt, dafür hatte ich selbst gesorgt. In den letzten Tagen hatte es genug Würstchen und Fish and Chips gegeben. Nachdem ich ein kaltes Bier geöffnet hatte, holte ich ein Kalbskotelett hervor, würzte es mit Pfeffer, und während es briet, hackte ich Zwiebeln und Knoblauch – ich ging nicht davon aus, an einem Mittwochabend noch Damenbekanntschaft zu machen –, nahm das Fleisch aus der Pfanne, bräunte die Zwiebeln, goss eine Dose Tomaten dazu und schmeckte das Ganze angemessen mit Oregano und Thymian ab. Dann legte ich das Fleisch hinein und ließ die Pfanne auf kleinster Flamme köcheln, während ich einen Topf mit Wasser aufsetzte. Während ich darauf wartete, dass das Wasser kochte, trank ich das Bier. Dann die Fettuccine in den Topf und fünf Minuten später war eine leckere Mahlzeit fertig. Hierzu gab es noch ein Bier. Selbstverständlich hätte ich Barolo oder Ruffino dazu trinken sollen, aber die Not lehrt die nackte Frau das Spinnen.

Nach dem Mittagessen setzte ich mich gemütlich mit einer Zigarette hin und bestätigte mir selbst, dass ich nicht ganz danebengelegen hatte, als ich die Männer an Bord der *Eva* mit Sonja in Verbindung brachte: das Geld auf dem Konto, ihre Besuche auf dem Schiff, die Artikel über den Zweiten Weltkrieg und der Umstand, dass die Männer aus Paraguay kamen, dem beliebtesten Fluchtpunkt für alte Nazis. Wo sie ursprünglich herkamen, wusste ich nicht, aber ich konnte ja mal raten. Falls meine Überlegungen aufgingen, dann hieß das nächste Glied: Sonjas Tod – und Hugos.

Wenn all das miteinander zusammenhing und ich nicht aufpasste, dann würde ich der dritte sein.

21

Der Tag war zur Neige gegangen, er wollte gern eine kleine Ruhepause einlegen, bevor es wieder an der Zeit war anzupacken. Ich dagegen ging die wenigen Schritte hinüber zum *Ølankret*. Mittwochs gab es kein Fernsehprogramm, also musste ich selbst etwas tun. Während ich draußen stand und nach dem Schlüssel suchte, fiel mir auf, dass Treppe und Tür so eng waren, dass sie nicht viel Ähnlichkeit mit dem breiten Weg ins Verderben hatten. Aber wer weiß, der Schein kann ja trügen, nicht wahr?

In der Bar war viel los. Mehr als ich an einem ganz gewöhnlichen Mittwochabend erwartet hatte, aber ältere Menschen erzählten sich, dass es dem Durst in den letzten Jahren schwer gefallen sei, sich auf den Färöern an den Rhythmus der Wochentage zu halten. Das mochte sein, ich selbst hatte nicht die Absicht, mich in die Diskussion einzumischen. Stattdessen bat ich den Barkeeper, mir ein Starkbier und einen doppelten Schnaps zu geben. Der Barkeeper war ein junges, blondes Mädchen, sie mochte siebzehn oder achtzehn Jahre alt sein. Warum sie hier stehen und Getränke verkaufen durfte, für die man zwanzig sein musste, um sie kaufen zu dürfen, war ein Rätsel für diejenigen, die Lust hatten, sich den Kopf zu zerbrechen. Und davon gab es nicht viele im Bierclub. Die Mitglieder waren daran gewöhnt, dass es eine Form des Gesetzes gab, die außerhalb des Hauses galt, und eine andere hier drinnen.

Auf meine Frage hin erzählte das Mädchen, dass Harald früher am Abend da gewesen, aber dann nach Hause gegangen war. Sie sollte an diesem Abend den Club schließen. Heute würde ich Harald also nicht mehr erwischen. Na, egal.

Ich blieb noch eine Weile an der Bar stehen. Trank Schnaps

und sah abwechselnd im Spiegel an der Rückwand auf das Mädchen und auf mich. Ich versuchte, die Beschriftungen auf exotisch aussehenden Flaschen zu entziffern, plauderte mit Männern, die an die Bar kamen, um sich ein Getränk zu kaufen, und versuchte ansonsten, so wenig wie möglich zu denken. Das hatte ich in den letzten Tagen zur Genüge getan und was war das Resultat? Viel Lärm um nichts. Zwei Beulen erinnerten mich daran, dass ich Kontakt mit jemandem gehabt hatte, aber diese Art von Kontakt war langfristig gesehen nicht besonders spannend. Mein Kopf mochte es nicht, er wollte nicht wie ein mit Seepocken übersäter Stein aussehen.

Gut versorgt mit feuchten Waren klemmte ich mich in die Sofaecke, bereit, eine Stunde mit einer angenehmeren Freizeitbeschäftigung zu verbringen: Anekdoten zu hören und zu erzählen. Es saßen nur Männer am Tisch, und wenn man sich im Lokal umschaute, waren kaum Frauen zu sehen. Vielleicht achteten sie besser auf die Wochentage und kamen nur am Samstag? Oder waren Spiritus und Geschichten nicht genug für sie, waren sie weniger genügsam als die andere Hälfte der Menschheit? Ich beschloss, genügsam zu sein und mich zu amüsieren.

Es war fast halb zwölf, als ich eine schwere Hand auf meiner Schulter spürte. Ich drehte mich um und sah geradewegs in die Lachfalten des Unruhestifters von gestern Abend.
Bei dem Versuch, entgegenkommend zu wirken, war die Anzahl der Falten vervielfacht und der Kopf schräg gelegt worden, sodass die gesamte Körperhaltung Freundlichkeit ausstrahlte und um Verzeihung bat.
Ob er mal mit mir reden könnte.
Auch wenn ich nicht übel Lust hatte, ihn mit einer knappen Antwort abzufertigen – ich kannte es ja nicht anders von ihm –, so bin ich doch wie die meisten Menschen entgegenkommend, wenn sich jemand mit einer Bitte an mich wendet.

»In Ordnung«, sagte ich und stand auf.

Andreas-Petur Joensen, wie er laut Harald hieß, trug seine Sonntagskleidung. Einen hellgrau gestreiften Anzug, der nicht gerade dazu beitrug, seine Gesichtsfarbe gesünder wirken zu lassen, einen braun gestreiften Schlips und ein braunweiß kariertes Hemd. Der Bauch hing ihm über die Hose, verbarg den größten Teil vom Gürtel und betonte, dass der Sinn fürs Ästhetische hier nicht die Hauptrolle spielte.

»Gehen wir doch ins Fernsehzimmer im Keller, um dort zu reden. Es gibt etwas, was ich dir erzählen möchte.«

Sein Lächeln war wie in Stein gemeißelt.

»In Ordnung«, antwortete ich ein wenig skeptisch. Ich begriff nicht ganz, warum Andreas-Petur Joensen auf einmal so großes Interesse an mir hatte.

»Nun komm schon. Es dauert nicht lange.« Er schaute mich mit einem kriecherischen, bittenden Gesichtsausdruck an.

»Ich habe doch Ja gesagt«, erwiderte ich etwas ungeduldig.

»Was willst du trinken?« Andreas-Petur ging mit auswärts gestellten Füßen und Hängearsch zur Bar hinüber.

»Einen doppelten Gin Tonic?«

Ich sagte Ja und wir gingen mit unseren Getränken die Treppe hinunter.

Der Fernsehraum war leer und es standen genügend Sessel zur Verfügung. Der dunkelbraune Samt passte gut zur Kleidung meines neuen Freundes. Leider trug er schwarze Schuhe dazu. Sie hätten braun sein sollen, dann wäre das unästhetische Gesamtbild perfekt gewesen. Wir setzten uns in eine Ecke.

»Du fragst dich vielleicht, was ich von dir will«, begann er. »Das ist ja auch nicht verwunderlich, schließlich habe ich dich ja schon ein paarmal geärgert. Aber das war nicht böse gemeint. Nimm's nicht persönlich.« Er hob sein Glas, das Licht brach sich in den Eiswürfeln. »Prost!«

Wir tranken.

»Das gestern Abend war wirklich nicht böse gemeint, und ich weiß, du hast es auch nicht so gemeint.« Der Ton klang

versöhnlich, fast eines Predigers würdig, obwohl ich nicht gerade vermutete, dass er Gottes Wort im Munde führte, es sei denn bei der Eidesformel. Wir tranken erneut.
»Es kommt manchmal einfach über mich und ich kann mich nicht beherrschen.« Jetzt ähnelte er bis aufs i-Tüpfelchen einem unehrlichen Sonntagsschullehrer.
Mir wurde der Kopf etwas schwer. Außerdem war ich tiefer gerutscht. Ich wusste nicht, was ich auf diese eklige Unterwürfigkeit antworten sollte, und versuchte, das Gespräch in eine andere Richtung zu lenken.
«Was machst du eigentlich, Andreas-Petur?« Die Zunge war kurz davor, sich zu verhaspeln und fühlte sich dick an. War ich schon dabei, betrunken zu werden?
»Unterschiedliche Sachen, weißt du? Das ist nicht immer ganz einfach. Wir haben nicht alle so eine hübsche Ausbildung und die Möglichkeit, uns von den Ämtern bezahlen zu lassen. Es gibt Leute, die müssen für ihr Essen arbeiten und kriegen nicht alles hinten reingeschoben.«
Jetzt war er wieder ganz der Alte. Der Anstrich bröckelte und sein übler Charakter kam wieder zum Vorschein. Ich wollte ihm schroff antworten, ihm über den Mund fahren, aber mein Gehirn war wie eingerostet. Es weigerte sich vollkommen, seine Tätigkeit auszuüben. Und der Mund brachte keinen Pieps heraus, war halb offen erstarrt.
Andreas-Petur sah mich forschend an und fuhr dann in einem bewusst versöhnlicheren Ton fort: »Na ja, ich fahre Lkw, wenn es etwas zu tun gibt. Im Augenblick ist da nicht viel. Und sonst fische ich und verkaufe ...«
Seine Stimme entfernte sich, und während ich langsam zur Seite kippte, sah ich verschwommen ein boshaftes Lächeln, das triumphierend auf mich herabstarrte. Das Lächeln und der Raum verschwanden gemeinsam im Dunkel.

22

Ich bekam keine Luft. Ich war noch nicht richtig wach, wollte weiterschlafen, musste aber erst Luft holen.

Ich versuchte, die Bettdecke mit dem einen Arm wegzuschieben. Aber da war keine Bettdecke, ich schlug mit der Hand gegen etwas Hartes.

Ich gähnte, aber das kratzte und brannte so sehr im Hals, dass ich husten musste. Der Hustenanfall weckte mich so weit, dass die Augen sich einen Spalt breit öffneten.

Weiß und grün direkt vor den Augen.

Ich lag mit dem Gesicht auf einem grünen Fußboden und nur wenige Zentimeter entfernt stand der Fuß eines Toilettenbeckens. Der Rest des Körpers lag um das Becken herum.

Es war nicht möglich, Luft zu holen, und jetzt spürte ich auch die Hitze und hörte es krachen. *Feuer!*, durchfuhr es meinen Kopf im Schneckentempo. Weiter konnte ich nicht denken.

Ich musste versuchen aufzustehen, aber das war, wie einen Kieshügel hinaufzugehen: einen Schritt nach oben und drei wieder hinunter. Langsam schaffte ich es, indem ich mich auf das WC stützte. Die Luft war voller Rauch und es stach und brannte in der Lunge.

Ich hustete und spuckte, dass ich das Gefühl hatte, meine Eingeweide würden mit hochkommen. Dann richtete ich mich ganz auf und sammelte mich.

Jetzt wusste ich, wo ich war: in der kleinen Toilette im Keller des *Ølankret*. Ich griff nach der Türklinke, aber die Tür öffnete sich nicht. Die Hitze war nicht auszuhalten und das Knacken und Krachen des Feuers wurden immer lauter. Ich sah, wie ein schwarzer Fleck auf der Tür wuchs. Hier war kein Durchkommen.

An der Außenwand gab es in Kopfhöhe ein kleines Fenster. Ich stellte mich auf den Rand der Toilettenschüssel und bekam das Fenster auf. Ich spürte kalte, frische Luft an den Händen und versuchte, den Kopf hinauszustecken. Weiter kam ich auch nicht, für die Schultern war das Fenster zu klein. Doch für einen Moment rettete mich die frische Luft. Ich holte ein paarmal tief Atem und zog den Kopf wieder ein. Jetzt war der kleine Raum so voller Rauch, dass ich vor Tränen fast nichts sehen konnte. Der schwarze Fleck bedeckte bereits die halbe Tür. Ich lehnte mich mit dem Rücken gegen die Wand, stellte mich fest auf das linke Bein und trat mit der rechten Hacke gegen den Fensterrahmen. Wenn ich den rausbekäme, müsste es breit genug sein.

Beim ersten Mal knackte es, und mir schien, es gab ein wenig nach. Beim zweiten Versuch brachen Rahmen und Fenster heraus. Alter Kram. Ich zwängte mich hindurch.

Draußen bestimmten die Scheinwerfer und Sirenen der Feuerwehr das Bild.

Der *Ølankret* stand in hellen Flammen. Die Hitze und der Lärm des Feuers waren überwältigend, und unsicher auf den Beinen wankte ich ein Stück davon. Die Schmerzen in der Lunge waren kaum auszuhalten, aber ich wusste, wenn ich mich einen Augenblick lang erholen konnte, würde es besser gehen. Ich legte mich hinter einen Zaun und holte vorsichtig Luft.

Der Kaffee auf dem Polizeirevier war donnerstagmorgens um acht genauso miserabel wie montagnachmittags. Ich hatte diese rabenschwarze bittere Flüssigkeit literweise in mich hineingeschüttet, während ich die Fragen beantwortete. Mein Hals war wund und wollte nicht reden – so würde es noch eine geraume Zeit bleiben – und alles Flüssige half zur Linderung. Am besten wäre heißer Saft gewesen, aber so etwas war vermutlich noch seltener auf dem Revier zu bekommen als Tee.

Die Vorstellung lief nicht viel anders ab als am Montag und die Darsteller waren dieselben. Der Unterzeichnende, misshandelt wie üblich, der Chef der Kriminalpolizei, wütend wie immer, und Karl, der zweifelnd dreinschaute. Er wusste wohl nicht, wessen Partei er bei diesem Kampf einnehmen sollte: Hannis versus Piddi. Der Chef der Kriminalpolizei, er kam von Suðuroy, hieß Piddi.

Anfangs hielt Karl zu Piddi, schimpfte und drohte, nannte mich eigensinnig und eine Gefahr für anständige Menschen. Erst ließ ich mich im Haus eines Toten zusammenschlagen, bevor die Leiche noch richtig kalt geworden war, und jetzt schlief ich meinen Rausch auf der Toilette des *Ølankret* aus, während das Haus niederbrannte. Darüber hinaus deutete er an, dass es wohl ein Zigarettenstummel von mir gewesen war, der den Brand verursacht hatte.

Aber je öfter ich meine Geschichte im Laufe der Stunden wiederholte und je müder wir wurden, umso schwankender wurde er. Der Kriminalchef glaubte mir dagegen kein einziges Wort. Sein langes, mageres Gesicht strahlte reinstes Misstrauen aus, und jedes Mal wenn er seine Pfeife stopfte, hatte ich keinen Zweifel, dass er dabei wünschte, der Pfeifenkopf wäre mein Auge.

Ein Krankenwagen hatte mich ins Krankenhaus gefahren, aber eine rasche Untersuchung hatte ergeben, dass abgesehen von dem Rauch, den ich in die Lunge bekommen hatte, mir nichts zugestoßen war. Für eine Vergiftung hatte es nicht ausgereicht, der Arzt meinte nur mit einem Augenzwinkern, ich solle in den nächsten Tagen das Rauchen sein lassen. Der Spaßvogel wollte mich trotzdem einweisen, aber Karl, der mir ins Krankenhaus gefolgt war, überredete mich zu unterschreiben, dass ich auf eigene Verantwortung entlassen werden wollte. Laut Karl stopfte ich mich sowieso mit so viel Mist voll, dass ein bisschen Rauch den Kohl auch nicht fett machte. Außerdem wollte die Polizei gern mit mir reden und das ging am praktischsten auf dem Revier. Mitleid mit einem Mann zu zeigen, der fast verbrannt wäre, fiel ihm nicht ein.

Ich hatte ihnen alles erzählt, was ich wusste. Dass Andreas-Petur Joensen mir ein Betäubungsmittel ins Glas gekippt hatte, dass er mich vermutlich anschließend in die Toilette gesperrt und später das Feuer gelegt hatte, um mich aus dem Weg zu räumen. Das Feuer war nachts um halb drei entdeckt worden, Andreas-Petur hatte sich wahrscheinlich bis zur Sperrstunde irgendwo versteckt.

Dieses verdammte Arschloch, er hatte sich nur verstellt, um mich wie ein Hähnchen braten zu lassen.

Die Polizei hatte meine Brieftasche auf dem Fußboden in der Toilette gefunden. Sie war durchnässt, aber Geld und alle meine Papiere waren noch drin. Bis auf eines. Der Zettel vom Bankdirektor war verschwunden.

Ich hatte ihnen erzählt, dass Andreas-Petur und ich zwar bestimmt keine Freunde waren, aber unsere gegenseitige Aversion sicher nicht groß genug war, um einen Mord zu begehen. So wahnsinnig war ich nun auch nicht. Und ich hatte nicht nur so ein Gefühl, ich war mir vollkommen sicher, dass der Mordversuch etwas mit der *Eva* aus Paraguay zu tun hatte. Das bewies der verschwundene Zettel. Und außerdem hatten die Männer an Bord etwas mit Sonjas und Hugos Tod zu tun.

Hier winkte der Chef der Kriminalpolizei nur ab und meinte, das seien Hirngespinste, meine Vermutungen krankhaft, und er hätte nicht übel Lust, mich ins Kittchen zu stecken, damit die Leute in Tórshavn wieder in Ruhe schlafen konnten.

Jetzt schlug er mit der Pfeife auf den Schreibtisch, sodass eine Tabakwolke herausschoss.

»Womit willst du das belegen? Du hast nichts, was nicht nur so scheint, als ob. Dass du in Hugo Jensens Haus zusammengeschlagen worden bist, haben wir mehrfach hin und her gewendet und ich bin immer noch davon überzeugt, dass es ein Einbrecher war. Dann das Feuer heute Nacht. Du sagst selbst, du warst nicht ganz nüchtern. In meinen Augen kannst du ebenso gut mit brennender Zigarette eingeschlafen sein. Wir haben nur deine Aussage über Andreas-Petur Joensen, der – abgesehen davon, dass er sicher keine Musterknabe ist – dich angeblich betäubt, eingesperrt und dann den ganzen Krempel in Brand gesteckt haben soll. Warum zum Teufel sollte er das tun?«

»Ich habe versucht, zu erklären ...«

»Nein, du hast nicht einen Furz erklärt. Andreas-Petur könnte uns vielleicht helfen, aber er ist nicht zu Hause. Wenn er etwas mit dem Feuer zu tun hat, wird er untergetaucht sein. Aber früher oder später werden wir ihn schon finden.«

Der schwer angeschlagene Piddi lief aufgebracht hin und her und schwang die Pfeife in der Luft, die jetzt, da leer, verstummt war. Die Putzfrauen des Polizeireviers hielten sicher viel von den Rauchgewohnheiten ihres Chefs.

»Und als ob es nicht reichen würde, dass der Ølankret abgebrannt ist und du auch fast ...« Er blieb stehen und sah mich mit der Andeutung eines Lächelns an: »Wenn ich es recht bedenke, besteht das Unglück darin, dass du nicht mit dem verdammten Bierclub zusammen verschwunden bist. Oder sollten die Gegner der Bierclubs dich lieber in die drei übrig gebliebenen schicken, damit du dich dort nützlich machen kannst?«

Auf diese Form unbegründeten Angriffs gegen mich und meine Freunde in den Bierclubs antwortete ich gar nicht erst, ich schwieg und tat so, als sei nichts gewesen.

Für einen Augenblick herrschte Stille, und drei Männer, die in dieser Nacht so gut wir gar nicht geschlafen hatten, starrten vor sich hin. Nur der Verkehr von der Bøkbindaragøta war zu hören. Doch der Frieden währte nicht lange.

»Und damit nicht genug, hast du auch noch die Frechheit, uns hier eine Geschichte aufzutischen, die deinem eigenen kranken Hirn entsprungen ist: Hinter allem, was dir zugestoßen ist – oder besser gesagt: was du behauptest, dass es dir und anderen zugestoßen ist –, soll die Mannschaft des paraguayischen Schoners *Eva* stehen.« Er machte eine kleine Pause und fuhr dann fort: »Warum in Drei Teufels Namen sollten irgendwelche Männer aus Paraguay auf die Idee kommen, sich auf den weiten Weg zu den Färöern zu machen, um Sonja Pætursdóttir, Hugo Jensen und deine Wenigkeit umzubringen? Kannst du mir das mal verraten?«

Jetzt hatte er einen roten Kopf und das dunkle Haar stand ihm zu Berge.

Karl saß auf seinem Stuhl und sagte nichts. Es gab auch nicht viel zu sagen, solange Piddi so wütend war.

Der Kripochef sah aus dem Fenster. Plötzlich drehte er sich um, durchquerte den Raum mit ein paar ausholenden Schritten, riss die Tür auf und weg war er. Die Tür fiel hinter ihm ins Schloss.

Einen Augenblick war es still.

»Puh«, sagte ich.

»Das meine ich auch«, sagte Karl. »Ich habe ihn seit Jahren nicht mehr so in Fahrt gesehen.« Er stützte seine Ellenbogen auf die Knie und sah mich forschend an: »Ich gebe ja zu, dass einiges von dem, was du erzählt hast, einfach zu unwahrscheinlich klingt. Andererseits sind es inzwischen so viele Unfälle, dass ich geneigt bin, einen Zufall auszuschließen. Es sieht so aus, als wäre jemand hinter dir her, jemand, der sich nicht scheut, bis zum Äußersten zu gehen.«

Er legte die Arme um die Knie und sah zu Boden. Man konnte den Ansatz einer Glatze in dem ungekämmten Haar entdecken. Wir werden nicht jünger.

»Du hast dich nicht mit Andreas-Peturs Frau eingelassen?« Karl sprach zum Fußboden. »Sie ist in den Bierclubs berüchtigt. Es heißt, sie braucht nur genug intus zu haben, um auf dem erstbesten Billardtisch die Beine breit zu machen. Und Andreas-Petur wird jedes Mal, wenn er es rauskriegt, stocksauer. Aber bisher gab es nie mehr als Nasenbluten oder einen losen Zahn. Aber vielleicht dieses Mal ...« Er schielte zu mir herauf.

»Ich bin gar nicht in der Nähe von Andreas-Peturs Frau gewesen. Ich weiß, wie sie aussieht, aber ich glaube nicht, dass ich irgendwann mal ein Wort mit ihr gewechselt habe. Langsam bin ich auch zu alt, um in Bierclubs den Frauen hinterherzujagen. Jedenfalls auf diese Tour.«

»Okay. Bleiben wir bei dem Brand und gehen vorläufig davon aus, dass Andreas-Petur irgendetwas in dein Glas getan hat, wovon du eingeschlafen bist. Danach hat er dich auf die Toilette geschleppt, die Tür verschlossen, gewartet, bis alle andern weg waren, und dann das Feuer gelegt. Wir bleiben vorläufig bei dieser einfachen Gedankenfolge und fügen dem nichts hinzu. Die Frage, die daraus folgt, ist: Warum?«

»Das weiß ich nicht.«

Die Hitze des Feuers saß immer noch in meinem Körper und die Haut fühlte sich fiebrig an. Ich hoffte, es ergäben sich daraus nicht mehr Albträume, als ich ohnehin schon hatte.

»Von meinem Standpunkt aus hat der Mordversuch nur einen Sinn, wenn jemand anders hinter Andreas-Petur steht. Einer, der ihn die Drecksarbeit hat machen lassen und ihn dafür bezahlt hat. Die Männer von der *Eva* konnten es absolut nicht ertragen, dass ich um ihr Boot herumgeschnüffelt und Fragen zu Sonja gestellt habe. Sonja ist tot und ich bin sicher, dass sie umgebracht wurde. Hugo, Sonjas Freund, ist auch tot und jetzt gibt es jemanden, der versucht, mich umzubringen. Was haben wir drei gemeinsam? Wir hatten alle etwas mit dem Schiff aus Paraguay zu tun.«

»Nach allem, was du mir erzählt hast, gibt es keinen Zusammenhang zwischen Hugo und den Südamerikanern.« Karl wippte auf seinem Stuhl hin und her.

»Nein, nicht direkt, aber das Bankkonto deutet in diese Richtung. Und der Zettel ist das Einzige, was aus meiner Brieftasche verschwunden ist.«

»Bist du ganz sicher, dass der Zettel in deiner Brieftasche war? Dass du dir das nicht nur eingebildet hast?«

»Ja doch, ganz sicher.«

»Und warum ist Andreas-Petur in der Lage zu verstehen, was der Zettel bedeutet? Du hast doch gesagt, es war fast wie ein Code verschlüsselt.«

»Das weiß ich auch nicht«, musste ich zugeben.

»Eben«, sagte Karl müde. »Und da ist noch vieles andere,

was du mir nicht erklären kannst. Nimm nur die Hauptfragen: Wer hat Sonja und Hugo ermordet – wenn wir für den Moment davon ausgehen, dass sie ermordet wurden – und warum? Du hast keine Antwort. Du hast nicht einmal den Schimmer einer Antwort. Hinzu kommt, dass sich aus Sicht der Polizei diese Frage gar nicht stellt. Nichts, was sich bei unseren Untersuchungen ergeben hat, deutet auf Totschlag oder Mord hin. Gar nichts.«

Karl war aufgestanden und lief hin und her. Sein Tonfall war weder aggressiv noch vorwurfsvoll. Vielmehr war er im Zweifel, ob es etwas gab, was ihm sagte, dass Schein und Sein nicht übereinstimmten.

»Und was ist mit Andreas-Petur? Glaubt ihr, dass ihr ihn finden werdet?«

»Da gibt's gar keinen Zweifel. Er kann das Land nicht verlassen und sich über länger Zeit auch nicht verstecken.« Karl sah mich mit einem spöttischen Blick an. »Es wird interessant sein, seine Geschichte über die Geschehnisse im Keller des Bierclubs zu hören.«

»Darauf freue ich mich auch schon. Wenn ihr überhaupt etwas aus ihm herauskriegen werdet.«

»Das ist normalerweise kein Problem. Wir hatten ihn schon öfter hier. Zuerst ist er durch nichts zu erschüttern und pöbelt was von Rechten und einem Anwalt. Mit ihm zu reden ist, als wenn du eine Ketschupflasche hältst. Man braucht Geduld. Zuerst passiert gar nichts, aber dann kommt alles auf einmal.« Karl grinste.

»Wollen wir's hoffen«, sagte ich und versuchte, die Nebelbänke der Müdigkeit im Kopf noch etwas auf Abstand zu halten.

Es gab da noch etwas, was ich Karl fragen wollte. Etwas, was mit Harald und der *Eva* zu tun hatte. Ja, das war's.

»Kannst du mir einen Gefallen tun? Das Zollamt will mir nicht verraten, wer auf der *Eva* ist und was die hier wollen. Das müsstest du doch rauskriegen können. Passamt und so fällt doch in euer Ressort.«

Karl blieb sitzen und starrte vor sich hin. Er sah im Morgenlicht nicht gut aus. Aber wer tat das schon?

»Wenn du sonst keine Wünsche hast, das müsste sich machen lassen.« Er schwieg ein paar Sekunden und fuhr dann fort: »Wo ich dich schon hier habe und du entschlossen bist, dich in unsere Arbeit einzumischen, will ich dir sagen, dass der größte Teil des Reviers dich dahin wünscht, wo der Pfeffer wächst. Außerdem soll ich dir etwas von Katrin ausrichten.« Katrin war Karls Frau und wir mochten uns gern. »Sie lädt dich für heute Abend zum Essen ein, womit ich nichts zu tun habe. Die Götter mögen wissen, was sie mit so einem Lazarus will«, fügte er neckend hinzu.

»Wenn ich mich auf den Beinen halten kann, komme ich. Es ist immer schön, sich mit deiner besseren Hälfte zu unterhalten.«

»Wasch dich und zieh dir etwas anderes an, bevor du kommst, sonst mache ich dir nicht auf. Du solltest dich sehen, du könntest als Kinderschreck gehen.«

Auf dem Weg hinaus ging ich auf die Toilette und erkannte mich im Spiegel fast nicht wieder. Rote Augen, Rußflecken im Gesicht und zerrissene, verdreckte Kleidung. Zum Glück konnte ich selbst nicht feststellen, wie ich roch. Schlimmer war es für die gewesen, die mich verhört hatten. Recht war es ihnen geschehen.

23

Meine Kleider brannten und von all dem Rauch tat mir der Hals weh. Ich versuchte zu laufen, hatte aber keine Kraft in den Beinen, sie kamen nicht vom Fleck. Ich wollte meine Jacke ausziehen, um die Flammen auszuschlagen, aber die Arme gehorchten mir nicht. Es gab nichts, was mir gehorchte. Ein grinsendes, faltiges Gesicht schaute durch die kleine Scheibe hinein. Kein Laut war zu hören. Gleich würde es vorbei sein.

Als ich aufwachte, fühlte sich mein Hals wie eine dürre Wüste, wie ein Hungergebiet südlich der Sahara an. Dafür war der Rest des Körpers schweißnass. Ich wankte in die Küche und trank etwas kalte Milch. Das tat gut, aber das trockene Schmerzgefühl verschwand trotzdem nicht. So leicht kam ich nicht davon.

Die Uhr zeigte ein paar Minuten nach drei. Ich hatte knapp sechs Stunden geschlafen. Für einen trainierten Journalisten wie mich war das reichlich. Wir lebten schließlich von Zigaretten, Whisky und guten Storys. An Schlaf verschwendeten wir keinen Gedanken. Das versuchte ich mir zumindest auf dem Weg zur Dusche einzureden. Körper und Seele taten weh und waren müde, mürbe geprügelt war das richtige Wort, und beide sehnten sich nach meinem Bett, aber ich wollte raus und nach Andreas-Petur Joensen suchen. Nach dem Pyromanen, der bei dem Versuch, mich aus dem Weg zu räumen, eine wichtige Freizeiteinrichtung vernichtet hatte. Die heimatlos gewordenen Mitglieder würden nicht gerade freundlich reagieren, wenn sie davon erfuhren. Sollte ich Andreas-Petur am Nachmittag nicht finden, würde ich die Neuigkeit verbreiten, damit die Clubmitglieder mir halfen, so hatte ich es geplant. Aber warum es ihnen nicht sowieso erzählen? Dieses Arschloch hatte es wirklich verdient.

Norðastahorn ist einer der neuesten Tórshavner Stadtteile und hat den Charme eines leeren Milchkartons. Der Kadett und ich hatten uns eine Weile umgeschaut. Das Viertel liegt im äußersten Westen, auf halbem Weg nach Velbastaður, mit einem weiten, unbebauten Gebiet zwischen sich und dem Rest der Stadt. Draußen in der großen, weiten Welt liegen in der Nähe der Großstädte oft so genannte Trabantenstädte. Aber Tórshavn ist trotz aller Qualitäten nun mal keine Großstadt, dennoch wurde ihm dieser merkwürdige Trabantenstadtteil verpasst. Eine Stadt mit fünfzehntausend Seelen mit einem Stadtteil in the middle of nowhere. Da sage nochmal einer, Kleinstädter seien nicht in der Lage, etwas auf die Beine zu stellen!

Außerdem liegt Norðastahorn hinter einer Anhöhe, es gibt also vermutlich kein einziges Haus mit Blick aufs Meer. In einem kleinen Land, in dem das Meer eine fundamentale Rolle spielt und eigentlich immer zu sehen ist, ist es schon eine Kunst, einen Platz in der Nähe der Hafenstadt Tórshavn zu finden, an dem man das Gefühl hat, auf einem abgeschlossenen Festland zu leben.

Und in einem weiteren Punkt ist das Viertel einmalig. Es liegt so exponiert, dass die Einwohner zu Verwandten und Freunden in der Stadt fliehen, wenn die Winterstürme ihren Höhepunkt erreichen.

Es gibt zahlreiche Häuser, alle fast zur gleichen Zeit gebaut, aber in unterschiedlichen Farben und Stilen. Ein weiterer Grund für den fehlenden Charme ist die Tatsache, dass bisher noch niemand die Zeit gehabt hat, es um die Häuser herum hübsch zu gestalten. Erdhaufen und provisorische Treppen prägen das Bild.

Wenn dem Telefonbuch zu trauen war – und das kam vor –, wohnte Andreas-Petur in einem blauen Fertighaus mit hohem Aufbau, das ein Stück abseits der Straße an einem steilen Hang lag. Der Kadett und ich waren uns einig, dass die Bebauung in ihrer Ödnis an den ersten Vers der Schöpfungsgeschichte erinnerte. Kein Zeichen von Leben. Hier hätte man einen Film über die Neutronenbombe drehen können, die Leben vernichtet, während die Dinge unbeschädigt bleiben. Ob es in Norðastahorn Leben gab oder nicht, konnte ich nur herausfinden, wenn ich irgendwo reinging. Ich stieg aus dem Wagen, kletterte eine Treppe hinauf, die so steil war, dass ich wünschte, ich hätte Seil und Kletterschuhe bei mir, und klopfte an Andreas-Peturs Tür.

Keine Antwort. Kein Vorwurf, ich hätte die Grabesruhe gestört. Von hier oben konnte man durch die Fenster hineinsehen. Ein leeres, unordentliches Zimmer und ein ebenso unordentliches Bad. Das Wohnzimmer lag zur gegenüberliegenden Seite, sodass der Blick des berühmten Fensterguckers Hannis Martinsson dort nicht hinkam. Auch nicht in den ersten Stock. Das gesamte Tórshavner Blasorchester konnte sich im Haus verstecken, ohne von außen bemerkt zu werden. Eigentlich war es nicht sehr wahrscheinlich, dass Andreas-Petur nach Hause gegangen war, um sich vor der Polizei zu verbergen.

Wahrscheinlich war seine Frau auch nicht zu Hause. Warum sollte sie auch allein dasitzen und auf einen ausgestorbenen Stadtteil glotzen? Warum sich nicht stattdessen wie alle anderen in den prachtvollen Einkaufszentren herumtreiben?

Es war Zeit zu gehen. Falls irgendwo jemand zu Hause war, würde er bald die Polizei rufen. Und melden, dass ein Spanner oder Kinderschänder herumging und in die Fenster braver Leute guckte.

Auf dem Weg in die Stadt überlegte ich, wo ich Andreas-Petur finden könnte und ob er nicht bestraft genug damit war, dort zu wohnen. Andererseits hatten die anderen Bewohner dort draußen meines Wissens nichts Böses getan, also verdiente Andreas-Petur doch eine zusätzliche Strafe.

Als der Kadett und ich uns der J. C. Svabosgøta und dem Landeskrankenhaus näherten, taten mir meine Boshaftigkeiten bereits leid. Mir ging es nicht gut, es tat hier und dort weh, ich war zusammengeschlagen worden und jemand hatte versucht, mich umzubringen. Jetzt fing es auch noch an zu nieseln und mit dem Nieselregen kam der Nebel. Oder war es umgekehrt?

Ich schaltete die Scheinwerfer ein und bat die Bewohner von Norðastahorn in meinem Namen um Entschuldigung für die schlechte Behandlung ihres Viertels. Es ist ein Zeichen für einen schlechten Charakter, wenn du dich über die Wohnstätten anderer lustig machst, wenn du selbst gar keine hast. Gerade mal zwei Zimmer im dreckigsten Kopenhagen zur Miete, und dann höhnst du über anständig gebaute, neue färöische Häuser! Was bildest du dir eigentlich ein? Diese letzte Frage beantwortete ich lieber nicht.

24

Der *Ølankret* stand immer noch. Aber es wäre eine Lüge zu behaupten, dem Haus ginge es gut. Die Holzwände waren an den Stellen, wo das Feuer durch die Fenster hinausgezüngelt hatte, schwarz vom Ruß, und das Dach hatte mehr Löcher als die Wege in der Gemeinde. Es gab keine einzige heile Fensterscheibe. Von der Jóannes Paturssonargøta her, wo Neugierige im feinen Regen standen, guckten und sich unterhielten, war ein Hämmern zu hören. Ich hatte das Gefühl, das Flüstern der Leute steigerte sich, als ich zur Treppe ging.

Die Eingangstür stand offen und ich trat hinein. Es war alles andere als gemütlich. Ein Sammelsurium aus Ruß, Asche und halb verbrannten Möbeln und das Ganze schwamm im Wasser. Der Qualm biss in der Lunge, als ich versuchte, langsam zwischen umgeworfenen Stühlen, angebrannten Sofakissen und anderen verkohlten Resten voranzukommen.

Die Hammerschläge kamen von der Treppe zum Keller, wo Harald stand und Bretter davornagelte, damit niemand hinuntergehen konnte. Die Treppe sah baufällig aus. Einzelne Teile waren vollständig verbrannt, einige Stufen fehlten, und sie ähnelte eher einem Gespenst als ihrer selbst.

Harald schlug den letzten Nagel ein und schaute, wer da kam. »Traust du dich noch hierher?«, fragte er wütend, und sein Gesichtsausdruck war nicht besonders freundlich.

»Warum sollte ich nicht? Ich habe die Hütte nicht angezündet, falls du das glauben solltest.«

»Ich weiß nicht, was ich glauben soll.« Seine Stimme klang nicht mehr ganz so scharf. »Der Laden ist kaputt, er muss abgerissen und ein neuer muss gebaut werden. Zumindest vorläufig wird es erst mal keinen Club geben.« Er schlug mit dem Hammer auf die Bretter. »Die Leute haben dich aus dem Fenster heraustaumeln sehen. Nun erzähl mir bitte, was ich glauben soll.«

Als ich Harald meine Version erzählt hatte, fluchte er mehrere Minuten lang laut und deutlich. »Ich habe es ja schon neulich Abend zu dir gesagt. Dieser Mistkerl hätte schon längst aus dem Club rausgeschmissen gehört.« Jetzt schlug Harald so kräftig mit dem Hammer auf den Bartresen, dass uns die Splitter um die Ohren flogen. »Wenn das Arschloch jetzt hier wäre, könnte ich für nichts garantieren ...«

Man brauchte keine große Fantasie, um sich vorzustellen, was der Clubwirt sich vorstellte. Gut, dass ich nicht Andreas-Petur war. Und Harald war nur einer von vielen. Es gab fünfhundert Mitglieder mit denselben Wünschen in Tórshavns Straßen.

Mein grauer Trenchcoat war im Süden nützlich. Bei dem feuchten Klima mitten im Nordatlantik war er einfach zu dünn, selbst mit bis über beide Ohren hochgeschlagenem Kragen. Ich sollte ihn gegen einen Parka tauschen, so unkleidsam ein solcher auch war.

Harald hatte mir erzählt, dass Andreas-Petur – hier folgte eine lange Reihe von Flüchen und Verwünschungen – ein größeres Plastikboot hatte, das an einem der Anleger vertäut war, und dass er oft dorthin ging und herumpusselte. Harald hatte ihn zwar nie an Bord des Paraguayers gesehen, aber wer weiß ... Er wäre nur zu gern mit mir gekommen, aber er musste noch die Fenster vernageln und außerdem lag ein Haufen Papier auf seinem Schreibtisch.

An einem der letzten Anleger lag Andreas-Petur Joensens Boot. Es mochte etwa vier bis fünf Tonnen fassen, und Antennen und Radaranlage zeigten, dass es nicht gerade an der Ausrüstung mangelte, es war bereit, in See zu stechen und den Atlantik zu befahren, wenn man Lust dazu hatte. Die Lust war nun nicht gerade so vordringlich, denn wie für den Rest der zahllosen Fahrzeuge, die hier lagen, befand sich das ›wilde Meer‹ wohl auch für dieses Boot höchstens ein paar Reepschläge östlich von Nólsoy.

Als ich aufs Heck trat, schaukelte das Boot so stark, dass

ich mich an einer Eisenstange am Steuerhaus festhalten musste, um nicht ins Wasser zu fallen. Wenn das schon reichte, dann war es sicher selbst bei absoluter Windstille nicht so angenehm, aus der Bucht hinauszufahren.

Falls jemand an Bord war, wusste er jetzt jedenfalls, dass er Besuch bekommen hatte.

Aber die Tür zum Steuerhaus war geschlossen und drinnen war niemand zu sehen. Es war möglich, dass er unter Deck war und keine Lust hatte, herauszufinden, wer der Gast war, aber alles schien völlig verlassen.

Oben auf dem Schoner war auch niemand. Obwohl er selbst bei diesem diesigen Wetter ein schöner Anblick war, fühlte ich mich unwohl, sobald ich das Schiff nur ansah. Ich kümmerte mich herzlich wenig darum, ob die an Bord wussten, was ich vorhatte.

Jetzt musste ich mir nur selbst im Klaren sein, was ich eigentlich wollte.

Es gab keinen Grund, hier stehen zu bleiben und zu warten, also sprang ich wieder auf den Anleger und ging zum Kai zurück. Unterwegs betrachtete ich die Yachtenflotte und kam zu dem Resultat, dass hier eine Geldquelle lag. Wenn man sie exportieren würde, könnten mit dem Erlös sämtliche Schulden gegenüber dem Ausland bezahlt werden. Außerdem würde die Hälfte der Besitzer im ersten Jahr gar nicht merken, dass ihr Boot verschwunden war.

Da entdeckte ich ihn. Er bog an der Ecke bei Valdemar Lützen aus der Tórgøta und steuerte direkt auf mich zu. Er trug einen grönländischen Musk-ox der Sorte, bei dem man die Kapuze tief ins Gesicht ziehen kann, und er ging vorgebeugt, damit niemand ihn erkennen sollte. Aber seinen charakteristischen Entengang konnte er nicht verbergen. Ebenso gut hätte er ein Namensschild tragen können.

»Hast du es eilig?« Ich stand so dicht vor ihm, dass er nicht vorbeikam.

Andreas-Petur lugte unter der Kapuze hervor. Seine blassen Augen blickten suchend hin und her, wie bei einem Tier, das in eine Falle geraten ist und voller Angst nach einem Ausweg sucht. Er versuchte umzukehren und wegzulaufen, aber ich packte ihn am Kragen und hielt ihn fest.

»So einfach kommst du nicht davon, du Dreckskerl!«

Andreas-Petur schlug ein paarmal um sich, versuchte, mir das Handgelenk umzudrehen, fluchte und schnaufte, aber es war kein Problem für mich, ihn festzuhalten. Autos brausten vorbei und Gesichter schauten auf die zwei miteinander ringenden Männer. Niemand blieb stehen. Niemand hatte Lust, sich einzumischen.

»Wenn du nicht aufhörst, dich zu wehren, werden auf der Stelle alle erfahren, dass hier der Mann ist, der den *Ølankret* angesteckt hat. Die Polizei und die Clubmitglieder suchen dich bereits. Es wird bestimmt nicht witzig, wenn Letztere dich finden.«

Andreas-Petur sah mich entsetzt an. Es gab keinen Widerstand mehr, Angst beherrschte das weiße Gesicht, das mit dem Lächeln die Hälfte der Falten verloren hatte.

»Ich habe den *Ølankret* nicht angesteckt.« Seine Stimme zitterte. »Ich hab's im Radio gehört, aber ich habe nichts damit zu tun.«

»Und wer hat mir was ins Glas gekippt, damit ich einschlafe? Und wer hat versucht, mich anschließend zu verbrennen?«

Ich schüttelte ihn, während ich redete, die Wut stieg in mir hoch, als mir wieder einfiel, welche Angst ich in der kleinen Toilette ausgestanden hatte.

»Das war ich nicht«, kam es beschwörend von Andreas-Petur. »Ich habe dir was in deinen Gin Tonic gekippt, das stimmt, aber nur weil sie mich darum gebeten haben. Mit dem Feuer habe ich nichts zu tun. Ich wusste nichts davon, bis ich es im Radio gehört habe. Das ist die reine, ganze Wahrheit.«

Irgend so etwas hatte ich mir schon gedacht. Es wollte mir nicht in den Kopf, dass Andreas-Petur so viel gegen mich hatte, dass er seinen eigenen Bierclub anzünden würde. Selbst ein Schwein sorgt für sein Wasserloch.

»Und wer hat dich gebeten, mir etwas ins Glas zu kippen? Und wer hat den *Ølankret* angezündet?« Ich hielt ihn immer noch am Kragen.

»Das waren Hans und Günther.«

Andreas-Petur blickte über die Bucht. Ich sah in dieselbe Richtung. Etwas undeutlich in der diesigen Sicht standen die beiden Breitschultrigen vorn auf dem Schoner, und es schien, als sähen sie zu uns herüber.

Mir war vollkommen klar, wer Hans und Günther waren, aber ich fragte dennoch: »Sind das die beiden da auf dem Schoner?«

Andreas-Petur nickte.

»Warum solltest du mich denn betäuben?«

»Keine Ahnung.« Er wusste selbst, dass die Antwort nicht überzeugend klang, und fuhr deshalb fort: »Ich kenne die nicht, sie haben bei mir Fisch gekauft, aber ansonsten habe ich nichts mit ihnen zu tun. Sie wussten, dass du Mitglied im *Ølankret* bist und ich auch. Sie haben mir eine Kiste Whisky versprochen, wenn ich dir was ins Glas tue, damit du einschläfst. Später sollte ich sie reinlassen, nachdem der Barkeeper gegangen war.«

»Wie kann es sein, dass das Mädchen uns nicht gesehen hat? Die Barkeeper gucken doch immer in jede Ecke, bevor sie gehen.«

Jetzt hielt ich ihn nur noch mit einer Hand. Er schien so weit gestutzt zu sein, dass er nicht mehr fortfliegen würde.

»Ich habe das Licht ausgemacht und uns hinter der Tür platziert. Sie hat nur kurz hineingeschaut und nicht einmal Licht gemacht.« Andreas-Petur versuchte, mir fest in die Augen zu schauen, aber das gelang ihm nicht so recht. »Ich schwöre dir, ich hatte keine Ahnung, dass sie dich da drinnen verbrennen wollten. Glaubst du, ich würde meinen eigenen Bierclub anzünden? Sie sagten, ihr würdet euch kennen, und sie wollten dir einen Streich spielen. Damit war ich einverstanden, aber wenn ich gewusst hätte …«

Inzwischen war seine Stimme so bittend wie die eines

Predigers, der ein Gespräch mit Gott führt. Trotz aller Predigerähnlichkeit war ich geneigt, ihm zu glauben.

»Können wir nicht ein andermal miteinander reden? Kann ich jetzt gehen? Ich mag hier nicht vor den Augen der beiden mit dir sprechen.« Er schielte zur *Eva* hinüber, wo die Salzsäulen auf dem Steven zu ahnen waren. »Kannst du nicht heute später am Abend auf mein Boot kommen? Dann können wir reden.«

»Ich weiß nicht so recht«, sagte ich zweifelnd. »Jetzt habe ich dich hier und die Polizei will auch mit dir reden. Aber wenn du versprichst, mir alles zu erzählen, was du über den Schoner und dessen Mannschaft weißt, dann ist es nicht ausgeschlossen, dass ich dich gehen lasse. Machst du aber nur den geringsten Versuch abzuhauen, dann hetz ich dir die Mitglieder des *Ølankret* auf den Hals.«

»In Ordnung.«

Er sah erleichtert aus, als er sich davonmachte und zum Anleger eilte, wo er auf seinem Boot verschwand.

Vielleicht machte ich einen Fehler, als ich Andreas-Petur nicht gleich beim Polizeirevier ablieferte. Andererseits war es nicht undenkbar, dass ich von ihm etwas erfahren würde, womit er der Polizei gegenüber nicht rausrücken würde. Außerdem schärften sie mir ja die ganze Zeit ein, ich sollte mich nicht in die Polizeiarbeit einmischen, jetzt konnten sie ihn allein finden. Und drittens hatte er mir bestätigt, dass die Leute vom Schoner hinter ihm her waren.

Inzwischen war die Zeit so weit fortgeschritten, dass der Verkehr seinen Höhepunkt erreicht hatte, und ich musste mehrere Minuten warten, bevor ich die Straße überqueren konnte. Ich schaute mich nicht mehr zum Schoner um. Für heute hatte ich genug von den Typen. Die Schmerzen in meiner Lunge erinnerten mich ununterbrochen an sie. Zwei Beulen am Kopf erzählten zweifellos die gleiche Geschichte. Ich hatte Glück gehabt und war nochmal davongekommen. Aber für wie lange?

25

Der Bibliothekar in der Landesbibliothek hatte eine Glatze, einen Bart und trug eine Nickelbrille. Ein Mittsechziger. Als ich um die *Bladet*-Ausgaben der letzten Monate bat, kam ein zottiges »Ja« von ihm, gefolgt von einem tiefen Ton wie von einem Nebelhorn. Seine Augen sahen dabei in die Ferne. Dennoch ging er die Zeitungen holen.

Ich war der einzige Besucher in der größten Bibliothek des Landes. Ich würde also keine Probleme haben, mir einen Tisch zu suchen und ein paar Stunden zu lesen, bis ich zu Karl und Katrin zum Essen gehen wollte.

Als der Bibliothekar zurückkam, hatte ich die Idee, ihn nach Material über Kesselring und ODESSA zu fragen.

»Ja, ja, das ist nicht ganz einfach«, kam es brummend von ihm. »Wir können natürlich Bücher aus der Staatsbibliothek in Århus bestellen, aber wenn Sie sie jetzt brauchen, dann gibt's da nicht so viel.«

Ich erwiderte, dass ich das Material jetzt bräuchte.

»Wir haben vereinzelt etwas an verschiedenen Stellen. In Übersichtswerken und so. Während Sie die Zeitungen durchschauen, kann ich mal suchen. Ich glaube, das eine oder andere fällt mir schon ein.«

Er spitzte die Lippen und sog die Luft ein. Dann stieß er sie mit einem verhaltenen Pfeifen wieder aus.

Während ich dasaß und die Zeitungen durchblätterte, die gleichen, die ich bereits beim *Bladet* gelesen hatte, kam der graubärtige Bibliothekar mehrere Male leise heran und legte ein Buch nach dem anderen auf die Ecke des Tisches. Eine Viertelstunde später stapelten sie sich einen halben Meter hoch und der Bibliothekar blieb an meinem Tisch stehen, nach innen und außen flötend.

Ich sah von den Zeitungen auf. Sein ganzes Verhalten drückte feierlichen Ernst aus, er ähnelte einem selbstbewussten Oberkellner. Abgesehen von der zerknitterten Jacke und den beutelnden Hosen.

»Das ist alles, was mir im Moment einfällt. Es ist auch ein Buch über Hitler dabei. Wenn Sie mich brauchen, ich sitze hinten am Tresen. Wir schließen um sieben Uhr.«

Er ging.

Ich holte meinen Füller heraus, nahm ein Blatt von dem Papier, das auf dem Tisch lag, und begann zu schreiben.

Über Kesselring und die Kämpfe in Italien stand da nur das Wenige, was ich schon vorher gelesen hatte, und Sonjas Artikel waren so allgemein gehalten, dass nicht viel aus ihnen herauskam. Aber hier gab es noch anderes Material. Es war erschreckend faszinierend, über den Sonderling Adolf Hitler zu lesen, der in Deutschland an die Macht kam und die Welt auf dem Wege zur Götterdämmerung führte, weil alle Zufälligkeiten dieser Welt zusammentrafen. Adolf Hitler wuchs in guten Verhältnissen auf, aber alles, was er anfasste, misslang, und später log er hinsichtlich seiner Herkunft. Er stellte sich als ein Beispiel dafür dar, wie ein armer Junge sich allein mithilfe von Scharfsicht und einem starken Willen bis zum Reichsführer emporkämpfen konnte. Seine Vergangenheit war Tabu, er wollte sie sich selbst erschaffen. Die Freunde, die er gehabt hatte, ließ er umbringen. Von Beginn an hasste er die Juden. Es gab viele, die das auch taten, aber Hitler hasste sie mehr als die meisten. Vielleicht war der Grund, dass Hitlers Großvater möglicherweise ein jüdischer Kaufmann gewesen war, bei dem seine Großmutter im Dienst gestanden hatte.

Der Antisemitismus war Hitlers Antriebskraft. Hier gab es keine Diskussionen und hier wurde nicht ›geschummelt‹ wie auf anderen Gebieten. Die Juden und das Judentum waren die Ursache für alles Böse auf dieser Welt. Die Juden waren ebenso schuld daran, dass Deutschland 1918 den Krieg verlor, wie an dem Frieden von Versailles, der das Land kaputtmachte. Die nationalsozialistische Propaganda wiederholte immer wieder, dass die Juden die gefährlichsten

Feinde des deutschen Reiches seien. Es wurde alles getan, um den Juden zu schaden, Nachsicht gab es nicht. Die SA verprügelte und verstümmelte Juden am helllichten Tage, Schaufenster wurden zerschlagen und Waren zerstört. Die Polizei tat nichts. Das Gesetz verbot Nichtariern öffentliche Ämter und jüdische Ärzte bekamen kein Geld von der Krankenkasse. Lehrer und Studenten wurden haufenweise aus den Universitäten und anderen Lehranstalten geworfen. Die Verfolgung erreichte ihren Höhepunkt in der so genannten ›Reichskristallnacht‹ am 9. November 1938, die ihren Namen dem vielen Glas verdankte, das auf den Bürgersteigen lag. Man tat alles, um die Juden zu schädigen, und dann ... die ›Endlösung‹.

Die Lektüre war verführerisch, machte mich aber unruhig. Auf dem Tisch stand ein Aschenbecher, also steckte ich mir eine Zigarette an, aber bereits der erste Zug brannte wie nichts Gutes im Hals.

Ich drückte sie sofort wieder aus und dachte, dass ich einen kleinen Vorgeschmack davon bekommen hatte, wie es anderen ergangen war. Die kein Toilettenfenster gehabt hatten, um hinauszuklettern.

Hitler verfolgte nicht nur Juden und Widerständler. Wenn es in seine strategischen Pläne passte, sägte er auch Freunde ab. Am 30. Juni 1934, in der ›Nacht der langen Messer‹, wurden Ernst Röhm und viele andere von Hitlers Handlangern erschossen. Ernst Röhm begriff bis zum Schluss nicht, was eigentlich geschah, und seine letzten Worte waren: »Heil Hitler.« Das Heer war unzufrieden mit der SA gewesen, die jetzt Hitler unterstützte, und so bekam die SS unter der Leitung von Heinrich Himmler mehr Macht und wurde eine selbstständige Organisation, die Hitler direkt unterstellt war. Die Gestapo wurde ebenso Hitler und Himmler unterstellt und diente dazu, alle anderen zu überwachen. Die Waffen-SS wurde später ein Heer im Heer. Besonders die SS wuchs unglaublich, eine Entwicklung, die immer noch im vollen Gang war, als das Reich in Schutt und Asche gelegt wurde. Alle Wege zur Macht führten zum Schluss durch die SS. Ein SS-Staat war im Entstehen.

Nach dem Angriff auf Russland am 22. Juni 1941 erhielt die SS neue Aufgaben. ›Sonderaufgaben‹. Dreitausend Mann sollten hinter der Front aufräumen. Reinhard Heydrich, Himmlers Unterbefehlshaber, gab Befehl, alle Juden, Asiaten, Zigeuner und alle Mitglieder kommunistischer Parteien zu töten. Angehörige des Heeres konnten mit der Bevölkerung machen, was sie wollten. Die Untermenschen sollten ausgerottet, die mongolischen Banden aufgehalten werden, und hier lag die große Aufgabe für die SS. Den Menschen im Osten wurde schnell klar, dass sie vernichtet werden sollten.

Während das Heer vorwärtsstürmte, machten sich die Vernichtungskommandos ans Werk. Bei den Nürnberger Prozessen sagte Otto Ohlendorf, ein Gruppenführer, aus, dass seine Abteilung allein im ersten Jahr mindestens 90.000 Männer, Frauen und Kinder ermordet hatte. Etwa eine halbe Million Juden wurden im europäischen Teil Russlands erschossen und ungefähr noch einmal so viele Russen.

Das war der reine Wahnsinn. Es war still in der Bibliothek. Ab und zu hörte ich den Oberkellner blättern, er saß hinter der Bücherausgabe und las in einem Lexikon. Die Glatze und ein paar Haarbüschel ragten hervor. Summende Geräusche von den Leuchtstoffröhren. Frieden mit einer Andeutung von Leere im Gegensatz zu den Grausamkeiten in den Büchern. Und es kam noch schlimmer.

Wann Hitler beschloss, die endgültige Ausrottung der Juden in die Wege zu leiten, weiß man heute noch nicht genau. Aber sehr früh schon war er der Meinung, dass die Juden buchstäblich ›ausgerottet‹ werden sollten. Bereits Anfang der Dreißigerjahre bat er seine Helfer, sich brauchbare Methoden zu überlegen – und es funktionierte! Auch die Idee mit dem Giftgas stammte von Hitler, rührte von seinen eigenen Erfahrungen im Schützengraben während des Ersten Weltkriegs. Jetzt sollten die Juden das Gleiche zu spüren bekommen, was so viele gute Deutsche hatten erleiden müssen. Am 31. Juli 1941 gab Göring dem Leiter des SD, Reinhard Heydrich, den Befehl, einen Plan zur ›Endlösung‹ vorzubereiten. Auf der Wannsee-Konferenz am 20. Januar 1942, an der die Nazi-Spitzen und SS-Leiter teilnahmen, wurde die Entscheidung getroffen: Die ›Endlösung‹ sollte eingeleitet werden. Und so fing man an, Europas Juden einzusammeln.

Anfangs wurde alles getan, um die Massenmorde geheim zu halten. Die Züge, die seit Anfang 1942 Juden abtransportierten, hatten unbekannte Endstationen. Geschichten, die die Nazis selbst erfunden hatten, erzählten von hübschen Städten in Europas östlichen Gebieten. Um die vielen Morde zu rechtfertigen – denn bald war bekannt, dass gemordet wurde –, sagte man, die Juden hätten ansteckende Krankheiten gehabt oder den Kern einer Widerstandsbewegung gebildet. Die ideologischen Spitzen kamen mit ihrer eigenen Ideologie nicht zurecht, mussten aber darüber stillschweigen. Hitler, der sonst über alles Mögliche redete oder schrieb, äußerte fast nichts über dieses Thema. Ein Vorhaben, in das unglaubliche Kräfte investiert wurden. Aber es gibt kein Material darüber, was zu diesen Morden gesagt wurde, ob Bilder oder Filme darüber gezeigt wurden. In keinem Konferenzprotokoll taucht das Thema auf. Wie ist das zu erklären? Als Versuch, es geheim zu halten wie so vieles andere? Niemand weiß es. In der Parteispitze war Heinrich Himmler der Einzige, der bei einer Massenhinrichtung dabei war, und als Resultat wurde er ohnmächtig und lief anschließend Amok. Die SS-Beamten benutzten eine besondere Sprache, in der sie Ausdrücke verwendeten wie Versetzung, Sonderbehandlung, Reinigung, Adressenänderung oder natürlicher Schwund. Die Sprache der Wirklichkeit klang anders:

Moennickes und ich gingen direkt zu den Gräbern. Niemand hielt uns auf. Jetzt hörte ich kurz hintereinander Gewehrschüsse hinter einem Erdhügel. Den Menschen, die von einem Lastwagen stiegen – Frauen, Männer und Kinder jeden Alters –, wurde von einem SS-Mann, der in der Hand eine Reit- oder Hundepeitsche hielt, befohlen, sich auszuziehen und die Kleider an eine bestimmte Stelle zu legen. Schuhe, Unterzeug und den Rest jeweils für sich. Ich sah einen Haufen Schuhe, etwa achthundert oder tausend Paar, große Haufen von Unterzeug und anderer Kleidung. Ohne Geschrei oder Weinen zogen sich diese Menschen aus, standen in Familiengruppen zusammen, küssten sich und verabschiedeten sich voneinander und warteten auf den Befehl eines anderen SS-Mannes, der am Grab stand und ebenfalls eine Peitsche in der Hand hatte. In der Viertelstunde, die ich dort stand, hörte ich kein Jammern, kein Bitten um Gnade. Ich sah eine Familie von acht Personen ... Eine alte Frau mit schneeweißem Haar trug ein einjähriges Kind auf dem Arm, sang ihm etwas vor und streichelte es. Das Kind lachte vor Vergnügen. Die Eltern schauten mit Tränen in den Augen zu. Der Vater hielt einen wohl zehnjährigen Jungen an der Hand und sprach leise mit ihm. Der Junge kämpfte mit den Tränen. Der Vater hob die Hand und zeigte mit dem Finger zum Himmel, strich dem Jungen über den Kopf und schien ihm etwas zu erklären. Da rief der SS-Mann am Grab seinem Kameraden etwas zu. Der suchte ungefähr zwanzig Personen aus und befahl ihnen, hinter den Erdhügel zu gehen. Die von mir beschriebene Familie war darunter. Ich weiß noch genau, wie ein Mädchen, schwarzhaarig und schlank, auf sich zeigte, während sie an mir vorbeiging, und sagte: »Dreiundzwanzig Jahre!« Ich ging um den Erdhügel herum und stand an dem riesigen Grab. Dicht aneinander gepresst lagen die Menschen so, dass man fast nur die Köpfe sehen konnte. Aus fast allen Köpfen floss Blut. Einige bewegten sich noch. Einige hoben die Arme, um zu zeigen, dass sie noch lebten ... Ich sah mich nach dem um, der geschossen hatte. Er, ebenfalls ein SS-Mann, saß auf der Kante des Grabes, die Beine hingen hinein, die Maschinenpistole lag auf seinen Knien und er rauchte eine Zigarette. Die nackten Menschen gingen eine Treppe hinunter, die in den Lehmboden des Grabes gehauen worden war, rutschten über die Köpfe der Leichen zu der Stelle, die der SS-Mann ihnen anwies. Sie legten sich auf die toten oder sterbenden Menschen, einige streichelten die noch lebenden und sprachen leise mit ihnen. Dann hörte ich eine Reihe von Schüssen. Ich schaute ins Grab hinunter und sah, wie ein Ruck durch die Körper fuhr oder die Köpfe bereits ruhig auf den Körpern lagen, die schon dort gelegen hatten. Von den Nacken floss Blut.

Das war die Wirklichkeit am 5. Oktober 1942 laut Ingenieur Hermann Friedrich Gräbe. Und das war ›nur‹ die Hinrichtung von fünftausend Menschen, eine Promillezahl im Verhältnis zur Gesamtzahl. Mithilfe von Giftgas kam die Rationalisierung voran. Am 17. März 1942 betrug die tägliche Hinrichtungsquote im Lager Belzec 15.000 Menschen, im April kam Sobibor auf 20.000, ferner Treblinka und Majdanek mit etwa 25.000 und dann Auschwitz, die *größte Menschenvernichtungsfabrik der Geschichte*, wie der Lagerkommandant Rudolf Höss stolz sagte. Allein in Auschwitz wurden zwei Millionen Menschen ermordet. Die Zahl der insgesamt Ermordeten beträgt viele Millionen.

Zu allen anderen Plagen war jetzt noch eine widerliche Übelkeit hinzugekommen. Das war kein Lesestoff für Menschen. Andererseits, wenn andere so etwas taten, musste ich es zumindest lesen können. Während des Krieges war genug geschwiegen worden und heute noch gab es welche, die behaupteten, die Lager hätte es gar nicht gegeben.

Mord und Tötung auf diesem Niveau hatten sich nur durchführen lassen, weil die deutsche Industrie alles getan hatte, um behilflich zu sein. Das Giftgas Zyklon B wurde von der berühmten Firma IG Farben hergestellt. Deren Filiale Degesch übernahm es später und der Aktienwert verdoppelte sich. Doch die Firma hatte ein Problem: Die übliche Warnung vor Vergiftung durfte nicht auf der Packung stehen und deshalb hatte sie Angst, das Monopol auf dieses Wundergift zu verlieren. Deutsche Firmen boten den Bau der Vernichtungslager und andere Dienstleistungen an. Die Industriebetriebe erhielten auch Arbeitskräfte aus den Konzentrationslagern und das waren Firmen, die wir auch heute noch kennen: Krupp, Siemens, IG Farben, Rheinmetall, Messerschmidt, Heinkel und viele andere. Jedes traute Heim hat Haushaltsgeräte von diesen umsichtigen Firmen, die sich so viel Mühe gegeben haben, ihre Hände zu waschen, dass keine Haut mehr dran ist. Wirklich bestraft wurden sie nicht. Ein paar Jahre oder Monate für einige von ihnen – *»so mild verurteilt, dass ein Hühnerdieb sich freuen würde«*, wie der Ankläger Josiah DuBois ärgerlich sagte. Alfred Krupps Besitz wurde konfisziert, aber er bekam alles zurück, weil die Amerikaner meinten, eine Enteignung widerstrebe der amerikanischen Lebensphilosophie. Außerdem überließen es die Alliierten den Deutschen selbst, zu entscheiden, wer bestraft werden sollte und wer nicht, und selbstverständlich wurde so wenig wie möglich getan. Einige wurden zu Wiedergutmachungszahlungen verurteilt, einige nicht, und wieder andere weigerten sich. Mehr geschah nicht.

Ich blieb sitzen und dachte über das Gelesene nach. Ich hatte eine paradoxe Lust, mehr über die SS und ihre Taten in den Konzentrationslagern zu lesen und darüber, wie sie den Massenmord an verschiedenen Orten in Europa durchführten, aber die Uhr zeigte mir, dass dazu jetzt keine Zeit mehr war. Stattdessen nahm ich mir das Wenige vor, das es über ODESSA gab.

ODESSA, 1947 gegründet, ist die Hilfsorganisation der alten SSler: Organisation der ehemaligen SS-Angehörigen. Gold und Geld in unermesslichen Mengen wurden in die Schweiz und nach Südamerika geschickt, haufenweise falsche Papiere wurden ausgestellt und Bestechungsgelder verteilt, wo es nur ging. Und es ging fast überall. So einfach, dass fast alle Kriegsverbrecher verschwunden waren, als die Alliierten anfingen, nach ihnen zu suchen. Die Organisation, die alles regelte, war ODESSA. Sie erhielt Hilfe von Teilen der katholischen Kirche, die alte Nazis an verschiedenen Orten in Klöstern versteckte; einer wurde erst vor Kurzem in einem Kloster in Südfrankreich gefunden, wo er sich seit dem Krieg aufgehalten hatte. Das Kloster wusste, wer er war, half ihm aber, sich zu verbergen. Was die Kirche dafür bekommen hat, können wir nur erraten. Der wichtigste Fluchtweg ging Ende des Krieges durch Deutschland in den Süden. In Italien bewegten sich die Nazis von Kloster zu Kloster, um zum Schluss in Süditalien an Bord von Schiffen zu gehen, die nach Südamerika fuhren, vor allem nach Argentinien und Paraguay, wo diese Verbrecher seitdem in Luxus lebten.

Nach dem gelungenen ›Exodus‹, wie jemand den Flüchtlingsstrom spöttisch nannte, legte ODESSA die Hände nicht in den Schoß. Jetzt begannen sie, die Zukunft vorzubereiten. Ein stattlicher Teil der Kriegsverbrecher war nicht geflüchtet, sondern verbarg sich an verschiedenen Orten Deutschlands und kroch erst nach und nach hervor. Mit ODESSAs grenzenlosem Reichtum im Rücken konnten sie nunmehr Betriebe unterschiedlicher Art gründen. Heute noch ist der Westen Deutschlands durchsetzt von alten Nazis in hohen Positionen. Diejenigen, die im Osten gelandet waren, mussten sich nicht verstecken, sie fanden sofort einen Platz bei der Stasi. Die ehemaligen Nazis saßen sicher in beiden Teilen Deutschlands und brauchten im Großen und Ganzen vor nichts Angst zu haben.

Ab und zu musste die deutsche Regierung einen Verbrecher vor Gericht zitieren, um den Schein zu wahren – vor allem nachdem Simon Wiesenthal, der berühmte Nazijäger, oder andere nach Jahren genug Material gesammelt hatten, um die Betreffenden zu entlarven. Aber dann trat ODESSA auf. Natürlich nicht direkt, denn ODESSA existiert offiziell nicht, es ist eine geheime Organisation, die alles tut, um weiterhin geheim zu bleiben. ODESSA also organisierte die besten Rechtsanwälte Deutschlands sowie Ärzte, um die Gerichtsverfahren zu verschleppen. Und so konnten die Betreffenden in den meisten Fällen weitermachen wie bisher.

ODESSAs Zukunftspläne wurden mit der Zeit immer umfassender. Sie schlichen sich in die Waffenindustrie ein, halfen den arabischen Ländern gegen Israel. Deutsche Techniker leiteten große Teile der Waffenindustrie in diesen Ländern, dafür hielten die arabischen Staaten die Kriegsverbrecher verborgen. An Geld mangelte es nicht. Sie agierten auch an einer anderen Front, indem sie den Leuten erzählten, dass in der SS nur ganz gewöhnliche Soldaten gewesen waren, die ihre Pflicht fürs Vaterland getan hatten. Und dass es nur jüdische Propaganda war, wenn etwas anderes behauptet wurde. Ebenso seien die Vernichtungslager nur Hirngespinste verrückter Israelis. Sie hatten damit ziemlich viel Erfolg, aber es waren doch zu viele Fotos gemacht, zu viele Erinnerungen geschrieben worden, als dass sie ungeschoren damit hätten durchkommen können.

Das alles erfuhr ich Stück für Stück aus den verschiedenen Büchern. ODESSA arbeitete also mit allen Kräften daran, die Kriegsverbrecher reinzuwaschen und Israel auszuradieren. Rücksichtnahme kannten sie nicht. Wer ihnen in die Quere kam, verschwand oder wurde übel zugerichtet am Meeresufer oder am Grunde einer Schlucht gefunden. Es stand zu viel auf dem Spiel, als dass ein paar Menschenleben etwas gegolten hätten. Ein Menschenleben hatte diesen Menschen nie etwas bedeutet, es ging ihnen einzig und allein um ›die Sache‹. Was das eigentlich war, abgesehen davon, dass Juden und andere ›Untermenschen‹ vernichtet werden sollten, war nicht so ganz klar. Die Welt sollte unter großdeutsche Herrschaft kommen, in der die arische Rasse über alle anderen zu bestimmen hätte. Aus diesem Reich sollte ein neues Geschlecht entstehen, das Geschlecht der Herrenmenschen.

Der Bibliothekar hatte das Radio ganz leise laufen, aber in der Stille konnte ich hören, dass von dem Feuer im *Ølankret* gesprochen wurde und dass die Polizei noch nach der Ursache des Feuers suchte. Das war alles. Kein Wort davon, dass ein Mann – ich – fast verbrannt wäre und sich erst im letzten Moment aus dem Fenster retten konnte. Es war merkwürdig, dass sie diese Nachricht nicht brachten. Die Leute hatten mich gesehen. Die Journalisten hatten zweifellos mit der Polizei gesprochen, aber entweder hatten sie nichts davon erfahren oder die Order bekommen, nichts verlauten zu lassen. Höchstwahrscheinlich Letzteres, aber warum? Gab es eine winzige Chance, dass irgendjemand im Polizeirevier in der Jonas Broncksgøta mir glaubte und nicht zu viel durchsickern lassen wollte?

Die Nachrichten gingen weiter. Hunger, Not und Elend. Nicht nur draußen in der Welt, wie wir es gewohnt waren, nein, jetzt ging es auch um bankrotte Firmen hier im Land und darum, dass die Leute nicht mit ihrem Geld auskamen. Die Steuern sollten erhöht werden und es sollten höhere Zuschüsse an Reeder und Firmenbesitzer gezahlt werden. Denn trotz allem seien sie es, die dieses Land gebaut hatten und aufrechterhielten. Das Land gehörte ihnen.

Die Bücher lagen in ordentlichen Stapeln, als ich aufstand. Sie hatten mein Wissen über die SS und deren Verbrechen während des Krieges aufgefrischt und mich einiges über die ODESSA gelehrt, die Organisation, die kurzerhand jeden umbrachte, der ihr zu nahe kam. Jetzt musste ich nur den Zusammenhang zwischen diesem Wissen und den Männern an Bord des Schoners finden. Bisher war kein Verbindungsglied zu sehen, aber ich war mir sicher, dass es sich finden würde. Der Bibliothekar schaute kurz von seinem Nachschlagewerk hoch und seine klaren blauen Augen sahen mich durch die goldgefassten Brillengläser fragend an.

»Einiges habe ich gefunden«, antwortete ich auf die stumme Frage. »Aber die Antworten, die ich brauche, werde ich nicht in den Büchern finden.«

»Ich verstehe«, blies die tiefe Stimme. »Ja, so ist es manchmal. Das ist wahr.«

Er sah in die Ferne jenseits aller Bücherregale.

Während ich diese weisen Worte verdaute, ging ich die Treppe hinunter in den Nebel.

26

Das Essen bei Karl und Katrin war wie immer hervorragend. Üblicherweise war Karl für die Zubereitung zuständig und er würzte gern reichlich. Zu reichlich, würden sicher einige behaupten, aber ich mag Gerichte gern, deren Geschmack durch Gewürze hervorgehoben wird. Der Wein kam aus Portugal, zusammen mit anderen in Fässern importiert. Die Gastgeber waren freundlich und unterhaltsam, die Kinder, zwei Mädchen von acht und zwölf, niedlich und charmant. Eigentlich ähnelte der Abend vielen anderen, die wir bei ihnen zu Hause gemeinsam verbracht haben.

Doch eine Abweichung gab es und die hieß Duruta Danielson. Sobald ich das Haus in Stoffalág betreten hatte, flüsterte Karl mir zu, dass Katrin eine Weihnachtsüberraschung für mich hätte. Ich fragte, ob er sich im Datum geirrt hätte und ob wir jetzt Reisbrei essen würden. Karl lächelte verschmitzt, und ich ahnte schon, um was für ein Geschenk es sich handelte. Ich ahnte aber nicht, dass es die Person sein würde, mit der ich im *Ølankret* gesprochen und die ich im Polizeirevier gesehen hatte.

»Das ist Duruta Danielson«, sagte Karl mit übertriebener Höflichkeit, als wir ins Wohnzimmer traten. »Und das ist der Schreiberling Hannis Martinsson, Auslandsfäröer, der sich ohne feste Arbeit und feste Bindung ans schwache Geschlecht durchs Leben schlägt.«

Jetzt war offensichtlich, dass er mich aufziehen wollte. Und nicht nur mich, sondern auch seine Kollegin.

»Wir haben uns schon gesehen«, sagte Duruta und gab mir die Hand, während sie im Sessel sitzen blieb. Ihre dunkelbraunen Augen waren schöner und tiefer, als ich sie von

Sonntagnacht in Erinnerung hatte. Das Haar lag wie ein glänzender schwarzer Helm dicht an und sie trug Bluse und Hose in derselben Farbe. Nur ihr Gesicht glänzte weiß und die Lippen schimmerten rot. Die Solarien verdienten nicht viel an ihr.

Karl sah aus, als hätte man ihm seinen Lolli weggenommen.

»Ich hole den Schnaps. Ein Begrüßungsschnaps gehört dazu.«

Der Ton war etwas gekünstelt, die gute Laune sollte wieder angeschoben werden. Er ging in die Küche.

»Heute Abend ohne Gürtel«, sagte ich und versuchte, lustig zu sein.

»Den brauche ich nicht, wenn ich Leute besuche, die ich kenne.«

Sie lächelte mich mit so schneeweißen Zähnen an, dass weder Zigaretten noch jede andere Form von Tabak je in ihrer Nähe gewesen sein konnten. Im gleichen Augenblick steckte sie die Hand in die Tasche, holte eine Packung Prince Light hervor und fragte, ob ich Feuer hätte. Die Samstagnacht im *Ølankret* kam mir wieder in den Sinn.

Während ich ihr Feuer gab, dachte ich, dass man nicht alles wissen kann und dass die Zahnärzte vielleicht mehr zu tun haben, als man denkt.

Das Essen war gemütlich und lebhaft und wir umschifften elegant den Brand und den Schoner. Katrin, blond und immer zum Lachen bereit, erzählte Anekdoten aus dem Krankenhaus, in dem sie als Laborantin arbeitete. Karl wusste natürlich immer etwas von seiner Arbeit beizusteuern und ich erzählte von meinen Auslandsreisen. Gemeinsame Freunde und Bekannte wurden von allen Seiten betrachtet und die Mädchen waren die ganze Zeit eifrig dabei. Nur Duruta sagte fast nichts. Sie lächelte ihr unergründliches Mona-Lisa-Lächeln, nickte bekräftigend oder schüttelte verneinend den Kopf, wenn sie gefragt wurde. Trotzdem hatten alle das Gefühl, sie sei voll und ganz am Gespräch beteiligt. Sie schien weder wirklich schlechter noch wirklich guter Laune zu sein. Sie befand sich irgendwo in der Mitte und ähnelte dem Mädchen, mit dem ich Samstagabend gesprochen hatte, kaum noch.

Später saßen Karl und ich allein im Wohnzimmer, Katrin und Duruta waren hinaufgegangen, um die Mädchen ins Bett zu bringen. Lauter Spiellärm, unterbrochen von der Aufforderung, jetzt still zu sein, war von oben zu hören.

»Duruta hat uns im letzten Jahr ziemlich oft besucht, seit Pól, ihr Mann, gestorben ist«, sagte Karl, während er uns Kognak einschenkte. Als er sich vorbeugte, konnte ich wieder den Ansatz einer Glatze in seinem hellbraunen Haar erahnen, und ein Bauch, der vor ein paar Jahren noch nicht da gewesen war, hing ihm über den Gürtel.

»Sie geht nicht viel unter Leute, deshalb war ich überrascht, dass ihr euch schon kanntet.«

Er ging zum Plattenspieler und zog eine Schallplatte hervor.

»Ich habe ihr Samstagnacht im *Ølankret* Feuer gegeben. Das war alles.«

»Also warst du Samstagnacht zu Hause«, kam es spöttisch von Karl. »Aber jetzt gibt es kein Zuhause mehr«, fügte er mit Betonung auf jeder einzelnen Silbe hinzu.

»Nun, nun«, protestierte ich. »Ich habe eine Wohnung in Kopenhagen.«

»Wo du nie bist.«

Jetzt hörte man Hanus Johansens tiefe, rollende Stimme.

Ich hörte das Rasseln deiner Knochen,
doch wie ferne warst du mir,
auch diese Nacht wirst du wieder anpochen
und am Kopfende sitzen, hier bei mir.

Er sang über den Tod und in diesem Augenblick hatte ich ein Gefühl, als wären diese Worte speziell für mich geschrieben. Für einen kurzen Moment fühlte ich mich vollkommen allein.

»Vorläufig geht man davon aus, dass das Feuer unter der Treppe ausgebrochen ist.« Karls Worte holen meine Gedanken von Pól F. zurück ins Wohnzimmer.

»Da siehst du's. Also kann ich es nicht gewesen sein.«

»Wir haben nur deine Aussage darüber, dass du in der Toilette eingeschlossen warst. Die Tür ist verbrannt, da gibt es nichts mehr zu untersuchen. Ich kann mir zwar nicht vorstellen, dass du den *Ølankret* in Brand gesteckt hast, aber auf der anderen Seite finde ich es auch schwer begreiflich, dass jemand so weit geht, einen anderen zu verbrennen – da müsste er schon ein verdammt starkes Motiv haben. Und bisher haben wir überhaupt kein Motiv. Das heißt: Du hast uns keins genannt.«

»Ich habe euch alles erzählt, was ich weiß. Ich verstehe auch nicht, warum mir jemand nach dem Leben trachtet. Andreas-Petur ...«

»Zum Teufel mit Andreas-Petur. Er war's nicht. Er fällt schon in Ohnmacht, wenn er nur den Griff einer Sense sieht, so einer ist kein Mörder.«

»Da fällt mir ein«, sagte ich, »wie kommt es, dass im Radio nichts davon erwähnt wurde, dass ein Mann sich nur mit Mühe und Not aus dem Fenster retten konnte?«

Karl sah mich prüfend an. »Auch wenn du es nicht verdient hast, es gibt bei uns einige, die so viel Vertrauen zu dir haben, dass sie nicht glauben, dass du dir die ganze Geschichte nur ausgedacht hast. Ich weiß nicht, ob du weißt, was da vor sich geht, oder ob du uns noch etwas verheimlichst. Aber so viel weiß ich: Irgendetwas stimmt da nicht. Du bist zumindest das eine Mal oben bei Hugo Jensen zusammengeschlagen worden.«

Er hob die Hände, als ich ihn unterbrechen wollte, und verdoppelte die Zahl. Ich schwieg.

»Letzte Nacht wärst du fast verbrannt, und es scheint, als würde dich irgendjemand gern in Rauch aufgehen sehen. Im wahrsten Sinne des Wortes. Warum, weiß ich nicht, aber solange wir die Sache untersuchen, ist es am besten, wenn so wenig wie möglich durchsickert. Wenn die Leute erst mal durch die Medien erfahren haben, dass es ein Mordanschlag war, gibt es keine Grenzen mehr für das, was sie gesehen haben wollen. Einige unserer Leute sind dabei, die Nachbarn zu befragen, ob sie etwas gesehen haben, und so haben wir die Chance, relativ zuverlässige Antworten zu erhalten.«

Hanus hatte ein weiteres Lied von Pól F. begonnen. Und auch dieser Text war ungemein beruhigend:

Von der Kanzel sprach der Priester:
Sünder! Nehmet euch zu Herzen,
dass wer nicht des Herrn Gebot einhält,
wird in der Hölle brennen, ewiglich und unter Schmerzen!
Dort im Flammenmeer bekommt die Seele nimmer Ruh' –
denn der Teufel ist ein guter Heizer –
er schürt das Feuer immerzu
und freut sich an den Seelen.

Wer weiß, ob Karl diese Platte nicht doch meinetwegen aufgelegt hatte?

»Außerdem«, fuhr Karl fort, »ist es nicht schlecht, wenn die Person, die deinen Tod wünscht, keine Ahnung davon hat, was wir wissen oder glauben. Und nicht weiß, dass wir sie in Verdacht haben. Was uns zu dem Schoner aus Paraguay führt. Das ist dein einziger Vorschlag, so unwahrscheinlich er auch klingt.«

»Was ist aus der Anfrage geworden?« Es war das Beste, Karl auf andere Gedanken zu bringen, bevor er ernsthaft seiner Lieblingsbeschäftigung – Hannis runterputzen – nachging. Oder mich etwa fragen würde, ob ich Andreas-Petur Joensen jüngst gesehen hätte. Ich hatte keine Lust, ihn anzulügen, wollte aber auch nicht, dass sie Andreas-Petur hinter Gitter brachten, bevor ich die Gelegenheit zu einem Gespräch mit ihm hatte.

»Ja, das war nicht so einfach, wie ich gedacht habe.« Karl sah für einen Moment sehr nachdenklich aus und fuhr dann fort: »Wir haben nichts über die *Eva* und deren Besatzung. Ich habe bei verschiedenen Abteilungen nachgefragt, aber niemand wusste etwas. Natürlich haben sie sie gesehen, aber sie gehen einfach davon aus, dass alles in Ordnung ist. Schließlich rückte der Leiter des Passamtes damit raus, dass ihm von der Landesverwaltung aufgetragen worden war, den Schoner in Ruhe zu lassen. Ihm war das offensichtlich nicht ganz geheuer, denn die Verwaltung kann uns nicht vorschreiben, was wir tun und lassen sollen. Sie dürfen sich nicht in die Arbeit der Polizei einmischen.«

Karl kochte. Ich wusste, welch großen Wert er darauf legte, dass die Polizei unabhängig und unparteiisch war.

»Sie sollen gemeinsam mit dem Ting die Gesetze erlassen und sonst nichts.«

Er stand auf und lief ein paarmal auf dem Teppich hin und her. Dann ging er zum Plattenspieler und drehte die Platte um.

»Und das Schlimmste: Er wusste nicht einmal so recht, warum er in diesem Fall eine Ausnahme gemacht hat. Ein Beamter von der Landesverwaltung hatte angerufen, etwas von Gastfreundschaft gefaselt, und unser Mann hat still und brav gehorcht. Er hat sich damit verteidigt, dass auch der Zoll nicht an Bord gewesen ist.« Karl ließ sich aufs Sofa fallen. »Verdammte Scheiße, das Boot könnte bis zur Reling mit Drogen voll gestopft sein. Das könnte es jetzt noch, während die Polizei kriecht, weil so ein Idiot aus Tinganes ihr das befohlen hat.«

»Du hast also nichts weiter rausgekriegt?«

»Doch, sei nicht so ungeduldig.« Jetzt war er wieder der ruhige, besonnene Karl. »Ich habe in Tinganes angerufen und hatte nach einigem Hin und Her einen frisch gebackenen Juristen dran, der ›natürlich keine vertraulichen Informationen an jeden erstbesten Anrufer herausgeben‹ konnte. Aber als ich ihm damit drohte, dass Unregelmäßigkeiten aufgetaucht sind und er seine Zulassung verlieren könnte, wurde er ganz fügsam und verband mich mit dem Fischereidirektor.«

Karl probierte den Kognak und grinste. »Du hättest ihn am Anfang hören sollen.« Karls Stimme klang tief und feierlich: »›Das ist unsere Sache, wenn die Landesregierung einen Kollegen in den Behörden um eine Handreichung ersucht. Wenn Sie weitere Wünsche haben, können Sie eine schriftliche Anfrage einreichen und dann werden wir sehen, was wir tun können.‹ Dann hatte er die Frechheit zu behaupten, er hätte keine Zeit, weiter mit mir zu reden. Dass die Verwaltung viel zu tun hätte und er gerade dabei sei, Anzeigen auszuarbeiten, mit denen weitere Beamte gesucht werden sollten.«

Karl kicherte. »Weitere Beamte. Die sitzen in Tinganes schon so eng beieinander, dass man nicht dazwischenspucken kann. Die ganze Landspitze wimmelt nur so von Beamten.«

Auch wenn Karl selbst im öffentlichen Dienst war, bereitete es ihm immer ein diebisches Vergnügen, über die Beamten und vor allem die politischen Würdenträger herzuziehen. Wir waren üblicherweise nicht einer Meinung bei diesem Thema, und ich versuchte immer dagegenzuhalten, so gut ich konnte. Aber das wurde schwieriger, als man mit der Zeit ohne das richtige Parteibuch nicht einmal mehr Arbeit als Straßenfeger bekam. Und mit jeder Wahl änderten sich die Machtverhältnisse, deshalb hieß es, sein Mäntelchen nach dem Wind zu hängen.

»Für jede Einsparung an anderer Stelle stellen sie neue Beamte ein, und zwar für ein Gehalt, das dreimal so hoch ist wie üblich. Die meisten von ihnen sind vollkommen überflüssig, ein Klotz am Bein, sodass sinnvolle Initiativen entweder noch unübersichtlicher werden oder nicht von der Stelle kommen.«

Karl war wieder aufgestanden, lief mit schwingenden Armen auf und ab und sprach so laut, dass er Hannis übertönte. »Ich habe diesem Armleuchter gesagt, dass, wenn ich keine klare Auskunft bekäme, und zwar sofort, ich ihn und die ganze Zoll- und Passbehörde beim Justizministerium in

Kopenhagen melden würde. Da wurde er auf einmal zugänglicher und fing an, etwas von landespolitischen Folgen zu murmeln, und dass er der Schweigepflicht unterliege. Doch schließlich habe ich rausgekriegt, dass die Männer von der *Eva* auf die Färöer gekommen sind, um über Fischereirechte in der Karibik zu verhandeln. Sie seien Vermittler und wollten nicht, dass davon etwas bekannt würde. Eine ihrer Forderungen lautete, dass nichts über sie in den Medien erscheinen und niemand sie an Bord stören dürfe. Die Mitglieder der Landesregierung sind so erpicht darauf, Quoten in fremden Gewässern zu bekommen – auch wenn die Versuche in südlichen Hemisphären bisher nicht besonders erfolgreich waren –, dass sie dafür fast alles akzeptieren. Der Direktor drohte mir mit allem Unheil für unser Land, falls ich irgendjemandem etwas sagen würde, und bat darum, dass ich mich vom Schoner fern halte. Ich sollte ja nicht wagen, das Schiff zu betreten und Fragen zu stellen. Das Letzte, was das Arschloch zu mir sagte, war, dass ich lieber dafür sorgen solle, dass nicht so viele Leute betrunken Auto fahren.«

»Wie führst du dich denn auf?« Katrin und Duruta kamen mit Kaffeekanne und Tassen aus der Küche. »Die Kinder können nicht einschlafen, weil du so herumschreist.«

In der kurzen Stille, während Duruta sich neben mich setzte, klang es aus dem Lautsprecher:

Nur für diese Nacht,
Zeit, schlage deine Flügel ein,
in der ich selig küssen will
mein sonnenschönes Schätzelein.

Dieses sel'ge wunderbare Jetzt
in dieser Nacht, heiß von der Liebe –
ach, lasse mir noch einen Kuss zuletzt,
dann werd' ich finden ew'gen Frieden.

Hoffentlich war das eine Warnung.

Karl erklärte den beiden kurz, worüber wir geredet hatten, und fügte hinzu: »Wenn Hannis Recht hat und die Männer der *Eva* stecken dahinter, dann ist es verdammt gut eingefädelt. Die Regierung behütet sie wie eine Glucke und scheucht alle Neugierigen weg. Sie können tun und lassen, was sie wollen.«

Während wir Kaffee und Kognak tranken, erzählte ich, was ich in der Landesbibliothek gelesen hatte. Das erschien heute vielleicht sehr weit entfernt, aber irgendwie lag dort der Schlüssel zu allem, was passiert war. Ich berichtete von Sonjas Artikelserie, die mich davon überzeugt hatte, dass es einen Zusammenhang gab zwischen dem Schoner und Støðlafjall, Hugos Keller und dem *Ølankret*. Der verschwundene Zettel mit den Kontoeinzahlungen deutete in dieselbe Richtung. Andreas-Petur konnte ich an dieser Stelle nicht als Zeugen anführen, das musste ich mir für später aufheben. Ich erzählte von *7-dir* und Sjeyndir – sie waren mit dem Schoner ja mal in den Norden gefahren.

Es waren viele Ungereimtheiten und Lücken in meiner Theorie und in meinen Ausführungen, und auch wenn die Vorschläge der anderen anfangs zögerlich, dann aber immer entschiedener kamen, ergab sich doch kein Gesamtbild. Nicht einmal der Umriss davon.

27

Es war nach Mitternacht, als Durata und ich langsam zum Hoyviksvegur gingen. Der Nebel half der Sommernacht, beide Augen zu schließen. Fast. Die Nässe legte sich wie ein feines Spinnennetz aus winzigen Edelsteinen auf Durutas schwarzes Haar und das Nebelhorn an der Mole unterstrich das Märchenhafte und Verzauberte der Situation.

Wir gingen eine ganze Weile schweigend, jeder mit seinen eigenen Gedanken beschäftigt, bis ich entschied, dass es reichte.

Ich konnte noch nie gut den Mund halten: »Karl hat gesagt, dein Mann sei tot. Ist es gerade erst passiert?«

Selbst ein Vierzehnjähriger hätte keine blödere Einleitung finden können.

»Vor gut einem Jahr«, kam es mit leiser Stimme von Duruta, und sie sah dabei zu Boden. »Er war auch bei der Polizei.«

Du Idiot, sagte ich zu mir selbst. Hättest du nicht etwas anderes fragen können? Jetzt hast du alles kaputtgemacht.

»Entschuldige, ich wollte nichts ansprechen, was mich gar nichts angeht ...«, murmelte ich, »aber ...«

»Mach dir darüber keine Gedanken. Ich bin es, die darüber hinwegkommen muss. Es ist nur, weil ich vorhin bei Karl und Katrin immer wieder an Pól denken musste. Ich habe ihn dort gesehen, in den Räumen, zwischen den Möbeln.« Ein Frösteln überlief Duruta, als versuchte sie, etwas abzuschütteln.

Es herrschte Stille, während wir durch die Straßen in Richtung Stadt gingen.

»Er war erst einundvierzig Jahre alt, als er mitten auf dem Aarvegur überfahren wurde.« Die Stimme zitterte, nicht viel, aber genug, um ihr Resonanz zu geben.

»Er hat versucht, ein gestohlenes Auto aufzuhalten, indem er sich in den Weg gestellt hat. Der Typ hat nicht einmal versucht, zu bremsen, sondern ist einfach über hin hinweggefahren. Pól ist am nächsten Tag im Krankenhaus gestorben. Der Autodieb wurde bei seinen Eltern gefasst. Betrunken und erst fünfzehn Jahre alt, da war von einer richtigen Strafe keine Rede. Ich meine, er ist ein paarmal auf Segeltour geschickt worden, aber jetzt ist er wieder hier und macht die Stadt weiter unsicher. Wir werden bei uns im Revier nicht arbeitslos, solange sich Leute wie er hier herumtreiben. Und davon gibt's genügend.«

Duruta klang bitter. Sie hatte kein einziges Mal aufgesehen, während sie sprach. Jetzt blieb sie so plötzlich stehen, dass ich gegen sie stieß und sie festhalten musste, damit sie nicht hinfiel. Ihr Gesicht mit den braunen Augen war nur wenige Zentimeter von meinem entfernt und sie sah mir völlig ruhig direkt in die Augen. Die waren nicht traurig, wie ich erwartet hatte, sondern lediglich ernst.

So blieben wir einen Augenblick stehen und ich ließ sie nicht los. Im Gegenteil, ich verschränkte meine Arme hinter ihrem Rücken.

Schließlich sagte ich vorsichtig: »Du siehst dem Mädchen, dem ich im *Ølankret* Feuer gegeben habe, gar nicht ähnlich.«

Eine zarte Röte zeigte sich auf dem blassen Gesicht und Duruta sah nach unten. »Das war das erste Mal, dass ich ausgegangen bin, seit Pól tot ist. Wir hatten mit ein paar Leuten zusammengesessen und etwas getrunken, bevor wir losgezogen sind. Das war das erste Mal seit mehr als einem Jahr, dass ich mich vergnügt habe. Nur kurz, aber immerhin.«

»Du hast mir auch auf dem Revier zugeblinzelt«, fuhr ich fort, während ich sie noch fester hielt.

Jetzt wurde sie fast blutrot und legte ihr Gesicht an meine Brust: »Als ich dich das erste Mal gesehen habe, wusste ich sofort, dass ich dich haben wollte. Ich wusste es einfach.«

Sie presste ihr Gesicht dicht an mich, sodass die Worte undeutlich und verlegen aus dem Mantel hervorkamen.

Und viel versprechend.

28

Um halb sechs war ich hellwach und sprang aus dem Bett. Andreas-Petur Joensen! Ich hatte meine Verabredung mit ihm vollkommen vergessen.

Verdammter Mist, dachte ich, während ich nach meinen Sachen suchte. Sie waren überall in Durutas Wohnung verstreut. Die Unterhose war am schwierigsten zu finden, aber zum Schluss entdeckte ich sie unter dem Bett. Duruta lag zusammengerollt in den süßesten Träumen.

Als ich mich einigermaßen zurechtgemacht hatte, flüsterte ich: »Auf Wiedersehen«, und ging leise die Treppe hinunter.

Draußen im Nebel auf der Niels Finsensgøta war keine Menschenseele. Während ich zur Vágsbotnur hinunterhastete, dachte ich mehr an die vergangenen Stunden als an die kommenden, und obwohl ich fast nicht geschlafen hatte, fühlte ich mich fit und gut gelaunt. Ich wollte vorläufig nicht abreisen, denn vielleicht, vielleicht gab es ein bisschen Zukunft für mich in der Wohnung zu finden, die ich gerade verlassen hatte. Ein warmer Schauer durchfuhr mich.

Unten an der Vágsbotnur hatte das Bild sich verändert. Der Schoner war fort. Der Kai lag offen und leer da, aber das Gefühl der Kälte war nicht verschwunden. Die graue Betonfläche wurde zu einem gefährlichen Hohlraum, den man lieber nicht betreten sollte. Der Nebel umhüllte alle Umrisse und schränkte das Blickfeld ein. Der dröhnende Ton des Nebelhorns durchschnitt die Feuchtigkeit. Jetzt, da das Schiff nicht mehr dort lag, wurden Gefahr und Bedrohung geheimnisvoller und noch unangenehmer. Nun konnte der Angriff von allen Seiten kommen.

Ich wusste, dass die *Eva* an einem der kommenden Tage wieder am Kai liegen würde. Dass sie wahrscheinlich Richtung Norden gefahren war, wie sie es laut Harald häufiger tat. Hätte die Besatzung geplant, zurück nach Südamerika zu fahren, hätten sie mir sicher nicht nach dem Leben getrachtet. Außerhalb der Färöer stellte ich nun ganz bestimmt keine Bedrohung dar. Aber es blieb die Frage, warum ich es hier war.

Skálatrød lag verlassen da. Wie der Rest der Stadt, keine Menschenseele. Man konnte von den Färingern sagen, was man wollte, früh zur Arbeit gingen sie nicht. Zum Ausgleich fanden sie dafür fast nie ins Bett.

Der Steg schwankte unter mir, er war beweglicher als erwartet. Diese schwimmenden Brücken täuschten mich jedes Mal. Und Andreas-Petur wohl auch, denn das Boot war losgemacht und lag ungefähr vier, fünf Meter vom Steg entfernt vor Anker. Aber von mir aus hätten es auch vierzig oder fünfzig Meter sein können, solange ich nicht reinspringen wollte. Und das wollte ich nicht.

Abgesehen vom Tuten des Nebelhorns war es völlig still. Kein Möwengeschrei, kein Motorentuckern, keine Arbeitsgeräusche. Nur ich und die gespenstische Kulisse. Einige Rufe zum Boot hinüber brachten kein Resultat, niemand reagierte. Einen Augenblick lang blieb ich stehen, rollte auf den Fußballen hin und her und drehte mich in verschiedene Richtungen.

Nichts geschah, ich war es leid, hier herumzustehen und vor mich hin zu schaukeln. Ich wusste nur zu gut, wo ich an diesem nebelverhangenen Freitagmorgen lieber gewesen wäre.

Von Rættará kam ein älterer, gebeugter Mann mit Stock heran. Er trug eine Mütze, einen dunkelblauen Pullover und eine weite, dunkle Hose. Man sah ihn oft in der Vágsbotnur, meist hielt er sich bei der Lästerbank auf. Seinen Namen wusste ich nicht.

Als er sich meinem Steg näherte, rief ich ihn an und fragte, wie ich wohl auf Andreas-Peturs Boot kommen könnte. Der Alte kam zu mir, und ich sah, dass er eine Brille mit dicken Gläsern trug, die die Augen groß wie Teetassen erscheinen ließen.

»Willst du denn mitfeiern?« Er schmunzelte vor sich hin und zeigte mit seinem Stock auf das Boot. »Da war heute Nacht vielleicht ein Treiben!«

»Von was für einer Feier redest du? Auf so einem Boot feiert doch niemand.«

»Nein? Dann hast du keine Ahnung, was in diesem Eisloch alles so vor sich geht.« Er schlug mir mit dem Stock gegen das Schienbein, um seine Worte zu unterstreichen. »Die ganze Nacht war das ein Lärm, dass die Leute bestimmt nicht schlafen konnten. Ich wohne draußen in Bakka und selbst ich musste das Fenster zumachen. Und das habe ich seit einer Ewigkeit nicht mehr getan. Seit dem Winter 51 in Færingehavn nicht mehr, als die Frostgrade mit der Jahreszahl übereinstimmten. Ich sage Ihnen, die Leute hier in Tórshavn wissen gar nicht, was Kälte ist. Oben im Eismeer und auf Grönland, da frieren ...«

Er schwang den Stock, während er mit glänzenden Augen und blinkenden falschen Zähnen von seinen gefährlichen Reisen in der Nähe des nördlichen Polargebiets erzählte. Währenddessen überlegte ich, was wohl an Bord vorgefallen sein konnte. Ich bezweifelte, dass Andreas-Petur in der Stimmung war, ein großes Fest zu veranstalten, während er sich vor der Polizei und wütenden Bierclubmitgliedern verstecken musste. Dahinter steckte etwas anderes. Und gewiss nichts Gutes.

»Gibt es hier in der Nähe keine Beiboote oder etwas Ähnliches, womit ich hinüberkommen könnte?« Ich unterbrach den Alten mitten in einem Schneesturm, als zwei oder drei Eisbären ihm auf den Fersen waren. Wie viele es nun genau waren, bekam ich nicht mit, weil ich fand, dass ich mich lieber um andere Dinge kümmern sollte.

Der Alte schwieg einen Augenblick, wischte sich mit dem Handrücken einen Tropfen von der rot geäderten Säufernase und sagte dann schleppend: »Wer weiß. Heutzutage werden alle Boote abgeschlossen, so oder so. Keiner hat Ruhe, solange nicht alles niet- und nagelfest ist. Früher wurden die Einbrecher nach Bremerholm hinter Schloss und Riegel geschickt, heute sind es die Sachen, die eingesperrt werden.«

Er ging bis ans Ende des Stegs. »Wenn du das grüne Rennboot da vorne losmachen würdest, müsste das nicht rüber zu dem Boot treiben? Hinterher kannst du es ja wieder festbinden. So früh am Morgen kommt sowieso niemand hier vorbei.«

Ich sah zu dem grünen Boot hin und war der Meinung, dass der Grönlandfahrer Recht haben könnte. Am Tauende war kein Schloss, ich müsste es nur losmachen und versuchen, mich hinüberzuschaukeln.

Während ich mich damit abmühte, das Boot zu drehen, stand der Alte lächelnd da und beobachtete mich.

»Dir scheint es ja furchtbar wichtig zu sein, so früh am Morgen schon zu feiern. Ich würde mir nicht solche Umstände machen, nur um ein paar schnarchende Trunkenbolde zu wecken.«

»Dazu muss man jung sein«, entgegnete ich und schob das Boot, bis es sich langsam um die hinterste Vertäuung drehte. »Wir rennen von früh bis spät überall hin, wo etwas los ist.«

Verdammt, es schien zu klappen. Ein Bootshaken half mir die letzten Meter und ich vertäute das Boot an einer Eisenstange, damit es mir nicht wegtrieb.

Der Alte stand stumm auf dem Steg und sah mir zu.

Die Tür zum Ruderhaus war nicht geschlossen, ich ging vorsichtig hinein. Auf den Planken lag ein großes Fernglas. Hier stimmte etwas nicht. Niemand lässt ein Fernglas einfach so liegen. Daneben lagen zwei Becher und ein paar Stifte und rollten langsam hin und her.

Die kleine dunkelbraune Flügeltür in die Kajüte hinunter war geschlossen. Ich öffnete sie langsam und hockte mich davor, um hineinzusehen. Andreas-Petur war da und er würde nirgends mehr hingehen.

Ich ging wieder an Deck, um frische Luft zu schöpfen, holte ein paarmal tief Luft und rief dem Alten zu, er möge die Polizei holen. Das schnelle Klacken seines Stockes war zu hören, als ich mich vorbeugte und meinen Magen entleerte. Auslöser war nicht allein der widerwärtige Anblick unten in der Kajüte, hinzu kam die Todesangst, die in mir aufstieg. Beides zusammen ließ meinen Magen reagieren.

Als ich mir den Mund abgewischt hatte, warf ich das Taschentuch über Bord und sah ihm einen Moment lang hinterher: kreideweißer Unrat in dunklem, verschmutztem Wasser. Dann zwang ich mich, zurück in die Kajüte zu gehen.

Dort sah es nicht gut aus.

Andreas-Petur war auf dem Küchentisch festgebunden. Er

war nackt. Eine Socke war ihm in den Mund gestopft worden und eine Plastikschnur saß stramm um seinen Hals. Der Körper war grob misshandelt worden, überall auf der bläulich blassen Haut waren Spuren von Zigarettenglut zu sehen. An einem Ende der Sitzbank stand ein Kassettenrekorder. Sicher hatten die Folterknechte damit ihr Fest veranstaltet. Und es war nur zu verständlich, dass laute Musik notwendig war, um zu übertönen, was hier passiert war. Zwischen den Beinen sah es schlimm aus. Ein blutiger Brei, ich musste mich zusammenkrümmen. Aber was mich dazu gebracht hatte, mich zu übergeben, war das Gesicht. Der Tod hatte die meisten Falten geglättet, das Gesicht erschien jünger, während gleichzeitig in den weit aufgerissenen Augen immer noch die Angst stand. Eine Angst, die so groß war, dass sie ihn bis in den Tod verfolgt hatte. Zwei dünne Eisenstangen waren in die Nasenlöcher hineingebohrt worden, bis ins Gehirn hinauf. Ein schmales Blutrinnsal lief über die Oberlippe in den Mund.

Andreas-Petur sah aus wie ein verstümmeltes Walross. Seine Mörder hatten nichts gesucht. Sie wollten keine Informationen. Das war Strafe und Folter, mehrere Stunden lang nur zum Vergnügen ausgeführt.

29

In meiner Wohnung genehmigte ich mir zuerst einen extragroßen Whisky, danach noch einen von gewöhnlicher Größe. Dann setzte ich mich in den Sessel, um nachzudenken.

Die Polizei hatte mir nicht viele Fragen gestellt, aber der Leiter der Kriminalpolizei, Piddi í Utistovu, murmelte etwas dahingehend, dass er genug von mir hatte, und bat einen Beamten, mich aus seinem Gesichtsfeld zu entfernen. In der Skálatrøð lief ich Karl in die Arme, der mich fragte, woher ich überhaupt wissen konnte, dass Andreas-Petur sich auf seinem Boot aufhielt. Ich versuchte, mich herauszureden, aber Karl ließ mich ohne ein weiteres Wort stehen. Jetzt glaubte auch er noch, ich hätte ihn angelogen. Und genau das hatte ich ja auch. Wenn ich so weitermachte, würde ich nicht die geringste Chance haben, zum beliebtesten Mann des Jahres von Tórshavn gewählt zu werden. Nun ja, ich wohnte ja sowieso in Kopenhagen und konnte hier gar nicht mitmachen.

»Und was jetzt?«, fragte ich laut in dem leeren Zimmer. Aber niemand antwortete und nach einer Weile gab ich jede Hoffnung auf eine Offenbarung auf und machte mich stattdessen daran, meine eigenen Gedanken und Informationen zu ordnen.

Eins war klar: Ich wollte nicht aufgeben. Ich hatte Angst, ja. Aber meine Sturheit war größer als die Angst. Außerdem flüsterte mir ein einschmeichelnder Fatalismus ins Ohr, dass ich ja sowieso keine Familie hatte und es nur mich treffen würde, was auch immer geschah. Diese Arschlöcher durften unter keinen Umständen ungestraft aus dem Land entkommen. Letzteres flüsterte ich mir selbst zu, um meiner Entscheidung Nachdruck zu verleihen. Im selben Augenblick sah ich das Bild des nackten Andreas-Petur vor mir und es lief mir eiskalt den Rücken hinunter.

Eine Weile schickte ich meine Gedanken in alle möglichen Richtungen, nur nicht runter nach Skálatrøð.

Dann nahm ich meine Überlegungen wieder auf. Es waren zwei Fragen zu klären. Erstens: Was hatte Hugo im Ausland gemacht? Zweitens: Was trieb die *Eva* oben im Norden?

Zunächst zu Hugo. Ich rief ein Reisebüro an, in dem ich ein Mädchen kannte. Es war schon ein paar Jahre her, aber vielleicht würde sie mir ja trotzdem einen Gefallen tun. Die Polizei hätte ich jetzt nicht einmal nach der Uhrzeit gefragt.

»Ach, mein Guter, bist du's wirklich? Ich dachte schon, wir wären nicht fein genug für dich.«

Ihre Stimme klang beschwingt und lebendig, aber ich verstand die Spitze. Sicher war ich letztes Mal abgereist, ohne mich zu verabschieden.

»Hör mal, ich wollte dich um einen Gefallen bitten. Dafür werde ich dich ausführen, wenn du das nächste Mal nach Kopenhagen kommst.«

»Meinst du, das reicht?« Jetzt neckte sie mich.

»Du weißt doch, es gibt keine Grenzen für das, was ich für dich tun würde, du Weib des Mutterlandes«, spielte ich mit.

Kichern war zu hören.

»Um was geht's?«, fragte sie lachend.

»Um Hugo, Hugo Jensen, er war letzte Woche in Dänemark. Kannst du mir sagen, ob er nur bis Kopenhagen gebucht hat oder ob er noch weiter geflogen ist?«

»Hannis«, sagte sie, jetzt ernster. »Du weißt genau, dass ich keine Informationen über unsere Kunden herausgeben darf.«

»Das weiß ich. Und ich hätte dich auch nicht darum gebeten, wenn es eine andere Möglichkeit gegeben hätte. Du hast doch gehört, dass Hugo tot ist, oder?«

»Ich hab's im Radio gehört, auch das von Sonja.« Sie schwieg einen Moment und sagte dann: »Meinst du ...?«

»Ja«, sagte ich.

»Ich rufe zurück«, sagte sie.

Während ich wartete, kochte ich mir einen Kaffee. Entweder ging ich jetzt ins Bett oder ich fuhr gen Norden nach Eiði oder Tjørnuvík. Ich entschied mich, meine angeborene Faulheit zu überwinden und nordwärts zu fahren. Sjeyndir spukte in meinem Kopf herum und es war nicht undenkbar, dass jemand in den nördlichsten Ortschaften etwas zu erzählen hatte.

Das Telefon klingelte.

»Hugo ist nach Wien weitergeflogen, wo er ...«, ich hörte sie blättern, »sich zwei Tage aufgehalten hat, und dann direkt zurück auf die Färöer.«

»Tausend Dank, du bist ein Perle!«, lobte ich sie.

»Behalte deine Perlen für dich, sag niemandem etwas und lade mich in die Stadt ein.« Sie legte auf.

Ich starrte vor mich hin, den Hörer in der Hand. Alles passte zusammen. Der gesamte Überbau zumindest, vom Fundament dagegen konnte ich nicht einmal den Umriss erkennen, aber irgendwo da unten befand es sich.

Aus dem Telefon kam nur noch ein Tuten und ich legte den Hörer auf. Doch dann nahm ich ihn wieder hoch und wählte 0013, die Nummer der Auskunft.

Sie hatten ein Telefonbuch von Wien, das schon ein paar Jahre alt war, aber ich sagte, das sei egal, und bekam die Nummer, um die ich gebeten hatte.

Eine halbe Stunde später war mein Verdacht bestätigt. Ich hatte mit dem Dokumentationszentrum in Wien gesprochen und erfahren, dass Hugo dort gewesen war. Das Dokumentationszentrum war von Simon Wiesenthal gegründet worden, um Material über die Verbrechen der Nazis während des Krieges zu sammeln und, wenn es sich machen ließ, die Täter vor Gericht zu bringen. Die Realität sah ja so aus, dass die meisten sich ohne viel Aufsehen nach dem Krieg arrangiert hatten. Wiesenthal war mit seinem ausdauernden Kampf eine Plage für diese Männer – oder Frauen – und viele saßen aufgrund seiner Arbeit hinter Gittern. Am berühmtesten waren die Entführung eines der Hauptarrangeure der Massenmorde, Adolf Eichmann, und seine Hinrichtung in Israel 1961.

Zuerst wollte Frau Anstraat, eine der Mitarbeiterinnen des Dokumentationszentrums, nichts über Hugo und dessen Anliegen sagen. Aber nach und nach konnte ich ihr in meinem gebrochenen Deutsch klar machen, dass Hugo tot war und irgendwelche Nazis dahintersteckten. Frau Anstraat wollte immer noch, dass ich persönlich vorbeikäme, doch nach einigem Hin und Her erzählte sie mir wenigstens so viel, dass Hugo Jensen Informationen über Herbert Kappler haben wollte. Ich kannte den Namen bereits von den Bildunterschriften im *Bladet* und fragte, wer das sei.

»Fosse Adreatine«, waren Frau Anstraats letzte Worte.

Natürlich! Warum bin ich nur nicht selbst darauf gekommen? Dabei war es mir im Kopf herumgeschwirrt, aber ich hatte nicht drauf geachtet. Die Selbstzündung war augenscheinlich außer Betrieb, das Gehirn musste mit Handbetrieb in Gang gesetzt werden. Und das hatte Frau Anstraat getan.

Fosse Adreatine ist eine Kalkmine in der Nähe von Rom, direkt neben den großen Katakomben an der Via Appia Antica. Die Mine ist heute eine Gedenkstätte für die mehr als dreihundert Geiseln, die hier während des Krieges von der SS erschossen worden waren.

Ich war gerade erst aus Rom gekommen und doch bedurfte es des Umwegs über Wien, um mich an Herbert Kappler zu erinnern. Zu meiner Entschuldigung muss ich sagen, dass es über fünfzehn Jahre her war, dass ich die Fosse Adreatine und die Steinsärge mit den Ermordeten besucht hatte. Trotzdem hätte ich mich an den Namen erinnern müssen, wenn man bedenkt, wie sehr mich die Geschichte damals beeindruckt hatte.

Und seitdem hatte ich mehrere Male in der Via Rasalla gewohnt. Kurz gesagt ging es darum, dass die italienische Widerstandsbewegung 1944 eine Bombe zündete, als eine SS-Heeresabteilung durch diese Straße kam. Heute noch sind Narben an den Hauswänden der Via Rasalla zu sehen. Gut dreißig SS-Männer starben, und Hitler forderte, dass für jeden von ihnen zehn Italiener getötet werden sollten. Völlig unschuldige Menschen wurden aus verschiedenen Einrichtungen und Gefängnissen geholt, der älteste ein Greis, der jüngste noch ein Kind, und nach Fosse Adreatine hinausgeführt.

Hier fand die Massenerschießung statt. Zunächst unter einer gewissen Kontrolle, wenn man in Verbindung mit Genickschüssen von Kontrolle reden kann, aber nach und nach wurden die Soldaten immer betrunkener. Damit sie diese Abschlachtung aushielten, hatten sie reichlich zu trinken bekommen, und zum Schluss wurde nur noch wild in der Gegend herumgeschossen, sodass Opfer, Henker und der ganze Platz in Blut schwammen.

Leiter der Hinrichtung war Herbert Kappler gewesen. Seine SS-Mütze war ebenfalls in der Gedächtnishalle ausgestellt.

Nach dem Krieg wurde Kappler zu lebenslänglicher Haft verurteilt, aber in den Siebzigern gelang es ihm, in die Bundesrepublik Deutschland zu fliehen – niemand wusste genau, wie –, und die Deutschen weigerten sich, ihn auszuliefern.

Hugo war also in Wien gewesen und hatte das Material über Herbert Kappler studiert, und Sonja hatte im *Bladet* Kapplers und Kesselrings Namen unterstrichen. Beide waren während des Krieges in Italien gewesen und … ja, und was? Ich war auf dem richtigen Weg.

Nun musste ich ihn nur noch finden.

30

An der Brücke über Streymur bog ich auf die nordwärts führende Straße ab. Das gelbe Schild mit den schwarzen Buchstaben zeigt 9 km bis Halddarsvík und 14 km bis Tjørnuvík an.

Je weiter ich in den Norden kam, desto besser wurde das Wetter und desto länger konnte man die Sonnenflecken auf den Abhängen von Eystruroy sehen. Die Landschaft zwischen den Bergen auf beiden Seiten der Bucht schien sanfter und freundlicher zu sein als irgendwo sonst auf den Färöern. Die kleinen Ortschaften unten an den Sandstränden waren windgeschützt und das Meer war weit genug entfernt. Es störte die Leute nicht jeden Tag und gleichzeitig war die Entfernung zu den Fischgründen nicht groß.

Empfindsame Dichter wie Marentius Viðstein und Rikard Long hatten hübsch über Sundalagið geschrieben und diesen Teil des Landes hervorgehoben:

Ein Sonnentag in Sundelag,
die dunkle Zeit ist nun nicht mehr –

übers Grasdach weht der Wind in wilder Jagd
aus Freude über den Sieg des Lichts daher.

Als ich mich Haldarsvík näherte, guckte die Sonne hervor, und wenn auch die Wolkenbänke ihre Strahlen verdeckten und der Slættaratindur sich im Nebel verbarg, so hatte ich doch das Gefühl, die Sonne würde siegen.

Meine Laune wurde sofort besser. Ich war jetzt seit einer Woche zu Hause, und wenn ich auch nicht klagen durfte, Sommerwetter war es nicht gerade gewesen. Schon gar nicht, wenn man es mit Rom verglich. Kirschbäume, Mandelbäume, Orangen, Zitronen und Nachmittage im Café. Man konnte kurzärmelig zwischen den ockerfarbenen Häusern herumlaufen, sich in einer der zahllosen Barockkirchen abkühlen und später am Abend essen gehen oder einfach durch die Straßen schlendern.

Der Kadett donnerte durch Haldarsvík, vorbei an der achteckigen Kirche. Auch wenn es die merkwürdigste Kirche auf den Färöern war, hatte ich doch immer die Ansicht vertreten, dass sie gut zu der Landschaft passe und eine Verbindung knüpfe hin zu der katholischen Epoche und dem romanischen Baustil. Irgendwann sollte ich sie mir auch mal von innen anschauen. Mir fiel ein, wie oft ich durch Haldarsvík gefahren war, ohne jemals anzuhalten. Einer der vielen Orte, in denen ich nie gewesen war.

Diese Gedanken währten nur bis zum nächsten Hügel, hinter dem der Ort Eiði auf der anderen Seite des silberfarbenen Sundes zum Vorschein kam. Natürlich in strahlender Sonne, und während ich die letzte Strecke fuhr, genoss ich die Schönheit in vollen Zügen.

In Tjørnunvík hatte die Sonne noch Kraft, aber bald würden die hohen Berge ihre Schatten werfen und der Ort müsste sich Wärme von Eysturoy leihen. Das Bild von Tjørnunvík in meinem Kopf war dunkel und ich habe nie begreifen können, warum Siedler sich dort niedergelassen haben. Eine Stelle mit weniger Sonne gibt es im ganzen Land nicht.

Ich stellte das Auto mitten im Ort ab und schaute mich um. Es ist ein kleiner Ort. Dreißig, vierzig Häuser, vielleicht hundert Einwohner, von denen natürlich niemand zu sehen war. In Siedlungen dieser Größenordnung sieht man nie einen Menschen. Es gab niemanden, der hier am Ort arbeitete, und wer von der See oder seinem Arbeitsplatz an einem anderen Ort nach Hause kam, sah keinen Grund, nochmal vor die Tür zu gehen. Außerdem war Freitag und die gesamte Bevölkerung des nördlichen Teils von Streymoy schlurfte im Tórshavner Einkaufszentrum herum.

Wäsche hing an den Leinen, also gab es jemanden, der etwas an der frischen Luft zu tun hatte. Fünf, sechs Leinen waren dicht an dicht mit blütenweißen Windeln behängt, die kundtaten, dass hier ein Kind zu Hause war. Jedenfalls so lange, bis es groß genug war, um nach Tórshavn zu ziehen.

Unterhalb der Straße, dicht am Sandstrand, lagen kleine Kartoffeläcker, umgeben von Steinmauern, und daneben ein einzelner Garten mit Engelwurz. Es war lange her, dass ich Engelwurz probiert hatte, wenn man von dem Schnaps absieht, aber ich traute mich nicht, eine zu nehmen. Falls mich jemand sah, würde ich gelyncht werden.

Weiter im Ort gab es mehrere grasgedeckte Vorratshäuser aus Stein, die sonst nicht mehr üblich sind. Mit den bunten Häusern zusammen ergaben sie ein Bild, das so färöisch war wie nur möglich. Früher hatte es viele solcher Ortschaften gegeben und einige gab es immer noch.

Im östlichen Meer konnte man die beiden Felsen sehen, Risin und Kellingin, erstarrt in dem blauen Meer. Das Meer war nicht grau, bleifarben oder grün, nein, es war blau. Himmelblau. Das steinerne Ehepaar, dazu verdammt, für alle Ewigkeit unterhalb des Eiðiskollur zu stehen, bis das Meer sie zu sich nähme. Heute wäre ihre Strafe nicht so hart ausgefallen. Sie hätten für ihren Versuch, uns nach Island zu ziehen, eher eine Prämie bekommen.

Heutzutage brauchen wir keine Recken, um die Färöer nach Island zu bringen, das machen wir selbst. Wir reißen die dänischen Wurzeln heraus und pflanzen stattdessen isländische. In einigen Jahrzehnten sind wir vielleicht im Himmelreich angekommen und Isländer geworden. Die Herrschaft der Dänen hat es nach mehreren Jahrhunderten nicht geschafft, uns zu Dänen zu machen, jetzt versuchen wir, in nur hundert Jahren zu Isländern zu werden.

In dieser Zeit der Firmenlogos und Insignien, in der jeder Holzschuppen sein eigenes Zeichen trägt, sollte der ›Verein zur Wandlung der Färöer in Isländer‹ Risin und Kellingin in sein Wappen nehmen.

»Fremder Mann?«

Ich wurde aus meinen Gedanken gerissen und erblickte einen Greis, der auf der Betonkante oberhalb der Anlegestelle saß und Pfeife rauchte. Er sah aus, als sei er schon an die hundert, hatte sich dabei aber nicht besonders gut gehalten. Sein weißer Vollbart verbarg fast das gesamte Gesicht, der Mund war nur ein Strich, die Augen waren zwei schmale Streifen, tief verborgen zwischen unzähligen Wetterrunzeln. Auf dem Kopf ein großer, verblichener Witwerhut. Nicht so ein moderner Zierhut, sondern einer, der für den Gebrauch gedacht war und die Größe einer mittelgroßen Plastiktüte hatte. Er lag wie ein Kloß auf dem verfilzten Haar. Der gemusterte Wollpullover hatte mindestens einen Weltkrieg überlebt. Die Kniebundhosen waren einmal schwarz gewesen, jetzt aber fast graubraun und an mehreren Stellen eingerissen. Dicke, dunkelbraune Strümpfe und Gummischuhe mit weißen Sohlen rundeten das Bild ab.

»Ja«, sagte ich, »ich komme auf einen Sprung aus Tórshavn.«

Die Sonne schien in die schmalen Augen, deren Farbe man wegen der Falten und der langen weißen Augenbrauen nicht sehen konnte. Er nahm die Pfeife aus dem Mund, beugte sich vor und wärmte die großen Arbeitshände am Pfeifenkopf. »Willst du die Ausgrabungen angucken?«

Vor ungefähr dreißig Jahren waren Gräber aus der Wikingerzeit in Tjørnuvík gefunden worden und die Leute hier waren ungeheuer stolz darauf. Als ob die Ruhmestaten, die in dieser nordischen Hochzeit ausgeführt worden waren, eine direkte Verbindung mit den heutigen Tjørnuvíkbewohnern hätten.

»Nein, eigentlich nicht.« Ich wusste nicht recht, wie ich es ausdrücken sollte, ohne den Eindruck zu erwecken, total bescheuert zu sein. »Es war in Tórshavn so ein Nebel, da hatte ich einfach Lust, gen Norden zu fahren und zu sehen, ob das Wetter hier nicht besser ist. Und das ist es ja«, fügte ich hinzu.

Der Alte schaukelte vor und zurück. »Ja, es geht. Es ändert sich je nach Windrichtung.« Er sah einen Augenblick in die Luft, drehte sich dann zur Seite und spuckte aus.

Normalerweise wissen ältere Leute immer viel zu erzählen, aber anscheinend war dieser Mann zu alt und hatte genug gesehen. Fragen wollte ich ihn auf jeden Fall.

»Wissen Sie etwas über einen weißen Stahlschoner, der hier heraufgekommen ist?« Ich konnte selbst hören, wie merkwürdig das klang, aber ich wusste nicht, wie ich die Frage verpacken sollte.

Dem Greis erschien die Frage offenbar nicht ungewöhnlich. Er saugte ein paarmal an seiner Pfeife und ließ den blauen Dunst durch den Bart sickern, ehe er antwortete.

»Ich selbst habe ihn nicht gesehen, aber sie haben mir erzählt, dass er häufig in Sjeyndir liegt.«

Sjeyndir war also die Lösung.

»Wissen Sie, was die da tun?«

»Nein, das weiß ich nicht. Und ich glaube, das weiß keiner hier. Ein paar Leute sind in die Nähe des Schoners gefahren, um mal zu gucken, aber diese Ausländer sind ziemlich unfreundlich und verjagen die Leute. Sie haben mir erzählt, dass sie aus Südamerika kommen. Aber das kann ich kaum glauben. Warum sollte einer so weit fahren?«

»Doch, das stimmt«, bestätigte ich. »Der Schoner kommt aus Paraguay.«

Die Männer an Bord der *Eva* nahmen sich also auch hier von den Leuten in Acht. Was sie wohl vorhatten?

»Und Sie wissen nicht, warum der Schoner in Sjeyndir liegt?«

»Nein, das kann ich nicht sagen.« Er klopfte die Pfeife auf dem Beton aus, blies ein paarmal ins Mundstück und steckte sie dann an seinen Hut. »Das Einzige, was an Sjeyndir interessant sein könnte, sind die Grotten. Aber soweit ich weiß, gibt es da drinnen nichts außer Seehunde.«

Der Greis stand langsam auf, aber der Oberkörper hing genauso weit nach vorn wie in sitzender Stellung. Wir gingen langsam zur Siedlung hoch, und auch wenn ich ihm gern noch mehr Fragen über Sjeyndir gestellt hätte, konnte ich es doch nicht über mich bringen, in den Nacken eines alten Mannes zu reden. Mich genauso tief vornüberzubeugen wie er hätte lächerlich gewirkt, und setzen konnte ich mich auch nicht, solange er ging. Also hüpfte ich mal ein Stück nach vorn, blieb dann wieder stehen und ähnelte in meinem dunkelgrauen Mantel wahrscheinlich einer großen, flatternden Krähe.

Als wir uns etwa hundert Meter schweigend wie ein Komikerpaar aus der Zeit des Stummfilms bewegt hatten, blieb der Alte stehen, drehte die Gesichtseite des Haarschopfes zu mir und sagte lächelnd: »Die Gicht hätte zu den Plagen Ägyptens gehören sollen. Aber wahrscheinlich ist es dafür dort zu warm. Was meinen Sie, fremder Mann, ist es in Ägypten zu warm, um von der Gicht geplagt zu werden?«

Er sprach ›Ägypten‹ dänisch aus.

»Irgendeine Art von Gicht kriegen die bestimmt auch«, antwortete ich und nutzte die Gelegenheit, um zu fragen: »Kennen Sie die Grotten von Sjeyndir?«

»Ja und nein. Niemand kennt die Grotten, abgesehen von den Seehunden. Es gibt so viele, etliche Kilometer in alle Richtungen, und sie sind so tief, es ist nicht ungefährlich, da hineinzugehen. Wenn man sich verläuft, kommt man nicht lebend wieder raus. Bei den meisten Wetterverhältnissen kann man gar nicht rein, und wenn sich der Wind dreht, während man da drinnen ist, ist man in Lebensgefahr. Die

Brandung hat dort eine Kraft, gegen die kein Mensch ankommt. Selbst wenn es draußen totenstill ist. Lassen Sie lieber die Finger von den Grotten, die Jugend kann sich daran erproben, für die ist das etwas, wir anderen haben uns um andere Dinge zu kümmern.«

Er ging seines Weges, während ich stehen blieb, ein paar Minuten lang in tiefer Selbstreflexion versunken. Ich sollte so etwas wie einen Journalisten vorstellen, hatte es praktisch schriftlich, lebte jedenfalls davon, aber Informationen zu bekommen, das gelang mir nicht. Weder der Greis von vorhin noch der Alte von heute Morgen hatten irgendetwas von Bedeutung beigesteuert. Vielleicht sollte ich mir eine Arbeit suchen, in der es Schweigepflicht gab. Postbote zum Beispiel. Dann müsste ich nicht mehr versuchen, den Leuten ihr Wissen aus der Nase zu ziehen, sondern konnte es ihnen servieren und den Mund halten. Und Schnaps ausliefern, ohne es zu verraten, damit die Bekannten nicht ankamen, um sich einen Teil der Ration zu leihen.

Aber ob das so unterhaltsam wäre? Ganz sicher war ich da nicht. Und heute hatte ich immerhin mit zwei Frauen telefoniert und beide hatten mir geholfen, bevor sie den Hörer auflegten. Das musste an meinem enormen Charme liegen, der zwei Frauen dazu gebracht hatte, mir ihre Informationen zu offenbaren, während die beiden Männer mir durch die Finger gerutscht waren. Die Toten zählte ich nicht mit, dann sähe das Ergebnis anders aus.

Sonja war tot, aber mit ihr hatte ich lange nicht gesprochen. Sie zählte also nicht. Hugo hatte im *Ølankret* einige Worte mit mir gewechselt und am nächsten Tag war er tot. Andreas-Petur hatte versucht, sich drum herumzumogeln, aber ich hatte ihn unter Druck gesetzt. In derselben Nacht wurde er zu Tode gefoltert. Kein Wunder, wenn die Leute mich mieden, Hannis Martinsson, den Todesengel. Die Götter mochten wissen, ob die Tage des Greises gezählt waren, jetzt, nachdem ich ihn am Wickel gehabt hatte.

Die Uhr sagte mir, dass ich mich beeilen müsste, in Richtung Süden zu kommen, wenn ich den Fünf-Uhr-Termin erreichen wollte. Erst auf dem Weg aus dem Ort und den Hügel hinauf fiel mir ein, dass es keinen Termin mehr gab. Es gab auch keinen *Ølankret* mehr. Dennoch fuhr ich weiter nach Tórshavn in der Hoffnung, dass die tiefe Weisheit der Worte ›Kommt Zeit, kommt Rat‹ mir nützen würde.

31

Tórshavn und Wochenende sind ein Cocktail, den ich schon immer gut leiden konnte. Wie gewöhnlich war er nicht zu stark, obwohl auch das passieren kann, andererseits war er fast nie ekelig süß. War man in der Lage, mit dem Drink umzugehen, gab es keinen besseren. Ich war drauf und dran, demjenigen zuzustimmen, der sang, dass die Nächte in London und Singapur nichts waren im Vergleich zu einem Samstagabend in Tórshavn.

Und dann gab es Duruta. Sie gehörte zu dem Teil der Polizei, der noch nicht genug von mir hatte. Abgesehen von ihren Qualitäten bezüglich Aussehen und Wesen besaß sie eine weitere, die von großer Bedeutung für mich und mein Wohlbefinden war. Sie war Mitglied im *Bacchus*, dem zweiten großen Bierclub. Durutas Wohnung lag in der Lucas-Debesargøta, nur wenige Schritte entfernt vom Club oben in der Tróndargøta. Mir hatte der *Ølankret* immer besser gefallen als der *Bacchus*, die Atmosphäre unter Mitgliedern und Gästen erschien mir einfacher und direkter. Ansonsten hatte ich nichts gegen den *Bacchus*. Das Bier war das gleiche, der Whisky auch, und im Endeffekt waren die Mitglieder auch gar nicht so verschieden.

Am Freitag- und Samstagabend vergnügten Duruta und ich uns im Club. Natürlich nur während der Ruhepausen zwischen den Fitnessstunden daheim. Und die waren reichlich und lang und erforderten zum Ausgleich eine Stärkung. Ziemlich viel Fopperei und Sprüche waren dabei, aber sie waren gut gemeint und ohne die giftigen Spitzen, wie Andreas-Petur sie gewöhnlich abgeschossen hatte.

Aber damit war jetzt endgültig Schluss. Ältere Menschen würden sagen, dass Andreas-Petur seinen Frieden gefunden habe. Aber unbestreitbar hatte er nicht nur ›Frieden‹ gefunden. Er war so langsam und zielbewusst gefoltert und verstümmelt worden, dass kein Mensch das hätte überleben können und hinterher im Stande gewesen wäre, darüber zu berichten. Hätten sie ihm nicht einen ölverschmierten Strumpf in den Mund gestopft und wäre er nicht an den Tisch gefesselt gewesen, er wäre zweifellos auf die Knie gefallen und hätte seine Peiniger weinend darum gebeten, es hinter sich zu bringen.

Das Wochenende war nicht nur Vergnügen und Körperertüchtigung, sondern was mich betraf, auch ein Versuch, zu verdrängen, was geschehen war. Der Versuch, unangenehme Erlebnisse in einen dunklen Winkel des Bewusstseins zu stopfen, damit sie nicht mehr freilagen und mich plagten. Die Kombination Duruta und *Bacchus* waren für dieses Ziel perfekt, und Sonntagmittag, als wir Kaffee tranken und Weißbrot aßen, hatte ich fast alles über den Schoner und Andreas-Petur vergessen. Die Neigung, mich umzuschauen, um zu prüfen, ob mir jemand folgte, hatte sich auch schon beachtlich verringert. Bevor wir in dieser Nacht ins Bett gingen, hatten wir oben in der Tórsgøta gestanden und zur Vestara Vág geschaut. Die *Eva* war noch nicht zurückgekommen. Dieses Wissen war natürlich ebenfalls eine große Hilfe für mich.

Die Reinigung von Körper und Seele durfte leider nicht länger andauern. Duruta hatte Nachtdienst und bestand darauf, etwas mehr zu schlafen, als ich es ihr in den letzten Tagen erlaubt hatte. Sie lächelte mich seidenweich an und bat mich, nach Hause zu gehen und frühestens am nächsten Tag wiederzukommen. Als ich aus der Tür ging, war ihr letztes Wort, ich möchte doch nicht die ganze Nacht im Bierclub verbringen. Alles auf der Welt hat seinen Preis, auch die Liebe.

Zu Hause stellte ich mich unter die Dusche, rasierte mich und zog mich um. Während ich die Rundfunknachrichten aus der Wohnung über mir hörte, putzte ich meine Schuhe. Schuheputzen ist unglaublich beruhigend, aber ich tue es selten. Normalerweise brauche ich auch keinen Trost. Es passiert nicht so oft, dass ich in einer Woche zweimal niedergeschlagen werde. Und verbrannt werden soll.

Ich zog Schuhe, Jacke und Mantel an, steckte Geld und Schlüssel in die Tasche und war somit gerüstet, Heldentaten zu vollbringen. Große Männer, große Taten, sagte ich zu mir selbst, als ich in Richtung *Bacchus* ging in der Hoffnung, als Durutas neuer Freund eingelassen zu werden.

Unterwegs traf ich einen Journalisten, den ich aus Dänemark kannte, unsere Pläne waren die gleichen. Kurz darauf standen wir an der bogenförmigen Bar, tranken Schnaps und sprachen über die alten Tage, aber dann wollte er Billard auf hohem Niveau spielen, das heißt nüchtern, und ich ließ ihn gehen. Eine Zeit lang blieb ich an der Bar stehen und schaute mich in dem großen Raum um, in dem ziemlich viele Menschen waren. Da ich keinen von ihnen näher kannte, ließ ich mich auf einem Barhocker nieder, um die Zeitungen vom Samstag zu lesen. Dazu war ich nicht gekommen, solange Duruta in der Nähe war.

Eine halbe Stunde und ein Bier brauchte ich für diese wenig einträgliche Beschäftigung. Harald hatte Recht, wenn er über die Parteiabhängigkeit der Zeitungen klagte, die zu einem sehr eingeschränkten Blickwinkel führte. Aus demselben Grund beschäftigten nur wenige Zeitungen ausgebildete Journalisten, denn die waren in der Regel schwer zu dirigieren, hatten die Tendenz, das zu schreiben, was ihrer Meinung nach richtig war, und nicht die Ansichten der Partei. Die meisten Journalisten waren inzwischen beim Fernsehen gelandet oder hatten eine andere, lohnendere Arbeit gewählt, wie das Verfassen von Werbetexten.

»Ist das dein Doppelgänger oder bist du es wirklich, Hannis Martinsson?«, dröhnte eine tiefe Stimme und eine schwere Hand schlug mir so fest auf die Schulter, dass ich fast mit dem Gesicht auf den Bartresen schlug.

Es war Harald, der Wirt des *Ølankret,* den man zurzeit als ehemaligen Wirt bezeichnen musste. Jedenfalls für eine Weile. Aber das sah man ihm nicht an. Das grobe Gesicht war rotwangig, die Augen glänzten, also war er wohl nicht ganz nüchtern. Er war vornehm ausstaffiert, schwarzer Anzug, weißes Hemd, schwarzer Schlips und schwarze Schuhe. Dieser Aufzug war nicht gerade ein großer Gewinn für seine Erscheinung. Arbeitszeug und Harald passten zusammen, aber in Sonntagskleidern ähnelte er einem Sack Kartoffeln.

»Was treibst du hier?«, fragte ich, nachdem ich mich gefasst und Harald sich halbwegs zwischen mich und den Barhocker geklemmt hatte.

»Ich hatte eine Verabredung, um unseren Mitgliedern ein Dach überm Kopf zu besorgen, nachdem du ihr Haus angesteckt hast.«

»Ich habe nicht …«, wollte ich protestieren, aber Harald hob die Hand und unterbrach mich.

»Das wissen wir ja. Ich mache doch nur Spaß.«

Er rief den Barkeeper, der vor dem Spiegel stand und an seiner gepunkteten Fliege zupfte, und bat ihn, sich ruhig Zeit zu lassen, aber uns zwei Starkbier zu bringen, sobald der Kampf vorbei sei.

Der Barkeeper, ein junger, dunkler, lang aufgeschossener Kerl, knallte verbissen zwei Bier auf den Tresen.

»Hier im Club schreien wir nicht rum, wenn wir etwas wünschen.« Er drehte sich um und ging nach hinten in die Küche.

Harald lachte: »Es macht mir einfach Spaß, die hier zu ärgern. Es braucht nicht viel und schon reden sie von Rausschmiss und schwarzer Liste. Wenn man nur mit den Ohren wackelt, fahren sie Kanonen auf und drohen damit, einen zu zerschmettern.« Er schaute sich um und entdeckte einen leeren Tisch.

»Komm, setzen wir uns dorthin.«

Er nahm Bierflasche und Glas und ging mir voran in die Ecke. Nachdem er Flasche und Glas auf den Tisch gestellt hatte, ließ er sich in voller Länge auf das Sofa fallen, das jämmerlich quietschte, aber standhielt. Er lockerte seinen Schlips und fluchte über diese dümmste Erfindung in der Modegeschichte.

Ich selbst schwieg, ich hatte das Gefühl, dass Harald etwas von mir wollte.

Wir tranken, während wir mit halbem Ohr der Reportage über eine Ruderregatta von einem der Sommerplätze lauschten. Welcher das genau war, wusste ich nicht, und es interessierte mich auch nicht die Bohne.

»Hat also endlich der Teufel Andreas-Petur heimgeholt. Das ist es ja fast wert, dass wir darauf anstoßen.« Harald hob sein Glas.

Ich sah ihn einen Augenblick lang stumm an, während mir ein Schauer die Innenseite der Schenkel hochlief und irgendetwas in meinem Magen Purzelbäume schlug. Langsam kam mein Magen wieder ins Lot, der Film wurde unscharf und verschwand schließlich. Ich werde ihn wohl niemals ganz loswerden, aber mit der Zeit werde ich lernen, die Bilderflut zu steuern, sodass es ein unangenehmes Erlebnis unter anderen sein wird.

»War es so widerlich?« Harald hatte sein Glas hingestellt und seine Mimik und sein Tonfall baten um Entschuldigung.

Ich nickte.

»Ein Kumpel vom Polizeirevier hat es mir erzählt. Weder Fernsehen noch Rundfunk noch Zeitungen verlieren ein Wort darüber. Man könnte denken, dass sie Order haben, den Mund zu halten.« Harald sah mich fragend an.

»Die halten den Topf fest verschlossen«, sagte ich. »Du erfährst nicht die kleinste Andeutung darüber, was vor sich geht, wenn du keine Verbindungen hast, die über die Polizeiwache hinausgehen. Und währenddessen reisen diese Typen aus Paraguay im Land herum.«

»Diese miesen Verbrecher. Irgendjemand muss doch etwas gegen sie unternehmen. Sie müssen festgenommen werden.« Er schlug so hart mit der Faust auf den Tisch, dass mehrere Gäste sich umdrehten, um zu sehen, was da vor sich ging.

»Das werden sie wohl kaum«, sagte ich. »Es ist völlig egal, wie die sich aufführen, niemand tut ihnen etwas.«

Und dann erzählte ich Harald alles, was ich über den Schoner wusste: dass die Landesregierung die Besatzung hätschelte, weil sie ihr Fischereirechte anboten; dass nicht einmal die Polizei die Erlaubnis hatte, an Bord zu kommen; dass Andreas-Petur erzählt hatte, dass die beiden Blonden das Feuer im *Ølankret* gelegt hatten; dass ich mir sicher war, dass sie die Mörder von Andreas-Petur waren; und dass der Schoner mehrere Male bei Sjeyndir angelegt hatte. Ich erzählte ihm auch von Hugos Reise nach Wien.

Als ich fertig war, ging Harald an die Bar, um Kaffee zu holen.

»Jetzt heißt es, einen klaren Kopf zu bewahren«, sagte er mit zwei Bechern in der einen und einer vollen Kanne in der anderen Hand.

»Ich habe diese Männer getroffen«, fuhr er fort, »deshalb glaube ich dir jedes Wort. Aber wir haben nichts, woran wir unseren Hut hängen können, nur einen Verdacht.«

»Und drei Leichen«, sagte ich.

»Und drei Leichen«, sagte Harald und versank in Gedanken.

Der Lärm von den anderen Tischen nahm zu, und Männer, die ihren Sonntagsspaziergang so gelegt hatten, dass sie am *Bacchus* vorbeikamen, strömten rein und raus.

Der ganze Raum dampfte vor Gemütlichkeit und Lachen, aber ich selbst fühlte mich nicht als Teil davon. Das Gespräch mit Harald hatte mich für einen Moment zu einem Beobachter gemacht, mich aus der Gemeinschaft herausgehoben.

»Ich hab's, ich weiß, was wir machen müssen«, rief Harald, der wieder auf der Erde war, mit einem großen Lächeln auf dem Gesicht. »Aber wollen wir uns nicht zuerst einmal einen Gammel Dansk besorgen?«

32

Sowohl auf der Glade Hjørne als auch unten auf Vaglið gab es öffentliche Gebetsstunden, sodass wir zwischen Predigern und Kirchengesängen Slalom laufen mussten.

Als wir vorbei waren, atmeten wir beide freier. Der Ruf von den Klauen des Teufels und Ihm, der alles weiß und lenkt, war jedoch immer noch zu hören, dafür sorgten die Lautsprecher. Umweltverschmutzung, dass es in den Ohren wehtat. Aber allmählich verebbte die aggressive Botschaft, man konnte wieder denken und reden, wenn man dazu Lust hatte. Wir waren auf dem Weg zu Harald. Er wohnt in Reyn in einem dieser alten, niedrigen Mietshäuser, in denen kein einziger Winkel neunzig Grad misst und wo es schwierig ist, heutzutage eine Frau zu halten. Harald war auch nicht verheiratet, und soweit ich wusste, machte er sich nicht besonders viel aus allem, was mit Frauen zusammenhing. Das war deutlich zu sehen, als wir versuchten, uns durch den engen Flur zu kämpfen. Auf dem Fußboden lag ein Wirrwarr von Schuhen, Stiefeln und Holzpantinen, und mitten in dem Gewühl stand ein Kasten mit Angelschnüren. Ich musste seitwärts gehen, um nicht in den Haken hängen zu bleiben. Im Wohnzimmer, das fast das ganze Haus ausfüllte, war es nicht viel besser, aber Harald meinte nur, ich solle irgendetwas beiseite schieben und mich setzen, dann würde er das Abendessen bringen. Er hatte etwas Fleisch, eine getrocknete Lammkeule von der Insel Mykines. Er ging in die Küche und ich hörte Schranktüren klappen und Teller klirren.

Im *Bacchus* war Harald auf die, wie er selbst fand, geniale Idee gekommen, dass wir an die Seite des Schoners rudern und durch die Bullaugen mal einen Blick hineinwerfen sollten. Vielleicht würden wir dabei das eine oder andere entdecken. Ich erzählte ihm, dass die Idee wahnsinnig sei, und die *Eva* es sich außerdem gerade bei Sjeyndir gemütlich mache. Aber nein. Der Schoner lag wieder unten in der Vágsbotnur. Harald hatte sie auf seinem Weg zum *Bacchus* gesehen, und wenn ich der Meinung war, dass sein Einfall so dumm war, dann bräuchte ich ja nur einen besseren vorzubringen. Dazu war ich nicht in der Lage und alle Proteste und Ausflüchte wurden vom Tisch gefegt.

Gegen elf waren wir draußen bei der Schiffswerft. In der riesigen Maschinenhalle und an Bord einzelner Boote am Kai brannte Licht, aber es war kein Mensch zu sehen. Die Gebäude und Schiffe konnten wir nur undeutlich im Nebel erkennen, sie sahen aus wie große Tiere auf ihrem Nachtlager. Für einen Augenblick waren sie da und im nächsten Moment war die ganze Welt wieder im Nebeldunst verschwunden.

Ich hatte mir einen Wollpullover ausgeliehen, der so groß war, dass ich gleich mehrere Male in ihm hätte versinken können. Der Fischgeruch, der ihm entströmte, war vielleicht nicht gerade angenehm, weckte jedoch angenehme Erinnerungen an eine Angeltour am Strand oder in kleinen Booten. Harald trug einen grauen Parka, der zum Ausgleich mehrere Nummern zu klein war, sodass er darin wie eine große Boje aussah, die kurz davor war, zu explodieren.

Unten vor der Helge lag die farbbekleckste Malerjolle der Schiffswerft.

Die wollten wir uns ausleihen. Harald ging in die Knie und fluchte: »Sie ist angeschlossen. Heutzutage hat wirklich niemand mehr Vertrauen, alles muss niet- und nagelfest gemacht werden. Es kann doch für die kommende Generation nicht gut sein mit anzusehen, wie die Eltern alles an sich raffen und ums goldene Kalb tanzen.«

Er zog die Jolle heran, hob die Trosse mit dem Schloss an und schlug sie gegen den Ring, in dem das Ende festsaß. Der Nebel trug das dröhnende Metallgeräusch weit über die

Stadt. Jedenfalls kam es mir so vor, aber hinterher war es genauso still wie vorher.

Das Schloss war kaputt, Harald murmelte etwas von modernem Plunder, der nicht mehr wert sei als ein altes Holzschloss, und sprang in die Jolle. Ich folgte ihm.

Das Boot war kein färöisches, sondern von der breiteren Sorte, wie man sie überall in Skandinavien sehen kann, mit Dollen und schweren, plumpen Rudern. Aber zweifellos konnte man darin besser stehen und malen als in einem schlanken färöischen Boot. Harald ruderte langsam die wenigen hundert Meter bis Bruggjubakki und ich saß im Vordersteven und starrte in den Nebel, der so dick war, dass wir nicht auf die andere Seite des Wasserlochs sehen konnten. Vorsichtig glitten wir an den Bootsstegen vorbei und allmählich kam die *Eva* zum Vorschein. Masten und Bugspriet nahmen Form an und aus den vier Bullaugen in der hinteren Hälfte des Schiffes schien Licht.

Es war niemand an Deck, und auch der Teil des Kais, der zu unserer Nebelwelt gehörte, lag verlassen da. Außerhalb dieser kleinen Welt schien nichts mehr zu existieren.

Harald führte die plumpen Ruder, als wären es Präzisionswerkzeuge, und das Boot glitt lautlos durch das Wasser, nicht einmal das Knirschen der Dollen war zu hören. Die Ruderblätter tauchten so leise ins Wasser und wurden ebenso leise wieder herausgeholt, dass man glauben konnte, der Filmton wäre kaputtgegangen und würde bald mit Getöse und Gezische wieder einsetzen, doppelt so laut wie vorher. An Bord eines Bootes erschien mir der große und scheinbar plumpe Clubwirt wie ein Balletttänzer, der seine Kunst vollkommen beherrscht.

Der Schoner lag mit dem Achtersteven zur Stadt, deshalb ruderten wir eng am Kai entlang hinter ihn und dann ganz unters Heck. Ich ergriff den Handlauf und hielt uns vom Schiffskörper auf Abstand, während ich uns gleichzeitig weiter daran entlangzog.

Das Licht aus den Bullaugen strahlte in den milchigen Nebel und betonte dessen wogende Bewegungen. Wie der Rauch im Scheinwerfer eines Filmprojektors wogte er hoch, runter und zu allen Seiten und ließ ein lebendiges Bild entstehen, das ohne Steuerung und klare Logik erschien.

Ungefähr einen Meter von dem hintersten Bullauge entfernt ließ ich unsere Jolle zur Ruhe kommen. Ich wollte nicht zu nahe an den Lichtkegel heran, aus Furcht, dass dort drinnen jemand mich entdecken könnte. Aber näher kommen musste ich trotzdem, denn aus diesem schiefen Winkel heraus sah ich gar nichts. Harald hatte die Ruder eingezogen, sich umgedreht und sah mich nun fragend an, aber ich legte einen Finger an die Lippen, worauf er schwieg.

Abgesehen vom Tuten des Nebelhorns gab es kein Geräusch. Keine Autos, kein Plätschern, nichts aus dem Innern des Schiffes. So vorsichtig und langsam ich nur konnte, hangelte ich uns ein kleines Stückchen näher, und nun war es möglich hineinzusehen.

Es war ein geräumiger Salon, in dem an nichts gespart worden war. Die Wände waren aus dunklem Mahagoni und in Meterabstand hingen glänzende Messinglampen. Der Boden war von einem großen, dunkelroten Perserteppich bedeckt und unter dem Bullauge auf der gegenüberliegenden Seite stand ein Chesterfieldsofa mit kleinen Tischchen zu beiden Seiten. Gleich neben dem Bullauge, durch das ich schaute, stand ein Ledersessel. Daneben sah ich auf das Ende eines etwas größeren Tisches mit erhöhter Kante, auf dem Flaschen und Gläser standen. Im vorderen Teil des Salons gab es eine Tür, neben ihr war ein Fernseher installiert und darunter verschiedene Apparate. Sicher Video oder so etwas Ähnliches. Drei Männer waren im Salon. Der, mit dem ich gesprochen hatte, saß auf dem Sofa, rauchte eine Zigarre und las in einer ausländischen Zeitung. Den Namen konnte ich nicht erkennen. Mit dem Rücken zu mir saß der Weißhaarige mit einem Glas in der einen und einer Zigarette in der anderen Hand. Einer der Blonden stand und schaute durch ein Bullauge auf der Kaiseite. Der Leibwächter trug die gleiche Kleidung wie vor einigen Tagen, vielleicht besaß er nur dieses eine T-Shirt, während die beiden Älteren dunkle Anzüge trugen. Der Mann, der knapp einen Meter von mir entfernt saß, hatte eine goldene Krawattennadel mit Perle. Man konnte sagen, dass sie herausgeputzt wie für eine Beerdigung waren, und ich wusste nur zu gut, an wessen Beerdigung sie dabei dachten. Wo wohl der vierte war? Denn ich glaubte nicht, dass es mehr als vier waren. Harald hatte auch nie mehr gesehen. Ich musste näher heran, um besser beobachten zu können, auch wenn die Gefahr, entdeckt zu werden, dadurch noch größer wurde. Aber wenn aus unserem Ausflug nicht mehr herauskommen würde, war alles vergebens gewesen.

Ich hangelte uns näher, sodass ich durch eines der mittleren Bullaugen schauen und auch Harald etwas sehen konnte. Aber Neues gab es nicht zu entdecken, außer dass es eine weitere Tür am hinteren Ende des Salons gab. Kein vierter Mann. Wo um alles in der Welt konnte er sein? In den vorderen Bullaugen war kein Licht, vielleicht schlief er dort irgendwo. Oder er war in der Stadt. Ich fühlte mich unsicher, ich war absolut nicht begeistert von dem Gedanken, dass sich eine sadistische Gestalt außerhalb unseres Gesichtskreises herumtreiben könnte. Eine Zeit lang geschah im Salon gar nichts. Der Brillenmann durchblätterte die Zeitung und in regelmäßigen Abständen produzierte er blauen Zigarrenrauch. Der Weißhaarige rauchte und trank und der Leibwächter sah zum Kai hinüber. Niemand bewegte sich, keiner durchbrach die Stille.

Auf diese Art und Weise würden wir nichts erfahren, und mein rechter Arm, der unser Boot vom Schiffskörper fern hielt, begann, müde zu werden, als der junge Blonde sich ein Stück zur Seite bewegte, sodass ich die Wand hinter ihm sehen konnte. Ein Schauer durchlief mich. Dort hingen zwei Schwarz-Weiß-Fotos, etwa fünfzehn mal zwanzig Zentimeter groß, und auch auf die Entfernung von fünf Metern erkannte ich die Männer sofort.

Der eine war unverkennbar Albert Kesselring, in heller Uniform und mit einem Lächeln, der andere war Herbert Kappler. Kappler lächelte nicht, sondern starrte in die Augen des Betrachters, in schwarzer SS-Uniform, an der Mütze den Totenkopf und die gekreuzten Knochen. Das war endlich die Bestätigung dafür, dass die Erklärung für alles, was in letzter Zeit geschehen war, in Verbindung mit dem Zweiten Weltkrieg und den Ereignissen in Italien stand, wo die beiden ihre Verbrechen begangen hatten. Die Männer an Bord rechneten offenbar nicht damit, dass die Fotos an der Wand ihnen schaden könnten, sonst hätten sie sie nicht aufgehängt. Aber ich hatte jetzt den Verdacht, dass eine gewisse Journalistin und ihr Freund in dieser Beurteilung nicht der gleichen Meinung gewesen waren. Von ihrem jetzigen Aufenthaltsort aus konnten sie nicht protestieren, sie hatten höchstens die Erlaubnis, ein wenig zu spuken.

Hier durften wir nicht liegen bleiben, über kurz oder lang würde irgendjemand über uns stolpern und dann wäre der Teufel los. In dem Augenblick, als ich uns abstieß und Harald sich an die Ruder setzte, hörte ich jemanden an Bord kommen. Harald hörte es auch, bekam unser Boot jedoch nicht in Fahrt, weil er es gleichzeitig wenden musste. Wir waren erst eine Armlänge von der *Eva* entfernt, als ein Ruf erscholl.

»Qué pasa?« Der vermisste Zwilling stand mitten auf dem Deck und sah alles andere als freundlich aus. Er beugte sich über eine Lukenkante und rief nach unten. Harald schnaufte, stöhnte und fluchte, aber endlich hatte er die Jolle gedreht und ruderte mit kräftigen Schlägen durch den Nebel Richtung Schiffswerft.

Oben auf dem Schoner waren jetzt alle vier an Deck und sprachen leise miteinander. Der glatzköpfige Brillenmann deutete auf Skálatrøð und beschrieb mit seiner Hand einen Halbkreis nach Westen. Es war klar, was er im Sinn hatte, und die beiden Blonden, Hans und Günther, sprangen auf den Kai hinunter und verschwanden.

»Die wollen versuchen, uns in Empfang zu nehmen, wenn wir auf der anderen Seite ankommen«, sagte ich zu Harald, der jetzt das schwere Boot richtig in Fahrt gebracht hatte. Es knirschte in den Rudergabeln und schäumte vorm Bug, und der Schweiß lief Haralds bärtiges Gesicht hinab. Das war Rudern wie bei der Weltmeisterschaft.

»Ob wir den Kurs ändern sollen, wenn wir im Nebel sind und niemand uns sehen kann?«

»Ich glaube nicht, dass das die beste Lösung ist, sich im Nebel vorzutasten«, bemerkte Harald. »Lass uns lieber den kürzesten Weg rudern und dann abhauen. Wenn die Typen schon da sind, können wir versuchen, an einer anderen Stelle an Land zu kommen. Aber lass uns das erst versuchen.« Er ruderte, als gälte es unser Leben, und das tat es ja wohl auch.

Wir waren jetzt mitten auf dem Wasser, und der Nebel war so dicht, dass weder die Vágsbotnur noch der westliche Kai zu sehen waren. Wir hätten uns zweifellos rausschmuggeln können, um dann nach Alaker oder Argir zu rudern. Danach hätten wir uns nach Hause schleichen können. Aber leider wählten wir den kürzesten Weg. Ruder und Boot knirschten und knackten, Harald stöhnte, das Nebelhorn tutete, und jetzt fehlte nur noch, dass das Ungeheuer von Loch Ness seinen hässlichen Kopf aus dem schwarzen Wasser stecken würde. Für einen Moment waren wir in einer anderen Welt, einer Zauberwelt, in der alles anders aussah und andere Regeln galten. Aber die Märchenstimmung verschwand, nachdem der Kai und die Gebäude, in der früher die Fischereizentrale saß, zum Vorschein kamen, und möglicherweise warteten andere Ungeheuer als die freundliche Nessie auf uns.

»›Nun ruder, Snoprikkur!‹, wie Giljabonden sagte!«, rief ich Harald zu, und er grinste mich an, während er mit knallrotem Kopf an den Rudern zerrte.

»Ja, ja, die alten Sagen müssen für alles Mögliche herhalten.«

Er machte den letzten Ruderschlag und das Bollwerk kam uns schnell entgegen. Ich streckte ein Bein aus und griff zu, bekam einen alten Autoreifen, der als Fender diente, zu fassen, kletterte an ihm hoch und auf den Kai.

Dort war niemand zu sehen, aber die nazistischen Schulze und Schultze konnten nicht weit sein.

»Am besten trennen wir uns«, sagte Harald, während er auf den Kai kletterte. »So können wir uns besser verstecken. Ich laufe zum Salzlager und du kannst zwischen den Bacalao-Gebäuden durchlaufen. Wir treffen uns nachher bei mir.«

Wir machten, dass wir loskamen, und ich nahm den Weg, der hinaufführte, wobei ich mich zwischen den weißen Gebäuden wie eingepfercht fühlte. Wenn sie jetzt kamen, dann hatten sie mich, hier gab es keine Möglichkeit, sich zu verstecken. Ich musste rüber auf die andere Seite, auf den kleinen Platz, wo immer Fischkisten und Heringstonnen standen.

Das kleine Stück reichte schon, um mich außer Atem zu bringen, zu viel Bier und Zigaretten und zu wenig Bewegung. Als ich die Ecke erreichte, schaute ich vorsichtig in beide Richtungen, aber die Sichtweite war zu gering und es war kein einziges Geräusch zu hören. Sie konnten in der Nähe sein, auch wenn sie sich hier nicht auskannten.

Alles mögliche Gerümpel stand und lag auf dem Platz unterhalb der Straße zur Schiffswerft. Plastikkisten, einige so groß, dass man sich leicht in ihnen hätte verstecken können, aber ich wollte es nicht riskieren, in einem Kasten festzusitzen. Große und kleine Holzfässer, Öltonnen, Motorteile, eine verrostete Winde, zwei Bootswracks und weiterer Schrott wild durcheinander.

Ich ging zwischen der Winde und einer roten Öltonne in die Hocke. Die Sicht war glücklicherweise so schlecht, dass ich nicht damit rechnen musste, von ihnen entdeckt zu werden. Gleichzeitig hatte ich die Straße, die in knapper Mannshöhe oberhalb des Platzes entlangführte, im Blick.

Jetzt hörte ich jemanden rennen und ungefähr fünfzig Meter entfernt sah ich zwei Schatten zusammen laufen, als wäre es einer. Parallel wurde ein Bein vorgestreckt und der gleiche Arm zeitgleich in die entgegengesetzte Richtung, und so verschwanden sie von der Straße und kamen wieder auf sie zurück. Sie liefen in einem geräuschgedämpften Takt. Dann waren sie hinter einem Gebäude am Kai verschwunden.

Hier konnte ich nicht bleiben, also ging ich zur Straßenkante und reckte meinen Kopf gerade so weit hoch, dass ich zum Kai hinübersehen konnte. Sie waren nicht in meinem Blickfeld. Wahrscheinlich standen sie an der Jolle und diskutierten, in welcher Richtung sie suchen sollten. Ich ergriff das Geländer zur Straße und zog mich auf die Kante hoch, dann hastete ich vorgebeugt auf die andere Seite.

Auf der Helling lagen mehrere Schiffe und es gab Leitern zu ihnen hinauf, aber es war wohl kaum vernünftig, eins zu erklimmen in der Hoffnung, an Bord ein Versteck zu finden. Das Beste war immer noch, in die Stadt zu rennen und mich unter die Leute zu mischen.

Mir schien, als hörte ich jemanden kommen, ich sprang in den Helgengraben und kroch unter eines der Boote. Aber höchstwahrscheinlich war ich von der Straße aus noch zu sehen, also blieb mir nichts anderes übrig, als unter ein Schiffsgerüst zu klettern, in altes Öl und allerlei unappetitliche Dinge. Ich legte mich in den Dreck und machte mich klein. Ich wusste nur zu gut, was mich erwartete, wenn sie mich fänden. Sie standen nicht weit entfernt oben auf der Straße, aber ich traute mich nicht zu gucken, damit mein Gesicht nicht aus dem Dunkel hier unten im Graben hervorleuchten würde. Mit der Nase so dicht dran, war der Geruch nicht der beste, und obendrein fühlte ich, wie das Öl in Pullover und Hose zog. Ihre Zeit als tragbare Kleidungsstücke war wohl vorbei.

Eine Weile geschah nichts und in meiner erniedrigenden Lage fielen mir ein paar Zeilen von Tom Kristensen ein:

Das Gras ist sonderbar hoch für einen Mann,
hier liegend mit der Nase auf der Erden,
beug ich mich, so tief ich kann,
wächst meine Erde und will immer größer werden.

Meine Welt war also groß, zu groß, jedenfalls von der Stelle aus gesehen, an der ich mich befand. Der Grund lag vielleicht darin, dass ich überhaupt nichts sehen konnte und mir deshalb zurechtfantasierte, was geschah.

Meine beiden Freunde standen offenbar immer noch dort und schauten über den Platz und nach Alaker hinüber, aber der Nebel war so dick, dass sie unter keinen Umständen auf die andere Straßenseite gucken konnten. Sie sprachen kurz miteinander und mir schien, ich hörte sie in verschiedene Richtungen verschwinden. Der eine wieder nach unten und der andere in die entgegengesetzte Richtung.

Hoffentlich war Harald schon weit genug weg, denn sonst wäre es nicht zu vermeiden, dass sie auf ihn stoßen würden. Er gehörte nicht gerade zur leisen Sorte.

33

Gegen zwölf war ich in der Stadt und aß Würstchen, die Angst erzeugt Hunger, ich hatte einen Bärenhunger. Leute auf dem Weg vom oder zum Tanz drängten sich um den Kiosk und Rufe nach zwei Gebratenen mit Kartoffelpüree, drei Normalen zum Mitnehmen kamen von allen Seiten gleichzeitig. Die beiden jungen Mädchen hinter der Theke waren glühend rot im Gesicht und ihre Hände zitterten, während sie mit großen Messern Brot für Hotdogs aufschnitten. Der Schweiß rann ihnen die Schläfen hinunter, aber niemand hier draußen schien Mitleid mit ihnen zu haben, sie waren einzig und allein daran interessiert, ihre Bestellung so schnell wie möglich zu bekommen.

Ich war etwas von der Luke weggetreten, aber nur so weit, dass ich meine Würstchen noch auf den Tresen legen konnte. Platzprobleme hatte ich nicht, keiner der Würstchenkäufer in Sonntagskleidung hatte Lust, mir zu nahe zu kommen. Die meisten sahen mich schräg an und kamen sogar mit einigen gemurmelten Bemerkungen, aber ich war auch merkwürdig anzusehen. Verständlich, dass die Leute lieber Abstand hielten. Ich hatte mich selbst im Fenster des Würstchenwagens gesehen und zweifelte nicht, dass ich gute Dienste als Kinderschreck tun würde. Mein Gesicht war ölverschmiert und strahlte nicht gerade Freundlichkeit aus. Die Kleidung war vorn so verdreckt, dass selbst eine Maschinenwerkstatt mich nicht reinlassen würde, und die Schuhe würden nie wieder zu gebrauchen sein.

Während ich aß, überlegte ich, wo Harald wohl war. Ich hatte in Reyn vorbeigeschaut, aber dort war er noch nicht gewesen. Hauptsache, er war ihnen entwischt. Ob ich zur Polizei gehen sollte?

Und was könnte ich dort sagen?

Dass wir beim Schoner gewesen waren, um der Besatzung hinterherzuspionieren, und dass sie uns entdeckt hatten und es uns jetzt heimzahlen wollten? Auf dem Polizeirevier würden sie mir sicher antworten, dass es uns nur recht geschähe und wir nächstes Mal unsere Nasen nicht in fremder Leute Angelegenheiten stecken sollten.

Vielleicht hätte Karl mich verstanden, aber inwieweit konnte er allein entscheiden? Ich hatte Angst, dass wenn sie Harald erwischten, mehr als eine Tracht Prügel zu erwarten war.

Der letzte Bissen verschwand im Mund, das Papier flog in den Abfallkorb und ich ging über den Platz und weiter zum Vaglið, um es noch einmal bei Harald zu versuchen.

Aber kurz vor dem Gamle Bokhandel hielt mich ein Polizeiwagen an, ein weißer Ford Sierra mit großen, schwarzen Buchstaben auf der Seite. Das Auto stand mitten auf dem Fußgängerbereich und machte keine Anstalten, sich von dort fortzubewegen. Vom Fahrerplatz blickte ein kaltes Gesicht aus dem Fenster, der Fahrer saß im Halbdunkel und ich konnte ihn nicht richtig erkennen, aber der verschlossene Polizeiausdruck versprach nichts Gutes.

Keiner sagte etwas und es hätte auch keinen Sinn gehabt, denn die Scheiben waren hochgedreht und der Typ da drinnen machte keine Anstalten, etwas an dem Zustand der Dinge zu ändern. Als ich gerade um das Auto herumgehen wollte, kam eine schmale Hand aus dem Schatten im Auto zum Vorschein und drückte auf die Hupe. Es war Duruta.

Während wir am nächsten Morgen frühstückten, dachte ich an Harald. Ich hatte angerufen, aber niemand hatte abgenommen. Er konnte überall sein, aber so recht gefiel es mir nicht. Duruta versuchte mich zu beruhigen, sagte, dass Harald wahrscheinlich eine Angeltour machte oder wie üblich in der Vágsbotnur herumpusselte. Das konnte ich nicht glauben, nach den Ereignissen der letzten Nacht war die Vágsbotnur nicht gerade die erste Adresse, wo Harald sich zeigen würde. Er wusste, wie gefährlich die Männer vom Schoner waren.

Erneut begann der Film mit Andreas-Petur vor meiner inneren Leinwand abzulaufen, und um die Vorstellung zu unterbrechen, machte ich mich von dem Gedanken frei und bat Duruta, auf dem Revier anzurufen und sich nach Harald zu erkundigen.

Duruta protestierte, aber als ich ihr damit drohte, nie wieder mit ihr ins Bett zu gehen, wenn sie es nicht täte, sah sie einen Augenblick lang nachdenklich aus.

»Du setzt mich ganz schön unter Druck«, sagte sie schließlich mit einem verschmitzten Lächeln. »Das ist das beste Angebot, das du mir bisher gemacht hast. Und dann noch gratis. Kann ich es schriftlich haben?«

Ich warf ein Brötchen nach ihr und sie ging lachend ins Schlafzimmer, um zu telefonieren.

In der Zwischenzeit versuchte ich – ich weiß nicht, zum wievielten Mal – nachzudenken. Ich musste einen Überblick über die ganze Geschichte bekommen. Das durfte doch nicht sein, dass nazistische Monster und deren Handlanger einfach herumliefen und Leute umbrachten, während die Regierung des Landes sich abmühte, den Leuten, die den Nebel lüften wollten, Steine in den Weg zu legen.

Ach, halt's Maul!, sagte ich zu mir selbst. Das klingt ja wie ein besserer Monolog. Im Augenblick gibt es nur eins: Harald zu finden und mit ihm nach Sjeyndir zu fahren. Harald hat ein Boot, und wenn wir die Grotten gefunden haben, wird sich hoffentlich irgendetwas zeigen, sodass wir die Arschlöcher erwischen können. Hochzufrieden mit meiner genialen Gedankenreihe goss ich mir Kaffee ein und lehnte mich im Stuhl zurück.

Die Selbstzufriedenheit währte nicht lange. Duruta kam aus dem Schlafzimmer und weder Freude noch Spott waren in ihrer Stimme.

»Harald liegt auf der B8.«

B8 ist die Intensivstation des Landeskrankenhauses, die Abteilung, in der die lebensgefährlich verletzten Patienten liegen. Die Zimmer sind voll gestopft mit Apparaten, damit man die Leute rund um die Uhr überwachen kann. Es war selten ein gutes Zeichen, wenn man dorthin gebracht wurde.

Duruta musste mir angesehen haben, welche Gedanken und Überlegungen mir durch den Kopf gingen, denn sie beeilte sich hinzuzufügen: »Er ist nicht in Lebensgefahr. Aber wenn man so übel zugerichtet ist wie offensichtlich Harald, muss man vorsichtig sein. Niemand weiß, was plötzlich passieren kann.«

»Was ist mit ihm geschehen?« Ich lief auf und ab. »Warum zum Teufel bin ich nicht nochmal runtergegangen?«

»Und wo wäre da der Unterschied?« Jetzt klang Duruta wütend, und mit gemischten Gefühlen wurde mir klar, dass sie wütend war, weil sie Angst um mich hatte. »Damit sie dich auch noch zusammenschlagen konnten?«

»Ich weiß nicht. Wenn wir zu zweit gewesen wären, hätten wir es vielleicht geschafft.«

»So ein Quatsch.« Jetzt blitzten ihre Augen fast. »Harald ist nie so weit gekommen. Er ist heute Nacht bei den Bootsschuppen in Alaker gefunden worden. Zusammengeschlagen, aber am Leben. Die, die ihn sich vorgenommen haben, haben ihm ein Körperteil nach dem andern malträtiert. Ein

Arm und ein Bein sind gebrochen, aber der Kopf hat nur eine Gehirnerschütterung. Sie hatten nicht vor, ihn umzubringen. Wer weiß, was das zu bedeuten hat, wenn alles andere, was du mir erzählt hast, stimmt.«

Sie hatte Tränen in den Augen und ich zog sie zu mir heran und hielt sie fest, während ich ihr langsam über das schwarze Haar strich.

Ich fühlte keine Wut. Auch keinen Schrecken. Jedenfalls waren das nicht die dominierenden Gefühle. Kälte, eine endlose, gefrorene Schneefläche breitete sich in mir aus, und vollkommen gefühlskalt beschloss ich, dass sie so nicht davonkommen durften. Die Polizei würde sie höchstens ausweisen. Kein Beweis, Staatsbürger eines anderen Landes, internationale Probleme. Ich kannte die Litanei.

Ich brauchte keine Beweise. Ich wusste, dass sie schuldig waren und welche Strafe sie verdienten, und zwar ohne Bewährung.

34

Draußen im Landeskrankenhaus war es ganz einfach, sich in den Fahrstuhl hineinzuschleichen und bis zur B8 hochzufahren. Es war allgemein bekannt, dass das Krankenhaus ein babylonischer Turmbau war und unmöglich kontrolliert werden konnte, wer kam und ging.

Es war gegen Mittag und auf dem Flur fuhr ein Wagen mit Essen für diejenigen, die schnell genug waren. Ein schwerer, leicht süßlicher Geruch nach gekochtem Fleisch und Gemüse hing in der Luft und wirkte besonders aufdringlich, weil er in diesem sterilen Milieu so fremd wirkte. Hier sollte alles weiß und glänzend sein und nach Medizin riechen.

In einem Glaskäfig saß eine junge Krankenschwester und schrieb. Ihr weißer Kittel sah aus, als hätte er über Nacht in Stärke gelegen, und der Gesichtsausdruck, mit dem sie mich ansah, war genauso scharf wie ihre Bügelfalten.

»Was wollen Sie hier?«

Man konnte deutlich hören, dass ich hier gar nichts zu suchen hatte.

Ich versuchte, höflich zu erscheinen, und lächelte in die Eissplitter, die dort blau leuchteten, wo bei gewöhnlichen Menschen die Augen sitzen.

»Ich möchte meinen Bruder Harald besuchen«, log ich unterwürfig. »Er hatte einen Unfall und ich habe erfahren, dass er hier liegt und dass ich ihn besuchen dürfte.«

»Wer hat Ihnen das gesagt?«

Sie ließ sich nicht so einfach besänftigen. Es bedurfte mehr Wärme, um ihr Eisherz zum Schmelzen zu bringen.

»Einer der Oberärzte, ich weiß nicht mehr, wie er hieß.«

»Wie sah er denn aus?«

Sie gab nicht auf halbem Weg auf. Ich kannte einige Ärzte, hatte aber keine Ahnung, wer zu welcher Abteilung gehörte.

»Er hatte eine Glatze und eine Goldbrille«, versuchte ich es.

»Das ist Andreasson. Ja, dann ist es in Ordnung.« Fast konnte ich eine Bewegung in ihren Mundwinkeln sehen. Die Macht der Oberärzte ist groß.

Sie stand auf und bat mich mitzukommen.

Ihre Hüften bewegten sich rhythmisch den Flur entlang und der eng anliegende Kittel zeigte mehr, als er verdeckte. Aber ich ließ mich nicht täuschen. Sie war eine von den Frauen, die tagsüber die Männer hassen und nachts von ihnen träumen.

»Harald í Sátudali liegt allein auf dem Zimmer, ich komme und hole Sie dann gleich wieder ab.«

»Harald í Sátudali?«, entfuhr es mir, bevor ich überlegen konnte.

»Ja. Sagten Sie nicht, dass er Ihr Bruder ist?« Sie sah mich prüfend an.

Bevor sich das Misstrauen in ihr festsetzen konnte, beeilte ich mich hinzuzufügen: »Doch, natürlich, aber das kommt alles so plötzlich.« Ich versuchte, entschuldigend mit den Schultern zu zucken.

»Hauptsache, Sie strengen ihn nicht zu sehr an«, sagte Florence Nightingale streng und ging.

Harald lag mit einem Bein hoch in die Luft gestreckt und dick wie ein Telefonmast in seinem Krankenhausbett. Der rechte Arm, ebenfalls in Gips, ruhte in einem Metallstativ, das an der Bettkante befestigt war. Sein Gesicht war nicht verbunden, aber es sah mit den jodfarbenen Schrammen auf der Stirn und den Wangen nicht besonders gut aus. Dunkelrote Risse zeigten sich in den geschwollenen Lippen und die Nase war breiter als gewöhnlich. Er schien zu schlafen.

Ich ging zum Fenster und sah auf den Nólsoyarfjørður hinaus. Ein leichter Wind spielte mit den Nebelbänken wie Kinder mit Luftballons. Die östliche Mole kam mit den dort liegenden Schiffen zum Vorschein und verschwand wieder. Ein großes Passagierschiff, vielleicht die *Norrøna*, war auf dem Weg nach Shetland.

Vom Flur war Radio zu hören. Soundso viele Schiffereibetriebe waren Konkurs gegangen, wahrscheinlich würden es in den nächsten Monaten noch mehr werden. Die Gewerkschaften forderten, dass der Staat neue Arbeitsplätze schaffte, um die Arbeitslosigkeit zu umgehen, und auch die Meldungen aus dem Ausland waren nicht gerade aufmunternd.

Ich bekam Lust auf eine Zigarette, aber der Gedanke an den weißen Käfigengel genügte, um meine Hände von der Tasche mit der Zigarettenschachtel fern zu halten.

Das Radio forderte die Leute im südlichen Teil von Suðuroy auf, mit Wasser zu sparen. Es war streng verboten, Autos zu waschen und Gärten zu gießen. Ich traute meinen Ohren nicht. Hier duckten wir uns unter Nebel und Regen und auf Suðuroy sollte es aufgrund der Hitze Wassermangel geben.

Es war möglich. Alles ist möglich in diesem Land. Aber es war doch nicht nötig, den Leuten in Sumba im Radio zu verbieten, ihre Autos zu waschen! Das taten sie doch sowieso nicht. In Sumba sah man es als weibisch an, sich mit so etwas abzugeben. Das war eines Kämpen ebenso unwürdig, wie im Winter mit einem Mantel zu gehen.

»Ole Morske ligger krumpen på loftet«, brummte eine heisere Stimme hinter mir.

Harald war aufgewacht und zwischen einzelnen Schmerzstößen versuchte er zu lächeln.

»Was meinst du, Hannis«, flüsterte er, »sollte ich meinen Namen nicht in Ole Morske ändern, wo ich hier wie ein armer Schlucker liege?«

»Du hast doch schon einen neuen Namen. Ich wäre fast aufgeflogen, weil ich mich als dein Bruder ausgegeben habe, um dich besuchen zu dürfen, und dann weiß ich deinen Namen nicht. Ich habe immer gedacht, du heißt Kristiansen. ›Í Sátudali‹?« Ich hielt mir die Hand vor den Mund, um das Grinsen zu verbergen.

Das Weiße in Haralds Augen war rot und er hatte bereits den gräulichen Krankenhausteint angenommen. Dieser große, starke Mann sah merkwürdig hilflos aus, wie er da im Bett lag.

»Mein Bruder und ich haben uns den Namen letztes Jahr in Sátudali gekauft – wir haben ein Stück Land da oben, das so heißt.« Er schloss wieder die Augen. »Wenn wir gewusst hätten, wie viel darüber gespottet wird, würden wir heute noch Kristiansen heißen. Aber du bist doch nicht gekommen, um mich nach meinem Nachnamen zu fragen?« Er schaute mich aus den Augenwinkeln an.

»Was ist denn gebrochen?«

»Ein Arm und ein Bein.«

Er versuchte, sie etwas anzuheben, stöhnte aber vor Schmerz auf. Eine Weile lag er mit geschlossenen Augen da, während die letzten Radiomeldungen vom Flur zu hören waren. Der weiße Schutzengel konnte jeden Augenblick kommen.

»Das Schlimmste ist, dass ich weder jemanden gehört noch gesehen habe. Ich bin erst hier draußen wieder zu Bewusstsein gekommen. Die hätten mich umbringen können. Warum haben sie das nicht gemacht, Hannis?«

Es war ihm offensichtlich wichtig, eine Antwort auf diese Frage zu bekommen.

»Das ist schwer zu sagen, aber ich tippe mal, damit sie keine Probleme mit der Polizei kriegen. Dein Leben hat sie jedenfalls nicht interessiert. Das konnten sie sich für ein andermal aufheben.« Ich war schon immer gut darin gewesen, Leute zu beruhigen.

»Genau das macht mir Sorgen«, sagte Harald. Er wirkte abwesend, irgendein schmerzstillendes Mittel bekam Oberhand über ihn. »Sie hatten mich erwischt und sind mit mir umgegangen wie ein grausames Kind mit einer Fliege, das ihr ein Bein nach dem anderen ausreißt und …« Seine Stimme wurde undeutlich.

»Harald«, sagte ich bittend, »du musst mir dein Boot ausleihen. Und das Gewehr«, fügte ich hinzu. Jetzt war er fast weg und ich hörte Schritte sich der Tür nähern.

»Die Schlüssel hängen im Flur und die Patronen sind im Küchenschrank«, flüsterte er. »Das Gewehr ist …«

»Die Zeit ist um«, knallte es.

Mein lang erwarteter Ischariot stand in der Tür und ich konnte sehen, dass ich, egal wie schnell ich verschwinden würde, nie schnell genug sein konnte.

Harald war eingeschlafen, aber ich dürfte wohl keine Probleme haben, das Gewehr zu finden, also ging ich gehorsam auf den Flur.

»Hast du nie daran gedacht, im Kühlhaus zu arbeiten?«, fragte ich sie mit freundlicher Stimme.

»Wieso?«, kam es kurz. »Ich habe keine Zeit, auf alberne Fragen zu antworten.«

So wie sie dastand, perfekt in Aussehen und Kleidung, würde kein von einem Weibe geborener Mann es wagen, sich ihr zu nähern. Und schon gar nicht, sie anzufassen.

»Dann gäbe es eine Übereinstimmung zwischen Seele und Umgebung.«

Nachdem ich diese dumme Bemerkung in den Flur gesprochen hatte, ging ich zum Fahrstuhl und drückte den Knopf für den Ausgang, nicht gerade zufrieden mit mir.

35

Das Taxi setzte mich in der Friðrik Petersensgøta ab, und als ich den Schlüssel in das Sicherheitsschloss steckte, war mir klar, dass hier etwas nicht stimmte.

Ich war nach Hause gefahren, um brauchbare Kleidung für die Fahrt in den Norden zu holen. Ich wollte gleich los, bevor die Polizei mich fand, wieder alles Mögliche fragen und mir doch nicht glauben würde. Die Zeit war reif, dass ich endlich die Ereignisse vorantrieb und hoffentlich in den Griff bekam.

Als ich am Kadett vorbeigegangen war, war mir das Autowaschverbot auf Suðuroy eingefallen und hatte mich auf den Gedanken gebrachte, dass er, auch wenn ich ihn nun schon seit einer Woche fuhr, absolut keine Wäsche brauchte. Die Kühlerhaube war blank wie am ersten Tag. Mit den Schlüsseln in der Hand ging ich zurück zum Auto und schaute es genauer an. Die Kühlerhaube war sauber, frisch gereinigt wie der ganze vordere Teil. Ging man nach hinten, dann glänzte er nicht mehr. Ein merkwürdiges Auto, bei dem sich der Schmutz nur hinten ablagerte. Da bleibt am meisten haften, das ist bekannt, aber nur dort?

Jemand hatte am Kadett rumgefummelt!

Ich warf die Lederjacke, die Duruta mir geliehen hatte, auf den Boden und kroch unters Auto. Da war nichts zu sehen. Ich versuchte, unter den Motor zu gucken, aber das ging nicht. Wenn ich nur eine Taschenlampe hätte! Aber die hatte ich nicht.

Was nun? Ich konnte den Wagen einfach stehen lassen, ihn nicht anrühren. Aber ich wollte Bescheid wissen und kramte hervor, was ich über Autobomben wusste. Das war schnell geschehen, denn mein Wissen stammte einzig und allein aus Krimis. Hier flogen die Autos immer in die Luft, sobald sie gestartet wurden. Und manchmal auch, wenn die Fahrertür geöffnet wurde.

Ich kroch erneut unters Auto und kam mit der rechten Hand bis zum Kühler hoch, fühlte dort weiter, bis meine Finger das Schloss der Kühlerhaube fanden. Ich zog, so fest ich konnte, und hörte ein Klicken.

Als ich wieder unter dem Wagen hervorkroch, sah ich, dass die Kühlerhaube aufgesprungen war. Vorsichtig öffnete ich sie ganz. An der Metallwand auf der Fahrerseite war ein glänzender Zylinder mit Isolierband befestigt worden. Zwei dünne Leitungen, die eine schwarz, die andere weiß, führten zum Starter.

Ich hatte genug gesehen und schloss die Kühlerhaube wieder.

Jetzt wagte ich nicht mehr, durch die Tür in die Wohnung zu gehen, und begab mich deshalb zur Vorderseite des Reihenhauses, wo die Bewohner der oberen Etage ihren Eingang hatten. Zwischen dem Fußweg der Jóannes Paturssonargøta und der Hauswand, etwa einen Meter unterhalb der Straßenhöhe, lief eine fast zwei Meter breite Rinne an allen Häusern entlang. Zwei meiner Fenster zeigten auf die Rinne. Sie waren geschlossen, aber wie auch die Scharniere hatten sie gut vierzig Jahre auf dem Buckel, sodass ich mithilfe meines Taschenmessers schnell eins aufbekam.

Drinnen ging ich als Erstes in den Flur, um die Tür zu inspizieren, aber da war nichts. Sie waren wohl sicher gewesen, dass ich mit dem Auto in die Luft fliegen würde, warum sollten sie sich also die Mühe machen und an der Tür herumwerkeln. Ihr Fehler war gewesen, dass sie das Auto abgewischt hatten. Normalerweise wäre es mir gar nicht aufgefallen, aber in den letzten Tagen war ich ziemlich paranoid geworden.

Ich setzte mich für ein paar Minuten in die spartanische Küche und versuchte, meine Nerven zu beruhigen. Ein Mordanschlag auf die eigene Person strengt die Nerven reichlich an und ich brauchte einen großen Schnaps, aber der Verstand bremste diesen Wunsch. Ich musste nach Sjeyndir, und das so schnell wie möglich, damit dieser Albtraum endlich aufhörte.

Als ich den Telefonhörer abnahm, um auf dem Polizeirevier anzurufen, trug ich Lederschuhe, einen Pullover und eine blaue Steppjacke, die ich mir von meinem Wirt geliehen hatte.

Der Vermittlung nannte ich irgendeinen Namen und bat, mit Duruta Danielsen verbunden zu werden.

»Duruta Danielsen.« Diese professionelle Stimme unterschied sich ziemlich von der warmen Stimme, die ich in den letzten Tagen kennen gelernt hatte. Aber es gab da einen Beiklang, der die beiden miteinander verband.

»Ich bin's ...«

»Ach, du!« Die Stimme schien in ein Tal voller Ernst zu gleiten. »Piddi und Karl sind stinksauer und suchen dich überall ...«

»Hör zu, Duruta«, unterbrach ich sie. Sie war sofort still. Entweder sie hatte das auf der Polizeischule gelernt oder sie hatte etwas in meiner Stimme gehört. »Ich fahre mit Haralds Boot in den Norden und sehe, ob ich dort etwas finden kann. Es kann so nicht weitergehen und die Landesregierung hat euch ja die Flügel gestutzt.«

»Und was ist mit Piddi und Karl?« Ich war erleichtert, dass sie nicht versuchte, mich von der Fahrt abzuhalten.

»Das lass nur meine Sorge sein. Die sind jetzt schon so sauer auf mich, da kommt's darauf auch nicht mehr an. Bestell ihnen schöne Grüße und sag ihnen, dass in der Friðrik Petersensgøta ein Kadett mit einer Bombe im Motorraum steht. Sie ist mit dem Starter verbunden. Die Bombe ist ein Gruß an mich, hat den Adressaten aber nicht so richtig erreicht.«

»Hannis«, sie schwieg einen Augenblick. »Wer hat gewusst, dass du den Kadett fährst? Du hast mir doch erzählt,

dass du fast nur außerhalb von Tórshavn damit gefahren bist.«
»Das stimmt auch.«
»Dann muss dich den letzten Tagen jemand beschattet haben.«
»Der Gedanke ist mir auch schon gekommen und er ist nicht angenehm.«
Wir wechselten noch ein paar persönliche Bemerkungen, dann legte ich den Hörer auf.

36

Die *Rani* durchschnitt wie ein Fischerboot den Nólsoyarfjørdur. Vierzehn bis fünfzehn Knoten, hatte ich Harald oft prahlen hören, mache sie ohne Weiteres – und jetzt glaube ich ihm. Es herrschte leichter Wellengang und durch den schwachen Gegenwind spritzte immer wieder Schaum ins Boot. Das machte aber nichts, denn die *Rani* war eines von diesen kleinen norwegischen Plastikbooten, auf denen man drinnen sitzen und steuern konnte, während sich ein Scheibenwischer um die Sicht kümmerte. Der Motor war ungefähr in der Mitte hinter dem Ruderhaus platziert und in dessen Schutz war reichlich Platz für Angler.

In dem Aufbau war aus dem gleichen Grund viel Platz, es gab auf beiden Längsseiten Bänke und Tische. Man hätte sogar an Bord schlafen können. Die Hausordnung war dieselbe wie in Reyn. Der ganze Raum war ein Durcheinander von Angelspulen und -ruten, Gewichten und Haken, aufgewickelten Nylonschnüren, Ölzeug und Gummistiefeln. An praktischeren Dingen gab es zwei 10-Liter-Kanister mit Öl und ein ganz hervorragendes Radio, mit dem man Norwegen und Dänemark viel besser hereinbekam als an Land.

Ich war es nicht gewohnt, zwischen den Inseln zu kreuzen, hatte auch keine Ahnung von der Strömung, aber Letzteres machte mir nicht so große Sorge, denn ich ging davon aus, dass das Boot einen starken Motor hatte, der alles schaffte. Ich hielt mich ziemlich dicht am Land, doch nicht so nahe, dass ich riskierte, auf ein Riff zu fahren. Als ich nach Hoyvídshólmur kam, fuhr ich nicht zwischen dem Holm und dem Kliff hindurch, sondern hielt mich mehrere Faden außerhalb.

In Haralds Haus hatte es genauso ausgesehen, wie wir es am Abend vorher verlassen hatten. Die Teller standen immer noch auf dem Couchtisch, daneben die leeren Bierflaschen. Mein Mantel und meine Jacke lagen auf einem Stuhl, wo ich sie auch liegen ließ. Die Bootsschlüssel hingen im Flur und zwei Schachteln mit Patronen von Kaliber .12 lagen auf dem obersten Regal des Küchenschranks.

Ich brauchte eine ganze Weile, ehe ich das Gewehr fand, aber schließlich fiel mir ein, dass es nicht ungewöhnlich war, ein Gewehr – wenn man denn eins hatte – unters Bett zu legen. Und dort lag es in einer Lederhülle. Die Buchstaben an der Seite waren kyrillisch und die beiden Läufe waren die längsten, die ich je gesehen hatte. Hoffentlich war die Reichweite entsprechend groß, denn es wog einiges. Glücklicherweise war Haralds Boot eines der äußersten draußen in der Bucht, sodass ich an Bord gehen, es losmachen und hinausfahren konnte, ohne dass mich jemand von der *Eva* entdeckte. Ich wollte dort oben im Norden meine Ruhe haben, und wenn sie mich den Fjord hinaussegeln sahen, würden sie schon ahnen, wohin die Reise ging.

Es hatte aufgeklart, aber die Sonne hatte keine Kraft, sie schien an anderen Orten außerhalb der Färöer genug zu tun zu haben, hier regierten die Wolken. ›Niflheimr‹, die Hölle, nennt Snorri Sturluson in *Gylfaginning* eine Nebelwelt, die älter ist als die Erde. Die Idee war ihm zweifellos gekommen, als er an unseren Inseln vorbeikam.

Und trotzdem war es schön, nach Kaldbaksbygd hinüberzusehen, das, obwohl es jetzt eine Landverbindung mit Tórshavn bekommen hatte, immer noch seinen eigenen Stil, seine eigene Seele bewahrt zu haben schien. Während ich an der steilen Kaldbaksside vorbeifuhr, sah ich nach Raktangi hinüber, dem rechten Arm des Skálafjøður, und zu der kleinen Ortschaft Kolbanargjógv. Die Riffe und Klippen, die mehr als einem Schiff zum Verhängnis geworden waren, waren so weit östlich, dass ich mir darüber keine Gedanken machen musste.

Es ging fantastisch.

Wenn ich nur gewusst hätte ...

Es war gegen Abend, als ich durch die Meerenge bei Eiði fuhr, und auf beiden Seiten herrschte vollkommene Stille an Land. Man sah weder Autos noch Menschen, obwohl das Fernsehen montags nicht sendete. Zum Glück war das Video erfunden worden und das stellte eine hervorragende Hilfe in dem Bemühen dar, die Zeit verstreichen zu lassen bis zum endgültigen Rendezvous mit dem Tod.

Stakkurin, die einzelne Klippe im Meer, trat jetzt umso deutlicher hervor und sah aus, als hätte jemand mit einem Messer ein Stück von Streymoy abgeschnitten, das dann wie ein Tortenstück ein wenig zur Seite gerutscht war.

Dahinter erhob sich der Mylingur in seiner ganzen Größe. Grün und schräg wandte er sich dem Land zu, während er im Norden und Westen ein fast senkrechtes Kap bildete. Die Bucht Sjeyndir ist auf beiden Seiten von schroffen Felswänden umgeben. An den Enden ragen die Felsen steil empor, während man im Innern der Bucht an Land gehen kann. Ich fuhr am östlichen Arm entlang und drosselte die Geschwindigkeit, um in die Seehundhöhlen schauen zu können, aber es war schon zu spät, um nach irgendwelchen Merkmalen zu suchen. Die Bucht lag vollkommen im Schatten, die hohen Berge rundherum verhinderten in der Hälfte des Jahres, dass das Licht bis an den Grund gelangte. Meine Hoffnung war die Morgensonne, die vielleicht alle Felswände und Grotteneingänge erleuchten und mir den Weg zeigen würde. Während ich tief in der Bucht den Anker warf, überlegte ich, ob ich wohl auf ein göttliches Zeichen wartete, und ich sah

Ketil in dem Roman *Fattigmandsære* vor mir. Ein Stein zerbrach seine Vogelstange und er dankte Gott. Ich hatte das Gefühl, so wie ich mich aufgeführt hatte, würde mich der Stein sicher am Kopf treffen.

Unter derartig stimmungsvollen Gedanken suchte ich mir einen Platz auf einer der Bänke und versuchte, eine Mütze Schlaf zu finden.

37

Gegen drei Uhr war der ganze Himmel rot, und die Vögel hatten angefangen, sich zu rühren, aber ich musste noch ein wenig warten, bevor ich mit der Suche beginnen konnte. Ich hatte versucht, ein paar Stunden zu schlafen, aber es war kalt und jetzt war ich ganz steif gefroren. Mehr als einmal hatte ich an die Wohnung in der Luca Debesargøta und an eine schwarzhaarige, braunäugige Frau gedacht, die dort wohnte. Aber das half nicht viel, die Gedanken an ihre einladende Wärme machten die Kälte eher noch unerträglicher.

Eine Weile war ich bereits damit beschäftigt, die Eisenstangen am Ruderhaus abzuschrauben, eine Antenne ragte mehrere Meter in die Luft, und wenn ich irgendwie in die Grotten gelangen wollte, musste ich sie auf jeden Fall verkürzen.

Hier in Sjeyndir wurde mir klar, dass der Alte in Tjørnuvík sicher Recht hatte: Außer Seehunden gab es hier nichts. Ich hatte einige Köpfe aus dem Wasser ragen sehen, die mich fragend anguckten, aber eine Frage äußerten sie nicht. Nur der Fluss und das Gluckern der Wellen waren zu hören. Mit der Zeit wurde mir außerdem klar, dass die *Rani*, abgesehen von ihren vielen guten Eigenschaften, nicht das rechte Fahrzeug war, um die Grotten zu erforschen. Ein Ruderboot wäre viel praktischer und wendiger gewesen, aber ich hatte kein Ruderboot und tat deshalb mein Bestes, um die Form des Plastikboots zu verbessern.

Es war mühsam, die Muttern waren praktisch festgerostet, aber mit ein bisschen Öl und viel Kraft löste sich nach und nach die Eisenkonstruktion. Es dauerte auch noch eine Weile, das Gestänge zu zerlegen, damit es an Bord passte. Und als die Sonne auf die Klippen an der Westseite der Bucht schien, hatte ich mich aufgewärmt und war bereit zur Expedition.

Und wie an all den anderen albtraumartigen Tagen wusste ich nicht, wonach ich suchte. Aber immerhin war es mir gelungen, einiges herauszufinden: Zwei alte Nazis waren aus Paraguay auf die Färöer gekommen, ihre Helfershelfer räumten jeden, der ihnen in die Quere kam, aus dem Weg, und sie waren regelmäßig in dieser Bucht. Die Polizei durfte nicht an Bord des Schoners, dafür sorgte die Landesregierung in der Hoffnung auf Fischereirechte in der Karibik, und das Ergebnis meiner ersten Untersuchungsexpedition war ein krankenhausreif geschlagener Harald.

Sjeyndir war meine letzte Hoffnung.

Die Sonne bekam immer mehr Kraft und bald lag die Bucht wie ein riesiges Amphitheater da, das auf die Zuschauer wartete. Der einzige Repräsentant des Menschengeschlechts war ein malträtierter Journalist, der Leichtbier trank und Schiffszwieback aß, während er langsam auf die sonnenbeschienenen Felswände zufuhr.

Immer noch war es windstill und der Himmel klar und es schien, als sollte ich das Glück haben, einen der Tage zu erwischen, an denen man in die Grotten gelangen konnte.

Eine gute Stunde fuhr ich langsam in der Bucht herum und versuchte, in die vielen Spalten und Grottenöffnungen hineinzusehen und einen Hinweis darauf zu finden, was die Deutschen hier gemacht hatten. Unrat verschiedenster Art schwamm herum, wie an allen anderen Orten auf unserem Planeten auch. Es heißt, das Meer um die Färöer sei das sauberste der Welt, nirgendwo sonst gäbe es so gutes Wasser und deshalb auch so gute Fische. In Wahrheit ein wackeliger Balanceakt. Der Abfall, der inzwischen Buchten und Strände der Färöer füllt, ist sichtbar und hässlich, und doch ist es nur wenig im Vergleich mit der Verunreinigung, die man nicht mit bloßem Auge sehen kann, eine Verunreinigung, die uns alle vernichten wird, wenn wir nicht bald umkehren.

Das war also die moralische Morgenandacht, nur ärgerlich, dass niemand sie hörte. Jetzt konnte ich guten Gewissens weitermachen mit der Verschmutzung und das Auspuffrohr des Bootes spuckte regenbogenfarbenen Vogeltod ins Wasser.

Die zerklüfteten Felsformationen bildeten eine massive Wand, von der ich mich bedroht fühlte, ich traute mich nicht, zu nah heranzufahren. Ich war es nicht gewohnt, ein Boot zu steuern, war nicht mit der Ruderpinne in der Hand geboren, und außerdem war es zu groß. Mir wurde schnell klar, dass ich nur wenige Grotten finden würde, in die das Boot sich hineinschlängeln könnte. Auf dieser ersten Rundfahrt versuchte ich, mir die Stellen zu merken, an denen das möglich war. Eine Grottenöffnung sah besonders viel versprechend aus, sie ähnelte einem weit geöffneten Kirchenportal, das die Leute zum Eintreten einladen wollte.

Später lag ich ruhig am Ende der Bucht und betrachtete die Schatten, die sich die grünen Bergseiten hinunterbewegten und Sjeyndir mehr und mehr in Besitz nahmen. Die Bergkämme sorgten dafür, dass das Licht die meiste Zeit des Tages außen vor blieb. Es war eine Schattenwelt mit noch weniger Sonne als in Tjórnuvík.

Ich hatte keinerlei Spuren des Schoners *Eva* entdeckt und jetzt gab es nichts anderes mehr zu tun, als mich in die Grotten aufzumachen. Während ich auf einem Schiffszwieback aus der großen Packung, die ich bei der Shell-Tankstelle an der Brücke gekauft hatte, herumkaute, bedachte ich die Situation. Ich war für größere Expeditionen in die Grotten nicht ausgerüstet, hatte weder Werkzeug noch ein für diese Zwecke passendes Boot. Außerdem hatte ich fast keinen Proviant, nur den Zwieback und ein paar Flaschen Bier und Selters. Und Lust, noch eine weitere Nacht an Bord zu verbringen, hatte ich unter keinen Umständen.

Nach langen Verhandlungen mit mir selbst und etwas Schiffszwieback wurde beschlossen, mit der Suche anzufangen. Erbrachte sie heute kein Resultat, wollte ich nach Eiði fahren, dort im Hotel übernachten und es morgen wieder versuchen. Was ich tun würde, wenn ich nichts fand, wenn es nichts zu finden gab, ja, diesen Gedanken schob ich von mir.

Entgegen meinen Vermutungen wurde das ›Kirchenportal‹ enger, als ich mich ihm näherte. Ich hatte gedacht, hier wäre genug Platz, um ohne Probleme hineinzufahren, aber die *Rani* berührte fast den Tangbewuchs an den Seiten. Nur gut, dass ich die Eisenstangen abgeschraubt hatte, denn die Öffnung wurde oben so eng, dass sich das Boot nur gerade eben hineinwinden konnte.

Drinnen sah es ganz anders aus. Die Deckenhöhe wuchs schnell bis zu fünfzehn Metern und nur selten ein oder zwei Faden weniger. An den meisten Stellen war sie so hoch, dass ich sogar einen Mast hätte haben können.

Es gab eine große Taschenlampe an Bord, und als ich ungefähr dreißig, vierzig Meter hineingekommen war, knipste ich sie an und beleuchtete die dunklen Grottenwände. Sie ähnelten den Tunnelwänden auf Streymoy und Eysturoy, graubraun, manchmal fast schwarz, aber glatter und schöner. Die Natur ist tüchtiger als die Landesingenieure und die Firma *Pihl & Son*.

Was mich am meisten beeindruckte, war der Lärm. Aus irgendwelchen Gründen war ich davon ausgegangen, dass es in den Grotten totenstill wäre, weder Natur noch der Alltag hätten hier etwas zu melden. Da hatte ich mich reichlich getäuscht. Es war laut und hallte in der Grotte wider und in der Ferne konnte ich hören, wie sich die Wellen brachen. Die Akustik war erschütternd. Zwischendurch kam es mir so vor, als hörte ich jemanden rufen, ich versuchte zu lauschen, strengte die Ohren an, die dadurch noch tauber wurden, aber ich konnte in diese gewaltige Kakaphonie keine Ordnung bringen.

Der Motor machte so wenige Umdrehungen wie nur möglich und langsam bewegten wir uns immer tiefer in den Felsen hinein. Das Wasser war ruhig, doch wenn ich zur Öffnung zurückblickte, schien es, als würden hohe Wellen sie verschließen, und im nächsten Augenblick kam das weiße Licht wieder zum Vorschein.

An einer Stelle war eine Steinlawine heruntergegangen, und auch wenn die Durchfahrt ziemlich breit war, gab es hier gerade genug Platz, um das Boot in der Rinne neben dem Steinhaufen hindurchzulotsen. Der Abbruch war älteren Datums, das konnte man an den Bruchflächen der Steine sehen. Algen und Seepocken wuchsen auf ihnen, aber viel weniger als an den Ufern zu beiden Seiten. Wenn es vor wenigen Jahren so hatte abrutschen können, dann war das sicher auch heute möglich. Es war nicht gesagt, dass dazu ein Unwetter nötig war. Der Fels konnte ebenso gut bei schönem Wetter Risse bekommen. Das klaustrophobische Gefühl, das unterschwellig die ganze Zeit in mir vorhanden gewesen war, machte nun ernsthaft auf sich aufmerksam. Ich begann zu schwitzen, Hände und Beine zitterten. Ich bekam Atemnot und für einen Moment war ich kurz davor, das Boot zu wenden und zu sehen, dass ich wieder nach draußen kam. Die Sehnsucht nach dem offenen Himmel überdeckte alles andere. Aber nur für einen Moment.

Verliere nicht die Kontrolle!, sagte ich zu mir selbst. Dann hast du verloren und bei deinen ganzen Anstrengungen kommt nichts heraus. Ich stand da, ohne mich zu bewegen, presste die Füße auf den Boden, und die Knöchel der Hand, die das Ruder hielt, wurden weiß.

Der Motor war nicht abgestellt und die *Rani* trieb mit niedrigen Umdrehungen tiefer in den Felsen, ins Dunkel. Langsam nahm die Panik ab, ich wischte mir den kalten Schweiß von der Stirn. Das war nicht der richtige Zeitpunkt, um verborgenen Schwächen nachzuspüren, im Gegenteil, hier brauchte ich meine ganze Seelenkraft und Denkfähigkeit.

Jetzt kam die Klippe näher und ich ließ den Motor sich im Leerlauf drehen, um sofort den Rückwärtsgang einlegen zu können, wenn notwendig. Doch das war es nicht, ganz im Gegenteil. Das Riff war eine riesengroße Säule mit dem Umfang eines Durchschnittshauses und einer Höhe von mindestens dreißig Metern. Ich war nicht sicher, ob mein Lampenlicht bis zur Spitze reichte. Rundherum war reichlich Platz und es gab mehrere andere Grottenöffnungen. Es war eine Art Kreuzung und beide Gänge, der, durch den ich gekommen war, und der, den ich kreuzte, führten weit in den Felsen hinein.

Hier stießen alle Geräusche aufeinander, das donnernde Dröhnen und dazwischen schrille Töne, aber der riesige Raum ließ das Ganze zu einer Grottensymphonie zusammenlaufen, die für meine untrainierten Ohren wie eine Art Zwölftonmusik klang. Die *Rani* und ich schaukelten eine Weile still vor uns hin, während ich mich umschaute und überlegte, was jetzt zu tun war. Ich traute mich allein nicht weiter hinein, so wenig, wie ich von diesen Gegenden kannte. Wenn ich mich verfuhr, riskierte ich, dass das Boot und ich für ewige Zeiten in diesen Katakomben herumtreiben würden. Oder bis zum nächsten Sturm, der die Grotten mit zermalmenden Wassermassen füllte. Außerdem war es schwer nachvollziehbar, was die Männer vom Schoner wohl so tief in den Grotten wollten. Es war wahrscheinlicher, dass sie sich mit etwas beschäftigten, was in der Bucht selbst oder nur ein kurzes Stück in die Grotten hinein vor sich ging.

Als ich eine halbe Stunde später wieder in den Tag und die Sonne hinausfuhr, spürte ich eine wunderbare Erleichterung, und ich konnte wieder Luft holen ohne das Gefühl, es gäbe nicht genug Platz in der Lunge, weil die Felsen sie flach pressten wie einen Rochen.

38

Meeresblick und hoher Himmel. Der Sommer war auf die Färöer gekommen, und als ich mich umdrehte und Osten sah, erhob sich das Kap in Reih und Glied aus dem Meer. Wenn man im Gebirge war, konnte man zweifellos alle Inseln sehen und man konnte stundenlang dasitzen und versuchen, die Namen der Berggipfel aufzusagen, oder einfach nur die Schönheit in sich aufsaugen.

Ich war nicht im Gebirge, aber die Sicht war trotzdem schön: Stakkurin, Mylingur und Skeiðið zeichneten sich scharf vor der Morgensonne ab und die Laune war nicht die schlechteste. Gestern hatte ich noch in mehrere andere Grotten hineingeschaut, aber nichts gefunden, und ich war fast sicher, dass die Fahrt nach Sjeyndir vergebens war. Jetzt wollte ich, um mein Gewissen zu beruhigen, noch den Kopf in die letzten Grotten stecken und dann auf direktem Wege nach Tórshavn, zurück zu Duruta. Es war nämlich ihr zu verdanken, dass meine Stimmung so gut war. Als ich am Nachmittag nach Eiði gefahren war, gab es im Hotel natürlich kein freies Zimmer, weil so viele ausländische Gäste angekommen waren. Noch eine Nacht an Bord der *Rani* zu verbringen, hatte ich absolut keine Lust, und deshalb musste ich mich entscheiden, entweder mit dem Boot gen Süden zu fahren oder den Bus zu nehmen. Letzteres war am verlockendsten, es ging schneller, aber bevor ich mich endgültig entschied, rief ich vom Hotel aus Duruta an.

Zuerst sagte sie, ich sei nicht ganz gescheit, allein in die Grotten zu gehen, und sowohl Karl als auch Piddi würden mir ganz gehörig die Meinung sagen, wenn sie mich fänden – sie hatte ihnen nicht erzählt, wo ich war –, und sie hatte Piddi sagen hören, dass er Hackfleisch aus mir machen wollte. Als ich ihr erzählte, dass ich diese Gelegenheit einfach hatte nutzen müssen, wurde sie sanfter gestimmt und bat mich, den Hotelchef ans Telefon zu holen. Kurz darauf konnte sie mir erzählen, dass ich auf einem Sofa im Wohnzimmer schlafen durfte. Ihr und sein Vater waren miteinander verwandt, ganz einfach.

Eine Viertelstunde lang sprachen wir über alles Mögliche, anderes ließ sich mit dem Hotelbesitzer neben mir nicht machen, aber mit jeder Minute wollte ich schneller wieder zurück nach Tórshavn. Jetzt wollte ich noch in die letzten Grotten und dann hieß es nur noch Kurs Süd, danach musste ich mir etwas anderes ausdenken. Duruta war der Meinung, ich solle nichts mehr unternehmen, sondern die Sache der Polizei überlassen. Natürlich war ich nicht ihrer Meinung, aber was war die Alternative?

Tjørnuvíksstakkur kam näher und ich wagte mich durch den Stakssund. Der letzte Tag hatte mich zu einem erfahrenen Rudergänger gemacht – zum Glück war niemand in der Nähe, der mir widersprechen konnte – und jetzt wollte ich es zwischen den Schären versuchen. Es lief wie geschmiert, aber ich muss einräumen, dass mir die hohen Felswände, die über den Sund ragen, und der Lärm der vielen Vögel nicht gefielen, und ich war erleichtert, als die *Rani* sich aus der westlichen Passage herausgewunden hatte und wieder volle Fahrt aufnehmen konnte.

Es war erst kurz nach sieben und ich rechnete damit, bis Mittag fertig zu sein. So war mein Gewissen einigermaßen beruhigt, und sobald ich an Duruta dachte, reduzierten sich dessen Ansprüche. Ethische und moralische Prinzipien schmolzen einfach dahin. Mit einem hübschen Mädchen zusammen kann man es mit dem Gewissen nicht so genau nehmen, aber wen schert das schon?

Gegen elf fuhr ich unter Land an einer ganzen Reihe kleiner Grottenöffnungen vorbei. Die Öffnungen waren zu klein für die *Rani,* aber mit einem kleinen Ruder- oder Gummiboot hätte es sich machen lassen. Die Felsen waren ziemlich uneben, als wären sie mit einem gigantischen Meißel von jemandem behauen worden, dem das Ergebnis vollkommen gleichgültig war und der sich nicht darum kümmerte, dass die Felsen uneben und plump wurden. Es gab Dreizehenmöwen und Trottellummen hier, aber nicht so viele, dass der Fels weiß von Guano gewesen wäre, er war nur schmutzig gestreift.

Eine der äußersten Öffnungen war von gleicher Höhe wie die anderen, verbreiterte sich nach unten hin jedoch, und gleich unter der Wasseroberfläche war sie mehrere Faden breit.

Neugierig drehte ich das Boot und fuhr rückwärts heran, bis ich an die Felsen kam und mich irgendwie festhalten konnte, während ich versuchte, in die Höhle hineinzuschauen. Das war schwierig, denn obwohl es spiegelglatt und kurz vor der Gezeitenwende war, war das Meer immer so weit in Bewegung, dass ein Boot nicht ruhig liegen konnte.

Die Öffnung der Grotte lag am Ende einer kleinen Einbuchtung und an beiden Seiten gab es Vorsprünge in der Felswand. Mit einigen Handgriffen hatte ich das Achterende befestigt, aber das reichte nicht aus, wenn das Boot nicht an die Klippen schlagen sollte, also ging ich mit dem Bootshaken zum Steven, und nach mehreren tollpatschigen Versuchen, bei denen ich genug damit zu tun hatte, nicht über Bord zu fallen, konnte ich auch hier ein Tauende herumwerfen. Jetzt war die *Rani* an der Grottenöffnung festgebunden, ja, fast gekreuzigt, und ich hatte Gelegenheit, in die Grotte hineinzuschauen.

Draußen im Licht zu stehen und ins Dunkel zu sehen ist, als starre man in einen dunkelbraunen Wollstrumpf. Man sieht nicht das Geringste und auch die Taschenlampe hilft nicht, solange man nicht drinnen ist. Draußen schiebt die Sonne das von Menschen geschaffene Licht einfach beiseite, löst es auf.

Unten am rechten Ufer gab es einen schmalen Absatz, etwa zehn Zentimeter breit, der im Dunkeln verschwand. Er war schmal, aber wenn ich einen Fuß vor den anderen setzte, konnte ich sicher so weit kommen, dass ich in die Grotte hineinleuchten konnte.

Die Lampe hängte ich mir an einer Schnur um den Hals und kurz darauf stand ich da und presste mich gegen den Felsen. Ich zweifelte zwar im höchsten Grade daran, dass mir mein Vorhaben gelingen würde, aber ich riskierte ja nicht viel mehr, als nass zu werden.

Anfangs ging es gut. Ich konnte aufrecht stehen und vorsichtig einen Fuß vor den anderen setzen, aber als ich zur Öffnung kam, musste ich mich bücken und es wurde viel schwieriger, mich zu bewegen. Mehrmals war ich kurz davor, das Gleichgewicht zu verlieren, und jedes Mal hatte ich das Gefühl, ich wäre nur durch Zufall nicht hineingefallen. Auf diese Art und Weise ging ich ungefähr zwei Faden, als ich plötzlich merkte, dass der Kopf nicht mehr an die Decke stieß. Und das stimmte. Die Decke hatte sich gehoben. Anfangs nur so viel, dass ich aufrecht stehen konnte, aber als ich mit der Lampe leuchtete, sah ich, dass die Deckenhöhe ein Stück weiter mehrere Faden betrug.

Die Grotte schien endlos zu sein, wie alle anderen Grotten, in denen ich bereits gewesen war, es hatte also nicht viel Zweck weiterzugehen, auch wenn der Absatz noch nicht aufhörte. Eine Weile stand ich da, sammelte mich und leuchtete rundherum. Auch wenn das Licht es meinen Augen schwer machte, sich auf die Dunkelheit einzustellen, kam es mir vor, als wäre da irgendetwas tiefer in der Grotte drin.

Als ich mich mit dem Licht noch ein paar Meter weiterbewegt hatte, sah ich, dass es sich um einen Steinrutsch handelte, einen riesigen Steinrutsch, der die Grotte dreißig, vierzig Meter weiter abschnitt.

Mit dem Rücken zur Wand ging oder besser kroch ich zu den Steinmassen hinüber. Je näher ich kam, desto größer wurden die Felsbrocken, und zum Schluss gelang es mir, auf einen hinaufzuklettern, der oben einigermaßen eben war.

Ich setzte mich hin, um etwas auszuruhen, vor allem die Schultern zu entspannen, die im Laufe der letzten halben Stunde ganz steif geworden waren. Ich hatte mich die ganze Zeit mit den Schultern gegen den Stein gepresst, um nicht vom Felsabsatz hinunterzufallen. Ich schwang die Arme über dem Kopf und um mich herum und spürte, wie die Muskeln wieder weich wurden und sich entspannten.

Man konnte das Tageslicht durch das Loch sehen und wie ein wiegender Schatten war die *Rani* zu erahnen. Vielleicht sollte ich noch ein paar Meter hochklettern und die Aussicht von dort oben untersuchen? So schnell würde ich bestimmt nicht wieder hier vorbeikommen.

Ich hängte mir die Taschenlampe um den Hals und begann, die Felsbrocken hinaufzuklettern. Es war leicht, hochzukommen, es gab genug Haltemöglichkeiten für Hände und Füße, und auch wenn ich nicht leuchten konnte, war das nicht schlimm, bis ich plötzlich ins Nichts griff und fast die Balance verlor.

Im Lampenschein zeigte sich eine Öffnung in den Steinmassen, ein natürlicher Tunnel von gut und gern einem Meter im Durchmesser. Ich steckte den Kopf und die Lampe hinein und versuchte zu leuchten, aber er machte eine Biegung nach links, deshalb konnte ich nicht sehen, wie lang er war.

Sollte ich hineinkriechen? Traute ich mich? Zurzeit plagte mich die Klaustrophobie nicht, aber wie würde es sein, wenn ich ein Stück weiter im Tunnel war und den Druck von tausenden von Tonnen auf mir spürte? Ich würde Atemnot bekommen und der Schweiß bräche mir aus.

Allein der Gedanke ließ mich schneller atmen und ich ballte meine Hände fest zu Fäusten. Niemals sollte diese Angst Macht über mich bekommen und ich fiel auf die Knie, nicht um zu beten – die Zeit war vorbei –, sondern um ins Helhjem hineinzukriechen.

Hießen die Grotten in Island nicht so: Surtshellir, nach dem Riesen, der die Welt bei der Götterdämmerung verbrennen würde. Die Isländer konnten Surt und alle anderen Geächteten behalten, die in ihren Grotten wohnten, wenn wir hier in unserem Land nur Frieden hatten. Während ich so auf den Knien weiterrutschte, fiel mir Brúsajøkuls Lied ein:

Omar hatte den Brauch,
so hat man es mir gesagt,
und Asbjørn tat es schon vorher auch,
das Kreuz vor der Tür er geschlagen hat.

Ich hätte es wohl wie Ormar machen sollen, aber mit dem Zauberunterricht in den Schulen ist es heutzutage nicht mehr so weit her wie früher einmal. Wir haben weder Runen meißeln gelernt noch das Beschwören, wenn ich also auf übernatürliche Wesen stoßen sollte, sah es schlecht aus.

Der Tunnel wand sich ein paarmal und dann war ich plötzlich am Ende des Weges. Das kam so überraschend, dass ich fast über die Kante auf der anderen Seite herausgefallen wäre. Der Strahl der Taschenlampe bewegte sich in der Riesengrotte wie ein leuchtendes Schwert und traf einen Sandstrand, der weiter hinten mit Steinen bedeckt war. Aber das, was mein Herz pochen ließ, waren die Umrisse einer großen Gestalt, deren Vorderteil auf dem Strand lag.

Ein U-Boot!

39

Es war wie verhext. Ich hatte das Gefühl, als bewegte ich mich in einer Romanwelt. Die Grotte und das U-Boot stammten aus *Die geheimnisvolle Insel* von Jules Verne und an Bord saß Kapitän Nemo, krank und fiebernd.

Real war das bestimmt nicht. Irgendwie musste ich auf meinem Weg zwischen der Welt draußen und hier drinnen eine Grenze überschritten haben und jetzt war ich im Märchenland. ›Hannis im Märchenland‹ konnte man gut als Titel einer Lügengeschichte verwenden.

Ein glänzender Zylinder mit einem weißen und einem schwarzen Kabel weckten mich. Sie gehörten in meine Welt und sie hatten keinerlei Märchengrenze überschritten, wenn es auch ihr Zweck war, mich über alle Grenzen zu transportieren, in die Ewigkeit. Die Grotte und die Ereignisse der letzten Tage waren Teil derselben Wirklichkeit. Nämlich der einzigen, meiner.

Das U-Boot sah in der Grotte gewaltig aus, wie ein Riese auf Besuch in Liliput oder ein riesiges prähistorisches Tier, das einen Ruheplatz gefunden hatte, an dem es weder Leben noch die Sonnenstrahlen erreichten.

Der graue Schiffskörper war ungefähr sechzig Meter lang, und der Teil, der auf dem Sandstrand lag, bis zur Brücke hinauf mindestens zehn Meter hoch. Es hatte zwei Kanonen und ganz vorn am Deck, direkt am Steven, gab es eine zwei Meter hohe, schräge und gezackte Eisenstange. Sie diente zweifellos dazu, Netzbarrieren zu durchsägen. Wie ein Rammbock auf einer römischen Galeere.

Es waren weder Nummern noch irgendwelche anderen Kennzeichen am Boot, aber ich hatte keinerlei Zweifel, woher es stammte. Jetzt wusste ich, was die Männer von der *Eva* suchten.

Die Grotte maß etwa hundert bis hundertzwanzig Meter im Durchmesser und der Sandstrand mit dem U-Boot lag nicht weit vom Steinschlag entfernt, es waren nur ein paar Faden Wasser dazwischen. Im Licht der Lampe sah ich an der linken Seite einen Sandstreifen, es war möglich, von dort zum Boot zu gelangen. Am Ende der Grotte, wo der Strand voller Steine war, leuchteten weiße Knochen und Schädel, hier war sicher eine Seehundhöhle gewesen, bis der Gast kam und alles zerstörte. Der Steinrutsch hatte seinen Teil dazu beigetragen, das Kleinod in der Grotte zu schützen, sonst hätten die Winterstürme es längst zerschmettert. Daraus war zu schließen, dass die Steinlawine und das Stranden des U-Bootes ungefähr gleichen Datums waren.

Das Wasser war nicht völlig still, eine leichte Bewegung irritierte die Oberfläche, kleine Wellen rollten auf den Sand und wieder zurück.

Es musste irgendeine Art von Verbindung zur Umwelt geben, vielleicht gab es unterhalb des Wasserspiegels noch eine Grotte, die ich von hier aus nicht sehen konnte, und das konnte bedeuten, dass sich immer noch Seehunde hier am Strand aufhalten konnten.

Irgendwo hatte ich gelesen, dass die beste Zeit für die Jagd auf Seehunde Ende September sei, aber wann sie sich in die Höhlen begaben, das wusste ich nicht. Vielleicht bereits im Juni, und ich hatte wenig Lust, einem rasenden Seehundmännchen zu begegnen, das seine Jungen verteidigte. Es gibt diverse Geschichten darüber, wie sie einen Menschen tödlich verwunden können. Früher erschlug man Seehunde mit Knüppeln, aber ich beschloss, lieber zum Boot zurückzugehen und das Gewehr zu holen.

Eine gute Stunde später ging ich mit dem Gewehr in der einen und der Patronentasche in der anderen Hand erneut auf den Sandstreifen zu.

Draußen unter freiem Himmel war mir der Schoner eingefallen. Wenn er nun auftauchte, was dann? Es gab keine Antwort auf diese Frage, man konnte nur hoffen, dass sie die *Rani* nicht entdeckten. Die Einbuchtung verdeckte sie so, dass man sie erst sehen konnte, wenn man direkt davor war.

Je näher ich dem U-Boot kam, umso größer wurde es, und als ich auf dem Sandstrand stand und auf eines der vordersten Tiefenruder schaute, das wie die Flosse eines Fisches aussah, fühlte ich mich fast wie ein Liliputaner in der Geschichte von Gulliver. Ein Stück vom Boot entfernt ragte ein Felsen aus dem Sand, ich legte die Tasche darauf und lehnte das Gewehr daran, während ich mich umsah. Abgesehen von den Knochenresten gab es kein Anzeichen von Seehunden, also würde ich im Augenblick die Waffe kaum brauchen.

Ich hatte U-Boote bisher nur auf Fotos gesehen und war überrascht, wie wenig stromlinienförmig der Schiffskörper war, er wirkte wie aufgedunsen. Keine eleganten Linien, wie wir sie von den Schiffen kennen, sondern plumpe Beulen und Ausbuchtungen im Metall, Löcher verschiedener Größe, Öffnungen und geschlossene Luken, und unter dem

Heck des Schiffskörpers konnte ich das hinterste Tiefenruder erahnen, von der Form eines verkürzten Flugzeugflügels.

Die Taschenlampe half in der Dunkelheit nicht viel und ich fühlte mich wie ein Grabräuber in einem Mausoleum und erwartete jeden Augenblick, dass eine strenge Stimme sagen würde: »Was tun Sie da?«

Aber das Einzige, was zu hören war, war das leise Flüstern der Wellen und ein weit entferntes Donnern von den Klippen. Ab und zu fiel ein Tropfen.

Ganz vorn auf dem Boot, etwas tiefer an der Seite, stand eine runde Luke offen und ich leuchtete hinein, sah aber nur Stahlwände und irgendetwas, was dahinter hervorragte. Wahrscheinlich eines der Torpedorohre, so groß, dass ein Mann hindurchkriechen konnte. Meine Kenntnisse über U-Boote waren äußerst bescheiden, sie stammten wie mein Wissen über so vieles andere vor allem aus Büchern. Aber ich glaubte, mich daran zu erinnern, dass ein U-Boot mehrere Torpedorohre hatte und dass sie auch als Notausgänge benutzt wurden.

Meine Lust, diesen Weg auszuprobieren, war nicht besonders groß, stattdessen suchte ich etwas, worauf mein Fuß Halt finden könnte, damit ich aufs Boot käme. An der Steuerbordseite war eine schmale Leiter an der Schiffswand angeschweißt und die kletterte ich hinauf.

Als ich an Deck gekommen war, blieb ich einen Moment stehen und ließ die Lampe über das Boot gleiten. Vom Vordersteven aus gesehen wirkte das U-Boot lang und schmal. Über die ganze Länge, so weit mein Blick reichte, erstreckte sich ein flaches Holzdeck, also ging ich weiter nach hinten.

Allein in einer Grotte mit einem Kriegsunterseeboot, das hier wahrscheinlich seit über vierzig Jahren lag, verstärkte das Gefühl von Unwirklichkeit. Das war eine Traumwelt, und auch wenn ich mir klar darüber war, dass ich wach und munter war, wusste ich doch, dass ich in dieser Welt nichts zu suchen hatte. Und dass diese Welt gefährlich war.

Und im gleichen Augenblick wurde mir bewusst, dass ich mich seit dem Zeitpunkt, als ich im Flugzeug auf dem Weg zu den Färöern gesessen hatte, in dieser Welt befunden hatte, und es gab nur einen einzigen Weg hinaus und dieser führte durch Fegefeuer und Verderben.

Ich ging weiter und meine Schritte klangen ungefähr so diskret wie Stöckelschuhe auf einem Marmorfußboden.

Die plumpe Kanone hatte einen Pfropfen im Rohr, also war das Boot wohl kaum in einen Kampf verwickelt gewesen, bevor es hier gelandet war.

Am Turm gab es ein paar abblätternde und verblassende Reste schwarzer Farbe auf dem Grau. Man konnte noch ein gewaltiges Ungeheuer mit aufgerissenem Maul, abstehenden Haaren, spitzen Zähnen und erhobenen Vorderpranken mit Krallen erkennen. Der Name des U-Bootes war wohl *Troll* oder so ähnlich. Das passte gut zu der pechschwarzen Dunkelheit, die den gesamten Raum erfüllte, abgesehen von den Flecken, die ich in meiner grenzenlosen Gnade vom Lichtstrahl erhellen ließ. Eine Sekunde lang durchfuhren die Ritter aus *Krieg der Sterne*, Ben Obi-Wan Kenobi und Darth Vader, und ihr leuchtendes Schwert meinen Kopf, aber es war nicht der richtige Zeitpunkt, sich in Fantasien zu verlieren.

Von der Brücke aus war die Aussicht gut – immer begrenzt von dem Radius meiner Lampe –, nichts war im Weg, weder Masten noch Decksaufbauten. Die Brücke selbst war geräumig, fast wie ein kleiner Tanzboden, abgesehen von den Periskopzylindern, die aus dem Boden emporragten. In der Mitte der vorderen Hälfte gab es eine Luke hinunter ins Boot.

Ich legte die Lampe so hin, dass sie auf die Luke leuchtete, ergriff das Rad an der Lukenklappe und versuchte sie zu öffnen, aber es rührte sich nichts.

Eine andere Möglichkeit hineinzukommen, gab es nicht, und ich hatte auch keine Lust, es zu versuchen. Die Situation verlangte von mir nicht gerade wenig Courage. Es ist vielleicht spannend zu lesen, wie jemand in totaler Finsternis auf ein Geisterboot klettert – es selbst zu tun, ist hingegen reichlich furchteinflößend. Wenn ich die Luke nicht in Kürze aufbekommen sollte, würde ich zurück nach Eiði fahren und nach jemandem telefonieren, der mir helfen könnte. Wer das sein sollte, wusste ich nicht. Am besten Harald, aber der lag im Krankenhaus, und Karl, die andere Möglichkeit, wollte ich im Augenblick lieber nicht zu nahe kommen. Duruta vielleicht? Na, das würde sich schon zeigen.

Ich benötigte eine Eisenstange oder Ähnliches, um es als Brechstange zu benutzen, oder einen Kuhfuß, um das Rad drehen zu können. Auf der Brücke gab es nichts und zum Heck hin stieß die Lampe auch auf nichts. Es sah nicht so aus, als wäre irgendetwas an dem Boot gemacht worden, nachdem man es in die Grotte manövriert hatte – die Götter mochten wissen, wie sie es angestellt hatte –, so ordentlich, wie es überall aussah. Keine Sachen, kein Werkzeug, überhaupt nichts. Es wirkte reichlich mystisch.

Ich musste das Gewehr holen.

Etwas später, mit dem Gewehr als Brecheisen, versuchte ich mit aller Kraft, das Rad aus seiner festgefahrenen Position herauszukriegen. Hoffentlich würde Harald nie erfahren, wozu ich sein russisches Kleinod missbraucht hatte. Die Schrammen am Lauf würde ich hoffentlich wegputzen oder überdecken können.

Langsam, ganz langsam bewegte das Rad sich, zunächst nur ein paar Millimeter, aber nach und nach bekam es Schwung und bald brauchte ich das Gewehr nicht mehr.

Als ich die Lukenklappe anhob, stieg mir schwere, abgestandene Luft in die Nasenlöcher, aber sonst nichts. Ich weiß nicht, was ich erwartet hatte, aber auf der Brücke eines mehrere hundert Tonnen schweren U-Bootes in einer färöischen Grotte zu stehen und in die Lukenöffnung hineinzuleuchten, das mach ich auch nicht alle Tage.

Ich beschloss, dem Licht in die Finsternis zu folgen.

40

Es war mühsam, die schmale Leiter hinunterzuklettern, und die Lampe, die an meinem Hals hing und hin- und herschaukelte, ließ die Umgebung ungemütlich und gespenstisch erscheinen. Die Schatten wuchsen und verschwanden wieder und die Reflexe von Glas und Metallgegenständen bereiteten mir auf dem Weg die Metallleiter hinunter diverse Schrecksekunden. Endlich fühlte ich den Schiffsboden unter den Füßen und konnte mich umsehen. Ich war von Rohren, Ventilen, Handrädern, Unmengen von Messgeräten hinter Glas und grünen und roten Kabeln umgeben. Einige der Messgeräte enthielten Flüssigkeit wie bei einer Wasserwaage und sicher aus dem gleichen Grund. Ansonsten war es hier nicht besonders eng, das musste also die Kommandozentrale des U-Bootes sein, der Raum, von dem aus alles gesteuert wurde. Mitten im Raum, vom Boden bis in den Turm hinein, stand eine dicke Metallsäule. Die Periskope.

An beiden Enden des Raums gab es Schotten, aber nicht senkrecht wie auf einem Schiff. Diese hier hatten die Form von Halbkugeln, und als ich die hinterste anfasste, öffnete sie sich ohne Widerstand, aber mit einem Quietschen, das die Nervenenden so strapazierte, dass ich am ganzen Körper zitterte.

Die Stille danach war vollkommen und konkret, sie legte sich über mich, wollte mich umschlingen. Es war auch kalt, kaum mehr als sechs oder sieben Grad, und ich zog den Reißverschluss meiner Steppjacke bis oben hin zu. Ich wappnete mich gegen die Umwelt.

Auf der anderen Seite des Schotts befand sich die Mannschaftskajüte mit Kojen auf beiden Seiten. Auf einem Klapptisch mit hohem Rand standen vier Teller und drei Becher, und als ich mit den Fingerspitzen über einen Teller strich, konnte ich unter einer Staub- und Ölschicht die Reste der letzten Mahlzeit an Bord fühlen.

Die schmierige Schicht bedeckte das gesamte Bootsinnere und ließ es trübe erscheinen.

Auf den Kojen lagen kleine Reisetaschen, ich zählte vier, und an ihrer Form konnte man erkennen, dass sie gut bepackt waren. Mehrere Paar große U-Boot-Stiefel guckten unter den unteren Kojen hervor. Ich leuchtete darunter, aber außer den Stiefeln war da nichts.

Unter dem Tisch erfasste das Licht den vierten Becher.

Es lief mir eiskalt den Rücken hinunter, als mir klar wurde, was ich hier vorfand.

Vier Männer hatten hier gegessen, ihre Taschen gepackt und Schuhe angezogen. Aber ihr Gepäck war nirgends hingekommen. Wie weit waren sie selbst gekommen?

Der nächste Raum war die Kombüse. Sie war eng und ansonsten ganz gewöhnlich.

Vor mir hatte ich jetzt eine Schotttür mit einer großen Klinke. Ich öffnete sie und kam auf einen engen Gang zwischen zwei großen Motoren. Auf dem Boden lagen Motorteile verschiedener Größe und Form, und jetzt sah ich auch, dass die Backbordmaschine nicht im Lot war, sondern mehrere Zoll in den Gang hineingeschoben oder -gestürzt war. Über mir verliefen Rohre und Gestänge in alle Richtungen, sie waren aus ihren Verbindungen herausgerissen und das Glas der vielen Messapparaturen war zerbrochen. Der Motor hatte vor langer Zeit seinen Geist aufgegeben und übrig war nur noch Eisenschrott.

Auf der Steuerbordseite sah es besser aus, aber auch hier war Glas zerbrochen und einige Rohre verliefen nicht mehr so, wie von der Schiffswerft ursprünglich geplant. Der Maschinenraum verriet, dass die Antriebsstärke des U-Bootes stark eingeschränkt war, als es hier versteckt wurde.

Das Boot lag ein wenig schräg, und dort, wo man überhaupt seinen Fuß zwischen all den Motorteilen hinsetzen konnte, machte das eingetrocknete Öl den Boden rutschig, sodass ich mich auf dem Weg zum nächsten Schott immer wieder abstützen musste.

Je weiter ich ins Boot hineinkam, desto enger erschien es mir, und nicht nur das, auch die Luft wurde schwerer. Abgestandenes Meerwasser und die menschlichen Hinterlassenschaften erzeugten nicht gerade einen ausgesprochenen Wohlgeruch und für eine Landratte wie mich war der spezielle Geruch unten im Schiffsbauch verbunden mit Erinnerungen an Erbrechen und Lebensüberdruss.

Der letzte Raum war völlig anders. Hier gab es keine Motoren, dafür an den Seiten Schalttafeln mit schwarzen Tasten und einem Meer von Amperemetern und Voltmetern. Natürlich für die Elektromotoren, die benutzt wurden, wenn das U-Boot untergetaucht war. Sie brauchten keinen Sauerstoff. Am hintersten Ende gab es eine geschlossene Luke, eine Torpedoluke, nahm ich an. Alles sah sauber und gut gepflegt aus, es gab nichts zu bemängeln, abgesehen von den sieben Skeletten, die auf dem nackten Boden lagen.

Sie trugen alle graugrüne Ledermonturen und lagen auf der Seite, die Hände auf dem Rücken. Eine nähere Untersuchung ergab, dass einst um ihre Handgelenke Eisendraht gewickelt gewesen war, der die Knöchel abgebunden und verhindert hatte, dass das Blut fließen konnte. Aber das war lange her. Jetzt hatte sich der Draht gelöst und die gekrümmten, gelblichen Knochenfinger deuteten zum Schott. Die letzte Anklage.

Es war so gut wie nichts von den Gesichtern übrig und die Erklärung dafür war ein kleines rundes Loch im Nacken eines jeden. Der Durchmesser betrug nur wenige Millimeter, aber das Austrittsloch hatte alles weggeblasen. Dumdumgeschosse verhalten sich so und die Kombination mit Genickschuss deutete auf die SS, die hier ihre Visitenkarte hinterlassen hatte.

Jetzt wusste ich, wie weit die Männer mit den Reisetaschen gekommen waren. Und trotzdem ging die Rechnung nicht auf. Es waren drei Skelette zu viel, aber deren Eigentum lag sicher irgendwo anders, weiter entfernt.

Diese sieben waren hingerichtet worden, und zwar nicht gestern oder vorgestern, und die Fahrt des Schoners *Eva* hier herauf stand in Verbindung mit dem Sarg, auf dem ich herumstöberte. Außerdem war offensichtlich, dass meine Freunde die Grotte nicht gefunden hatten oder sich von dem Steinrutsch hatten täuschen lassen. Voraussetzung für Letzteres war, dass sie nicht selbst die Sprengung vorgenommen hatten und die Grotte deshalb jetzt nicht wiedererkannten.

Die Antwort auf die Frage, warum sie mehrere Leute ins Jenseits geschickt hatten und nach ihrer Planung auch den Unterzeichneten auf diese Liste setzen wollten, fand sich auf dem U-Boot. Die Toten auf dem Boden sagten mir, dass ich so nahe dran war, dass ich mich gleich verbrennen würde.

Genau das fühlte ich, als ich den Vorhang zu einem kleinen Raum vor der Kommandobrücke zurückzog und mich ein Schädel mit einer Mütze mit weißem Schirm angrinste. Der Vorderfront fehlte nichts, abgesehen von einem kleinen runden Loch mitten auf der Stirn. Dafür war sicher nicht viel vom Hinterkopf übrig. Der Kapitän – der Mütze nach zu urteilen – saß auf der Koje und lehnte sich mit dem Rücken gegen die Holzwand.

Das Skelett trug die gleiche Kleidung wie die Mannschaft hinten, dazu kurze Stiefel mit Korksohle. Zwischen dem Stiefelschaft und dem Overall konnte man deutlich das Schienbein sehen. Er sah aus wie eine der Marionetten, die in Sizilien oder Mexiko bei Festen zu Ehren der Verstorbenen verwandt werden. Es fehlte nur, dass ihn jemand an den Schnüren zog und zum Hüpfen und Rasseln brachte.

Die Kajüte des Kapitäns war eine kleine Kammer. Außer der Koje und einer Schreibplatte hingen zwei schmale Schränke an der Wand.

In dem einen Schrank standen Bücher von Heinrich Heine, Heinrich von Kleist und Thomas Mann. Ein überzeugter Nazi konnte der Kapitän nicht gewesen sein, denn Heine wie auch Thomas Mann waren unter Hitler verboten worden, Letzterer emigrierte, um sich und seine Familie in Sicherheit zu bringen. Ganz unten lag eine kleine Schachtel mit Abzeichen, als sollte sie versteckt werden, und ich erkannte das Ritterkreuz. Der Kapitän war offensichtlich ein älteres Semester gewesen.

Der andere Schrank war abgeschlossen, ließ sich aber mit einem größeren Brotmesser öffnen. Es gab eine Schublade im Schrank, sonst nichts. In der Schublade lag ein blanker Revolver. Er war geladen und ich steckte ihn mir in den Gürtel unter die Jacke.

Ich schaute den Kapitän an und überlegte, wer ihn und die Mannschaft wohl liquidiert hatte. Einer von der Besatzung? Jemand, der mit an Bord war? Und aus welchem Grund? Wo waren die Papiere des Kapitäns: Logbuch, Codebuch und alles andere? Ich fragte nicht laut und der Kapitän antwortete mir nicht, sah mich nur an und grinste zufrieden.

Ich hatte keine Angst mehr. Das stimmte nicht ganz, denn natürlich hatte ich Angst, aber weder das finstere U-Boot noch die Leichen an Bord bedrückten mich besonders. Etwas anderes machte mir Sorgen.

Ich warf die Schranktür zu und der Kapitän glitt zur Seite. Die ganzen Jahre über hatte er das Gleichgewicht gehalten, aber jetzt, da ich den Grabesfrieden gebrochen und neue Erschütterungen verursacht hatte, legte er sich in einer Staubwolke auf die Seite. Der Schädel mit der Mütze löste sich und rollte auf der Decke herum, der Unterkiefer fiel ab und landete auf dem Boden, während die obere Hälfte in der Mütze lag, der Schädel zuunterst und die Zähne spöttisch in der Luft.

Unter dem, was von dem Po des Kapitäns noch übrig war, ragte ein großes Buch in grauem Wachstuch hervor.

41

Das Logbuch war nur einige Zentimeter am äußersten Rand der Seiten morsch. Papier, das eng aneinander gepresst ist, zerfällt nicht ohne Weiteres. Der Text war handgeschrieben und etwas verblichen, aber bei den Verhältnissen in den letzten vierzig Jahren konnte man sich nur wundern, dass er überhaupt noch lesbar war.

Das U-Boot war vom Typ VII C, 760 Tonnen und im November 1943 bei den Kieler Howaldtswerken gebaut worden. Seine Nummer war U 999 und die Mannschaft nannte es *Der Riese*. Meine Vermutung war also nicht ganz abwegig gewesen.

Kapitän war Herbert Lucas, Kapitänleutnant, und er hatte auch das Logbuch geführt.

Ein flüchtiges Blättern zeigte, dass in dem Buch vor allem Daten verschiedener Ereignisse verzeichnet waren, das Wetter und die Lichtverhältnisse. Wie das Meer war, die Luft, und ob Sonne oder Mond hinter dem Horizont hervorgekommen waren. Immer wieder stand *Qu.* dort sowie einige Zahlen. *Qu.* war wahrscheinlich die Abkürzung für ›Quadrat‹ und die Zahlen wiesen verschlüsselt auf den Punkt der Karte hin, wo sich die U 999 befunden hatte. Außerdem war bei jedem Datum in Stichworten verzeichnet, was passiert war.

Ich sah Kapitän Herbert Lucas dankbar an, der in zwei Teilen auf seiner Koje lag, und gratulierte ihm zu dem geglückten Versuch, seine Peiniger auszutricksen.

Plötzlich hatte ich Lust auf eine Zigarette, aber mein Hals hatte in den letzten Tagen so sehr geschmerzt, dass ich das Rauchen aufgegeben und jetzt keine Zigaretten dabeihatte. Stattdessen setzte ich mich hin und begann zu lesen.

Die U 999 war am 2. Mai 1945 in Flensburg in See gestochen. Zwei Tage zuvor war ›Der Führer‹ gestorben. Herbert Lucas zitierte die Radiomeldung, nach der Hitler an der Spitze einer Heeresabteilung im Kampf gegen die kommunistischen, mongolischen Horden gestorben war. Hinter dieser Neuigkeit standen fünf Ausrufungszeichen, also war klar, was der Kapitän davon hielt.

Der Befehl, in See zu stechen, kam von Hitlers Nachfolger, Großadmiral Dönitz. Als Lucas nach dem Grund fragte, jetzt, da doch alle wussten, dass der Krieg verloren war, erzählte Dönitz ihm, dass General Kesselring um diesen Dienst gebeten hatte und dass der Kapitän unter allen Umständen tun sollte, was die Passagiere wünschten.

Hier tauchte also der Name Kesselring auf.

Natürlich tat Herbert Lucas, wie Dönitz befohlen, aber es gefiel ihm offensichtlich nicht. Im Tagebuch schrieb er, dass er und die anderen U-Boot-Kapitäne, es waren mehrere hundert, vereinbart hatten, ihre Boote am Kai zu versenken, damit es nicht heißen konnte, sie hätten die weiße Flagge gehisst. Allein in Flensburg lagen ungefähr sechzig Boote.

Als die vier Passagiere mit großen Lastwagen voll Gepäck zum Dock kamen, wurde die Laune nicht besser.

Die Kisten wurden gewogen. Sie brauchten so viel Platz, dass kein Raum mehr für die Torpedos übrig blieb. Die Passagiere trugen Zivil, doch ihre Haltung und ihr Auftreten verrieten die Offiziere, und einer von ihnen, der sich als Jürgen von Essen vorstellte, sagte, alle Kisten müssten mit, die Torpedos seien nicht nötig, da sie nicht ins Gefecht wollten. Wohin es gehen sollte, würde der Kapitän später erfahren, und es sollten nur so viele Mannschaftsleute mit, wie unbedingt erforderlich waren, um die U 999 zu fahren.

Es ging aus Herbert Lucas' kurzer Beschreibung deutlich hervor, wie wütend er war und dass er das Gefühl hatte, ihm würde das Kommando weggenommen, und an einer Stelle stand das Wort *Diebesgut*.

Am 2. Mai um zehn Uhr abends, eine Stunde nach Sonnenuntergang, fuhren sie unter Wasser aus der Flensburger Förde, südlich an Als, Ærø und Langeland vorbei, in der Hoffnung, dass die Dunkelheit sie verbergen würde. Der Kapitän erwähnte die Angst davor, dass trotz der Finsternis ein englisches Flugzeug sie finden könnte. In den letzten Jahren waren viele U-Boote von Flugzeugen versenkt worden, auch in stockfinsterer Nacht. Die Engländer waren in Besitz irgendeines Überwachungsinstruments, aber was für eins das war, das wusste die deutsche U-Boot-Leitung nicht.

Im Großen Belt fuhren sie mit ihren Elektromotoren langsam den Sund hinauf und danach bis nach Anholt, aber dort begann der Strom zu versagen und sie mussten auftauchen, um die Akkumulatoren aufzuladen.

Die Besatzung bestand nur aus acht Männern, den Kapitän mitgezählt. *Möge Gott uns helfen, wenn etwas kaputtgeht. Wir haben nicht die geringste Chance, Schäden zu reparieren,* stand an einer Stelle. Damit alle Kisten mitgenommen werden konnten, mussten zwölf der vierzehn Torpedos an Land bleiben. Lucas bestand darauf, dass die letzten beiden an Bord blieben, damit sie sich verteidigen konnten. Denn der Krieg war noch nicht vorbei. Die Kisten waren so schwer, dass achtzehn Tonnen Torpedos und zweieinhalb Tonnen Mannschaft sie gerade eben ausglichen.

Den Fremden wurde der Torpedoraum im Vordersteven zugewiesen, wo auch die Kisten untergebracht waren, und die Mannschaft bekam von ihnen die Order, sie nicht zu stören. Das und das unbekannte Reiseziel regten den Kapitän ziemlich auf.

Durchs Kattegat und später durchs Skagerrak hindurch überprüften sie die Instrumente, soweit sie es bei der schlechten Bemannung konnten, und taten ihr Möglichstes, um das U-Boot zu trimmen. Durch die Kisten war es im vorderen Teil so schwer, dass sie Meerwasser in die hinteren Ballasttanks pumpen mussten, um das Gleichgewicht zu halten.

Das war sehr eingehend beschrieben, und auch dass der erste Maschinist Schwierigkeiten hatte, eine brauchbare Balance zu finden. Sie sollten nämlich in der Lage sein, sofort zu tauchen, wenn der Feind in Sicht war. Ich überflog schnell die technischen Berichte, ich hatte nicht vor, ein U-Boot zu Wasser zu lassen. Am Morgen des 4. Mai wurden sie angegriffen. Es geschah beim ersten Morgengrauen.

4.00 Uhr, es wird hell, schlechte Sicht, Regen und Nebel, Donner. Plötzlich kam ein Sunderland-Flugzeug aus dem

Licht im Nordosten, schoss auf uns und warf Minen ab. Wir tauchten um unser Leben, aber die Minen erschütterten das Boot so stark, dass der Backborddiesel sich losriss und aus seiner Verankerung sprang. Zu wenige, um das zu reparieren. Gingen in 200 Meter Tiefe auf Grund. Kurz danach hörten wir das plätschernde Geräusch der Schraube eines Kriegsschiffes. Wir zählten 98 Minen, einige so nahe, dass das Boot fast explodierte. Das Licht ging zweimal aus, aber der Zweite bekam es wieder hin. Wir lagen 12 Stunden unten, bevor wir es wagten, den Schaden zu untersuchen. Es sieht beschissen aus. Das Funkgerät ist kaputt, der Backborddiesel nicht zu reparieren. Meerwasser sickert ein und wir verlieren Öl. Jetzt brauchen die Flugzeuge nur noch unserer Spur zu folgen. Hinzu kommt noch, dass die Schraube steuerbords schief läuft, sodass sie einen Höllenlärm macht, wenn sie sich dreht. Auch hier besteht keine Hoffnung, dass wir etwas tun können.
18.00, zu hell, um aufzutauchen, aber bald notwendig. Ich befürchte, dass die Tauchtanks leck sind. Wenn wir Luft verlieren, können wir nicht mehr schwimmen. Mit nur einem Motor ist es nicht sicher, dass wir vom Grund hochkommen.
22.00, mit Müh und Not ist es uns gelungen, das Boot hinaufzukriegen, sind mit Maschinenkraft aufgetaucht. Luftblasen steigen an beiden Seiten auf. Der 1. und der 2. Maschinist sind sich einig, dass wir den Diesel steuerbords nur auf mehr als halbe Kraft bekommen, wenn wir ein Zylinderfutter und einen Kolben auswechseln. Mit der Achse können wir nichts machen. Die Reparatur dauert mindestens einen Tag. Wir haben zwei Möglichkeiten: Über der Meeresoberfläche werden wir beschossen, am Meeresgrund laufen wir Gefahr, liegen zu bleiben. Habe mich fürs Tauchen entschieden. Wir haben viele Flaschen mit Pressluft an Bord und mit dem Rückstoß der Maschine können wir das Wasser auch aus den Tanks hinauspressen. Jetzt können wir nur noch warten.

Die Wartezeit war offenbar lang gewesen und in der Zwischenzeit berichtete Kapitän Lucas über das Verhältnis zu den Männern im Steven. Bereits als sicher war, dass Luft aus den Tanks sickerte, hatte er von Essen vorgeschlagen, sie sollten sich von einigen Kisten trennen. Ein paar Tonnen weniger bedeuteten viel für einen so empfindsamen Mechanismus, wie ein U-Boot es war. Von Essen hatte das entschieden abgelehnt und auf den Befehl von Dönitz hingewiesen. Der Kapitän hatte keine Wahl.

Ich wusste, dass am Morgen des 5. Mai an allen Fronten Nordeuropas Waffenstillstand erklärt wurde. Aber im U-Boot war die Funkanlage kaputt, also kämpften sie weiter. Hätte Herbert Lucas sich entschieden, an der Oberfläche zu liegen, wären sie Kriegsgefangene geworden und die Männer der Besatzung säßen jetzt daheim in Deutschland als Großväter, statt als Skelette in einer Grotte im Nordatlantik herumzuliegen.

Im Torpedoraum verhandelten sie darüber, was sie machen sollten. Sie wollten nicht mit der Sprache raus, was in den Kisten war, und auch nicht sagen, wohin die Fahrt gehen sollte. Lucas machte ihnen klar, dass sie mit nur einem Motor nicht weit kommen würden. Außerdem war die Achse schief und konnte jeden Moment brechen. Sein Vorschlag ging dahin, Norwegen anzulaufen, aber davon wollten die Passagiere nichts wissen. Der Kapitän schrieb, dass mit den Männern und ihrer Fracht etwas nicht stimmte.

6. Mai, 02.00, 1. Maschinist sagt, wir können die Maschine versuchen. Sie dreht sich, wenn auch mit ohrenbetäubendem Lärm, der sehr lästig ist. Man kann vor Krach nicht denken. Wenn auch unter großer Mühe, weil in den Tanks so viel Wasser ist, fuhren wir los. Haben die beiden Zaunkönig-Torpedos ins Blaue geschossen. Damit sind wir drei Tonnen leichter und wehrlos. Mussten fast die gesamte Pressluft benutzen, um die Tanks zu leeren. Dunkel, eingeschränkte Sicht. Leichter Wind. Wir fahren in

nördlicher Richtung mit ca. 8 Knoten. Noch keinen Bescheid, wohin es geht.
06.00, halte mich meistens auf der Brücke auf, dort entgehe ich dem Krach. Die Luft ist schwer, kein Flugzeug zu hören. Merkwürdig, das ist nicht normal, so nahe bei den britischen Inseln. Der Rückstoß der Maschinen sorgt dafür, dass die Tanks sich nicht wieder mit Wasser füllen, das aber nur mit Müh und Not. Ich wage es kaum noch zu tauchen, will jedenfalls unter keinen Umständen still liegen.
12.00, von Essen, ich kann diesen Mann einfach nicht leiden, er sagte, wir sollen Kurs auf Island nehmen. Ich willigte ein, weiß aber, dass es nicht möglich ist. Ich muss eine Lösung finden.
7. Mai, 06.00, wir sind jetzt mehr als einen Tag gefahren und es geht sehr langsam. Der Lärm von der Achse wird immer unerträglicher, sie wird nicht mehr lange halten. Zum Glück nieselt es und die Sicht ist schlecht. Zweimal haben wir ein Flugzeug gehört, aber unseren Kurs nicht geändert. Entweder haben sie uns nicht entdeckt, was sie doch sonst immer taten, oder es ist etwas geschehen. Ob vielleicht der Krieg vorbei ist?
10.00, ich habe von Essen die Möglichkeit unterbreitet, die Färöer anzulaufen. Ich kenne das Meer in dieser Gegend ganz gut. ›Operation Weserübung‹ 1940 in Narvik zwang mich, die Färöer anzulaufen. Ich weiß, dass es auf den Inseln viele Grotten gibt, vor allem im Norden. Die U-Boot-Leitung war damals an diesen Inseln interessiert, zögerte aber zu lange. Nach Verhandlungen mit den anderen kam von Essen zurück und sagte, wenn wir Island nicht erreichen könnten, bliebe uns nichts anderes übrig, als nach einer meiner Grotten zu suchen. Die Fracht durfte unter keinen Umständen dem Feind in die Hände fallen. Ich schlug vor, das Boot zu versenken und an Land zu rudern. Das konnte er auch nicht akzeptieren. Die Fracht erscheint mir immer rätselhafter. Waffen sind es nicht, dafür sind die Kisten zu klein. Wahrscheinlich ir-

gendetwas Gestohlenes. Ich werde es schon noch herausfinden.

8. Mai, 18.00, wir nähern uns den Färöern und fahren an der Westküste entlang, um dann nordwärts zu suchen. Wir haben gute Seekarten, die Bucht von Sjeyndir sieht viel versprechend aus. Dort wohnt niemand und rundherum ist hohes Gebirge. Es gibt zwei Unterwasserriffs, vor denen ich mich in Acht nehmen muss.

Mir gefällt die Situation nicht. Ohne Funkgerät habe ich keinen Kontakt zu der Leitung, und als deutscher Offizier muss ich den Befehlen gehorchen, die ich erhalten habe. Von Essen sagt, dass der größte Teil der englischen Besatzungsmacht die Färöer bereits im Frühjahr 1944 verlassen hat, um im Juni an der Invasion in der Normandie teilzunehmen. Es sind nur noch ein paar Hundert Mann übrig und die kümmern sich sicher nicht so sehr um die Überwachung. Sie fühlen sich viel zu sicher. Die Gefahr, eine Bombe auf den Kopf zu kriegen, ist deshalb ziemlich gering.

9. Mai, 09.00, wir liegen jetzt bei Sjeyndir. Es gibt viele Grotten, aber ein U-Boot ist etwas anderes als ein Ruderboot. Es wird schwierig sein, eine Öffnung zu finden, die groß genug ist. Das Wetter ist passabel, trocken und mit genügend Nebel in der richtigen Höhe, sodass die Flugzeuge nicht weit sehen können. Mir gefällt es nicht, dass von Essen bewaffnet ist, die drei anderen sicher auch. Ich habe ihm gegenüber geäußert, dass es an Bord eines U-Bootes üblicherweise keine anderen Waffen außer dem Revolver im Schrank des Kapitäns gibt. Wenn das Funkgerät nur funktionieren würde!

17.00, die Männer sind den ganzen Tag über an den Klippen entlanggerudert. Nichts gefunden.

10. Mai, 06.00, ich habe unseren Passagieren erzählt, dass die U 999 an dieser Stelle sinken wird, wenn wir nicht bald eine Grotte gefunden haben. Keiner antwortete.

13.00, einer der Männer sagt, er habe eine Grotte gefun-

den, die oben zwar sehr eng ist, sich aber unterhalb des Wasserspiegels ausweitet. Wir werden es versuchen. Gott mag wissen, wie wir von hier wegkommen. Wahrscheinlich müssen wir uns den Engländern ergeben. Es gibt keinen Zweifel: Die Niederlage erwartet uns. Zum Glück, es ist in letzter Minute.

Die letzte Minute für den Kapitän war es auf jeden Fall.

Ich sah zu ihm hinüber. Nachdem ich sein Logbuch gelesen hatte, konnte ich ihn nicht so liegen lassen. Ich hob den Unterkiefer vom Boden auf, drehte den Schädel um und legte den Kiefer wieder an seinen Platz. Die Mütze war in die Stirn gerutscht, ich schob sie weiter in den Nacken, so sah der Schädel lebendiger aus.

Mehr stand nicht im Logbuch, aber es war genug, um daraus zu schließen, dass Kapitän Herbert Lucas und seine Besatzung von einem Jürgen von Essen und drei anderen von der Sorte umgebracht worden waren. Zweifellos Nazis, die versuchten, in ferne Länder zu fliehen und so viel Diebesgut mitzunehmen, wie sie nur konnten.

Ob der eine der beiden Älteren an Bord der *Eva* wohl von Essen war?

Ich sah auf die Uhr. Es war schon nach sechs. Ich erschrak. Es war mir gar nicht aufgefallen, dass ich schon so lange in dem U-Boot war. Es war höchste Zeit herauszukommen und Leute zu informieren, aber zuerst musste ich nachsehen, ob die Kisten noch im Torpedoraum waren.

42

Im Raum vor der Kapitänskajüte waren vier Kojen, auf dreien lag eine Reisetasche.

Weiter vorn öffnete ich eine Schotttür und sah in einen langen Raum mit Kojen und Arbeitstischen an den Längsseiten. Das war vermutlich der Torpedoraum, von dem der Tod ausging. Vier Luken ganz vorn am Steven unterstrichen meine Vermutung.

Unter der Decke hingen Kabelbündel und Rohre. Ebenso hinter den Kojen. Rohre und Kabel überall, wohin man auch blickte.

Der Boden war höher als im übrigen U-Boot, fast auf gleichem Niveau mit der Schottkante, und als ich nach unten leuchtete, sah ich, warum. Der Boden bestand aus losen Planken und zwischen ihnen waren kleine Holzkisten zu erkennen, die etwa einen halben Meter lang und dreißig Zentimeter breit waren. Ich legte das Logbuch hin, ergriff mit beiden Händen eine Planke und schob sie zur Seite. Es stand nichts auf den Kisten, nicht einmal eine Zahl. Die Bretter waren festgeschraubt und die Schraubenköpfe anschließend zerstört worden. Jemand hatte dafür gesorgt, dass nicht jeder Erstbeste Zugang zu dem Inhalt hatte. Ich nahm eine der Kisten und versuchte, sie hochzuheben. Sie war verdammt schwer, aber es ging. Ein erwachsener Mann konnte sie tragen, sie wog ungefähr sechzig bis siebzig Kilo, aber man kam nicht weit mit so einem Gewicht auf dem Rücken, und hier gab es hunderte davon.

Unter einem der Arbeitstische fand ich einen Kuhfuß und machte mich damit an der Kiste zu schaffen. Es ging langsam, die Bretter waren dick und die Schrauben rührten sich nicht. Mit meiner Geschicklichkeit war es auch nicht so weit her und die Kiste hatte den Drang, immer wieder aus dem Licht zu rutschen, sodass ich sie mehrere Male wieder zurechtrücken musste. Zum Schluss hatte ich ein Brett gelöst und das nächste folgte schnell darauf.

Zuoberst lag Sägemehl, aber als ich die Hand hineinschob, fühlte ich etwas Hartes, Kaltes an den Fingern. Ich schob das Sägemehl beiseite und eine Reihe Goldbarren kamen zum Vorschein. Ich nahm einen in die Hand und fühlte, wie schwer er war. *Banca d'Italia* war auf ihm eingestempelt.

Ein Schauer durchlief mich. Laut Herbert Lucas wogen die Kisten etwa zwanzig Tonnen. Der Wert musste mehrere

Milliarden betragen. Ein Mehrfaches des färöischen Staatshaushaltes.

Hier kam also die italienische Spur wieder zum Vorschein. Das Kleeblatt Kesselring, Kappler und die Banca d'Italia ergaben eine tödliche Mischung. Das konnte ein anderes Kleeblatt, Sonja, Hugo und Andreas-Petur, nur bestätigen.

Das Licht begann zu flackern. Verflucht nochmal, daran hatte ich überhaupt nicht gedacht. Die Batterien hatten schon mehrere Stunden gearbeitet und vermutlich waren sie nicht ganz neu. Ich machte die Lampe aus und setzte mich im Stockfinstern hin, um die Batterien herauszunehmen und sie in anderer Reihenfolge wieder einzulegen. Manchmal half das, wenn auch nur für eine Weile, aber ich hatte auch nicht geplant, an Bord der U 999, von der Mannschaft *Der Riese* genannt, zu übernachten. Das Licht sollte mir nur den Weg in die Helligkeit weisen.

Der Augenblick der Finsternis war unangenehm. Es donnerte in der Ferne, ansonsten war es still wie in einem Grab. Dieser Metapher beschleunigte das Auswechseln und ließ mich noch stärker hoffen, dass die Batterien halten mochten, bis ich den Tunnel durch den Steinrutsch hinter mir hatte.

Das Licht ging, Gott sei Dank. Ich nahm das Logbuch und einen Goldbarren und ging durch das U-Boot zurück. Ich schaute bei Kapitän Herbert Lucas hinein, der fast buchstäblich mit dem Kopf unterm Arm dasaß, und dankte ihm für seine Hilfe. Dann kletterte ich schnell die Leiter hoch, ließ das Gewehr unter dem Brückenrand liegen, ich hatte schon genug zu schleppen, und außerdem besaß ich ja den Revolver des Kapitäns. Unten am Strand legte ich Buch und Goldbarren in die Tasche, und während das Licht immer schwächer wurde, lief ich das Ufer entlang zum Steinrutsch.

Im Tunnel erlosch das Licht. Es hatte keinen Zweck, damit noch etwas zu unternehmen, also tastete ich mich, so gut ich konnte, auf dem unebenen Weg voran. Der Tunnel war ganz unregelmäßig geformt, wie die Felsstücke gefallen waren, und was mit einer Lampe recht mühelos war, gestaltete sich in der rabenschwarzen Finsternis doch ziemlich beschwerlich.

Das Tunnelende leuchtete gräulich, und als ich den Kopf herausstreckte und mein Blick die Grottenöffnung traf, wurde ich vom Licht geblendet. Im selben Augenblick war da ein anderes Licht, das explodierte, aber diesmal in meinem Kopf.

43

Ich muss wohl nicht allzu lange ohnmächtig gewesen sein, denn als ich wieder zu mir kam, standen sie um mich herum. Einer der Blonden hielt eine Maschinenpistole und auf dem Felsblock war so wenig Platz, dass ich direkt in sie hineinschaute.

Alle vier trugen Freizeitkleidung: Turnschuhe, blaue Hosen und weiße Windjacken, in dieser Reihenfolge sah ich es aus meinem Blickwinkel. Der Glatzköpfige mit der Brille lächelte wie immer und wie immer sahen die Zwillinge völlig ausdruckslos drein. Der Weißhaarige, den ich bisher noch nicht aus der Nähe gesehen hatte, betrachtete mich neugierig mit grauen, prüfenden Augen. Er sagte nichts, aber die fachmännische Art, mit der er mich begutachtete, ließ den Wunsch in mir aufkommen, so schnell wie möglich fortzukommen. Hinter dem ausdruckslosen Gesicht konnte man eine wissenschaftliche Freude ahnen, dieselbe wie in dem Blick eines Schmetterlingssammlers, wenn er dem kleinen Insekt Gift verabreicht und es mit der Nadel durchsticht.

»Habt ihr in der Schule nicht gelernt, dass man nicht stehlen darf?« Der Brillenträger spielte mit dem Goldbarren und sah mich dabei spöttisch an.

»Aber wir verzeihen dir noch einmal«, fuhr er fort. »Ohne deine Hilfe hätten wir wohl nie die richtige Grotte gefunden. Der Steinrutsch hat alles so sehr verändert, dass wir sie nicht wiedererkannt haben. Wir hätten noch lange suchen können.«

Ich versuchte aufzustehen, aber sofort wurde mir die Maschinenpistole auf die Brust gesetzt. Und das fest.

»Lass ihn sich hinsetzen«, sagte der Brillenträger zu dem Jungen.

»Vielen Dank«, sagte ich. »Mr. Jürgen von Essen, I presume?«

Er grinste mich an. »Nein, ganz und gar nicht. Du hast also das Logbuch dieses albernen Kapitäns gelesen. Er hat natürlich nicht den richtigen Namen erfahren.«

»Erfahre ich ihn denn?«

»Jetzt nicht, vielleicht später. Wir wollen ins U-Boot, zum Gold, und du kommst mit. Wenn du versuchst, uns auszutricksen, schießt Günther dich über den Haufen.«

Er wandte sich dem anderen Zwilling zu. »Du gehst vor, danach kommt unser hochverehrter Journalist Hannis Martinsson, nach ihm Günther. Wir beiden Älteren lassen es ruhig angehen und kommen als Letzte.«

Sie kannten meinen Namen, aber das war nicht weiter verwunderlich. Wenn man einen Mann mehrmals zusammengeschlagen und versucht hat, ihn zu verbrennen und in die Luft zu sprengen, dann ist es wohl nicht zu viel verlangt, dass man weiß, mit wem man es zu tun hat.

Mit mir in der Mitte krochen wir drei durch den Tunnel, und auch wenn es schwierig war, so achteten Hans und Günther darauf, dass einer von ihnen immer seine Maschinenpistole auf mich gerichtet hielt. Wie ein zusammengeklapptes Butterbrot bewegten wir uns durch die Steinlawine.

An Bord der U 999 ketteten sie mich an einen Esstisch, der im Boden verbolzt war. Ich konnte auf einer Koje sitzen, musste mich aber vorbeugen, die Arme auf beiden Seiten des Tischbeins herunterhängend. Oder ich setzte mich auf den Boden.

Ich konnte in den Torpedoraum sehen, wo sie leuchteten und kommandierten, und kurz darauf ging direkt neben der

Tür eine Luke auf. So mussten sie nicht über das Vorderdeck. Hans und Günther konnten nun ganz einfach binnen einer Nacht die Kisten an Bord des Schoners bringen.

Was passieren würde, wenn die Nacht vorbei war, darüber wollte ich lieber nicht nachdenken.

Die Handschellen saßen so stramm, dass sich das Blut in den Fingern staute. Ich zitterte vor Kälte und ich hatte Angst, dass das Spiel verloren wäre, wenn meine Hände steif wurden. Also schloss und öffnete ich sie in einem fort, um den Blutkreislauf in Gang zu bringen und damit die Finger wieder warm wurden.

Den Revolver hatten sie mir natürlich auch weggenommen, genau betrachtet, steckte ich verdammt in der Klemme. Eine Kugel würde ein kleines Loch im Nacken machen, sich auf ihrem Weg öffnen und den größten Teil des Gesichts mitnehmen.

»Sitzt du gut oder denkst du an deine Zukunft?« Der Glatzköpfige setzte sich auf eine Koje gegenüber. »Da gibt es nicht mehr so furchtbar viel zu planen.« Seine Augen lächelten und er wirkte rundherum entgegenkommend. »Der Grund, warum du nicht jetzt schon auf dem Grund des Meeres liegst, ist der: Ich will wissen, mit wem du geredet hast. Das ist nicht sonderlich wichtig, weil es sowieso niemanden gibt, der dir glaubt, aber ich weiß gern Bescheid über das, was vor sich geht.«

Das Lächeln änderte sich nicht. »Erzählst du es mir freiwillig oder sollen Ritschek und ich dir ein paar Tricks zeigen? Früher waren wir mal Spezialisten dafür, Leute zum Reden zu bringen, und wir haben noch nicht alles vergessen.«

Daran zweifelte ich nicht und ich war überhaupt nicht scharf darauf, ihre Fähigkeiten zu bewundern. Und schon gar nicht mit mir als Versuchskaninchen. Aber was konnte ich tun? Versuchen, Informationen aus ›von Essen‹ herauszubekommen und dabei Zeit zu schinden? Wie Mr. Micawber bei Dickens sagt: *Es wird sich schon was finden.* Ich hatte bereits erfahren, dass der Weißhaarige Ritschek hieß.

»Ob es wohl möglich wäre, den Zusammenhang zu erfahren, bevor ihr mich an den point of no return schickt? Das Wenige, was ich weiß, werde ich euch schon erzählen. Ich glaube nicht, dass ich eine andere Wahl habe.«

»Das ist ganz richtig. Aber warum es notwendig sein soll, dir den Zusammenhang zu erklären, leuchtet mir nicht ganz ein. Du hast das Gold gefunden und das Ende deines Auftritts hier auf Erden ist absehbar.«

Er zeigte keinerlei Gefühle. Der Lärm vom Torpedoraum, wo sie unter den Augen von Ritschek die Kisten schleppten, und ich, unter dem Tisch angekettet, waren anscheinend nichts Außergewöhnliches für ihn. Es schien ihn nicht im Geringsten zu stören.

»Wie heißt du, wenn der Name im Logbuch falsch ist?« Ich konnte es wenigstens versuchen. Draußen auf der Klippe hatte er einen Hauch von Emotionen offenbart, als er seine Verachtung für den Kapitän zeigte.

Er lächelte. »Ja, der Kapitän. Es schien leicht, ihn hinters Licht zu führen, aber später habe ich überlegt, ob er nicht doch begriffen hat, was vorging. Das Logbuch hat er jedenfalls vor uns verstecken können. Obwohl wir das ganze Boot durchsucht haben, konnten wir es nicht finden. Du hast es gefunden, wo war es denn?«

»Er hat drauf gesessen.«

»So einfach war das? Ja, man sieht manchmal den Wald vor lauter Bäumen nicht.«

Er zog einen dunklen Zigarillo aus der Jackentasche und zündete ihn mit einem goldenen Feuerzeug an. Zwischen den Zügen sagte er: »Das kann uns ja heute ganz egal sein und vielleicht konnte es das auch schon damals, aber wir von der SS legen großen Wert auf Pflichtbewusstsein und *Gründlichkeit.*«

Das letzte Wort sagte er auf Deutsch mit Nachdruck und Hochmut.

Ich war drauf und dran, ihm zu sagen, dass das einzige Pflichtbewusstsein, das ich beim Rückblick auf den Zweiten

Weltkrieg sehen konnte, in der Zerstörung von Menschen und Ländern bestand. Möglicherweise wollte er mit seinen Andeutungen genau darauf hinaus, aber ich wollte ihn um alles in der Welt nicht provozieren.

Im Torpedoraum ging es geschäftig zu und ich hörte eine dünne Stimme Befehle erteilen. Die Worte verstand ich nicht, aber die Stimme gehörte zu Ritschek. Sie klang feminin und passte überhaupt nicht zu einem Mann seiner Größe. Ich verstand sehr gut, warum er so wenig sprach.

»Wer ist Ritschek?« Das Gespräch durfte nicht enden, dann wäre es um mich geschehen.

Die Lampe lag auf der Koje und warf ihr Licht auf mich, ließ aber gleichzeitig trollartige Schatten auf dem Gesicht des Mannes entstehen, der nicht von Essen hieß. Er erinnerte an eine von William Heinesens Karikaturen.

»Es ist unglaublich, wie viel du heute Abend fragst, und ich glaube, ich weiß, warum.« Jetzt lächelte er, sodass seine weißen Zähne zum Vorschein kamen. »Ja, warum sollen wir uns nicht die Nacht mit einer Plauderei verkürzen. Die anderen werden hier nicht vor Mitternacht fertig sein.«

Ich spürte, wie meine Schultern sich entspannten und ich wieder atmen konnte. Ich hatte noch eine Frist erhalten.

44

»Viktor Ritschek ist Sudetendeutscher und wie ich SS-Mann.« Er richtete sich auf. »Ritschek hat großartige Arbeit im Lager Mauthausen vollbracht, aber nach dem Krieg haben die Leute unsere großen Pläne nicht begriffen und er musste fliehen. Was ihn aber am härtesten getroffen hat, war die Tatsache, dass er seine Hunde töten musste, die konnte er nicht mitnehmen.«

Er blies den Rauch in meine Richtung und versank in Erinnerungen. Von draußen waren Stöhnen und leises Gemurmel zu hören. Die Schatten in der Türöffnung waren lang und bewegten sich ruckartig vor und zurück. Hier ging es zu wie in Helhjem oder in Wielands Schmiede, und Totenschädel, aus denen man Becher machen konnte, gab es auch genug.

»Sie waren darauf dressiert, Juden an die Kehle zu springen. Nach dem Krieg gefiel gerade das den Leuten nicht, aber so etwas ist doch der reinste Quatsch. Ist man mitten im Kampf, nimmt man das, was einem zur Verfügung steht. Ob der eine oder andere von den Hunden gefressen wurde, war doch nebensächlich.«

Jetzt sah er mich direkt an. »Ihr Journalisten wart schwer damit beschäftigt, die so genannten Verbrechen zu beschreiben, die wir während des Krieges begangen haben sollen. Blödsinn. Wir haben noch viel zu wenig getan. Sieh dir die Welt heute doch nur an.« Er schwang den Zigarillo hin und her.

»Du leugnest also nicht die Konzentrationslager?«, fragte ich.

»Natürlich nicht. Ich bin stolz auf sie. Wir hätten noch mehr haben sollen, aber wir haben zu spät damit angefangen und weder England noch die USA haben etwas davon begriffen. Aber so mancher Engländer wird später bereut haben, dass er sein Leben für die Juden aufs Spiel gesetzt hat, als sie nach dem Krieg in Palästina auf ihn geschossen haben. Und wie sieht es da heute aus? Die Juden machen immer nur Ärger und wir hatten in den Dreißiger- und Vierzigerjahren eine Lösung für das Problem, aber die Alliierten haben sie vereitelt. Und dann haben sie sich auch noch mit den Bolschewiken verbündet. Jetzt bereuen sie es. Der Trunkenbold Churchill, dieses Arschloch, hat die Amerikaner gewarnt, aber niemand hat auf ihn gehört.«

Er redete sich warm, hatte die Ellbogen auf die Knie gestützt, und jetzt sah ich, dass er mitten auf der Glatze eine Narbe hatte.

Er sah, wohin mein Blick ging, und strich mit den Fingern der linken Hand darüber. »Die habe ich an der russischen

Front gekriegt und ich bin stolz darauf. Das ist ein Ehrenzeichen und zeigt, dass ich kein Hosenscheißer bin, sondern bereit, mein Vaterland und dessen historisches Recht auf genügend Lebensraum zu verteidigen.«

»Warum sollen denn die Juden schuld an allem Übel auf der Welt sein?«

»Das sind sie nun mal«, sagte er scharf. Dann zeigte sich ein kleines Lächeln in den Mundwinkeln. »Vielleicht hat der Führer sich geirrt, als er sich nur auf die Juden konzentriert hat. Wir hätten uns genauso darum kümmern müssen, das arabische Pack loszuwerden, aber das ließ sich aus politischen Gründen nicht machen. Heute können wir diese Idioten gut gebrauchen, aber ihre Zeit wird noch kommen.« Er schwieg einen Moment und fuhr dann fort: »Wusstest du, dass für die arabische Ausgabe von *Mein Kampf* die wenig schmeichelhaften Bemerkungen über die Semiten, zu denen natürlich auch die Araber gehören, nicht übersetzt wurden?« Er grinste vor sich hin und zog zufrieden an seinem Zigarillo.

Das würde eine Marathonvorlesung werden, aber genau das wollte ich ja.

»Es gibt auch nicht viele, die wissen, dass wir eine muslemische SS-Division hatten. Stell dir vor! Ein Heer von Semiten, die geschworen haben, alle Semiten auszurotten! Sie sind wahnsinnig, diese verfluchten Mohammedaner, und darüber hinaus sind sie noch dabei, Europa zu überschwemmen. Sie kommen, um sich hier oben in den nördlichen Ländern durchzufressen. Aber das geschieht euch nur recht. Ihr hättet lieber auf uns hören sollen, dann wäret ihr nicht in diese Falle geraten. Und jetzt könnt ihr nichts tun. Wenn nur einer den Finger hebt, rufen alle: Rassismus!, wird einer wegen Drogenschmuggel ins Gefängnis geworfen, dann ist das auch Rassismus. Mistkerle, ich werde euch euren Rassismus zeigen!«

Es blitzte hinter den Brillengläsern. »Wenn wir die Welt wieder regieren, wird nichts von diesem Rassismusgeschrei übrig bleiben. In den Ofen oder nach Afrika, das ist mir egal. Umso besser, wenn sie sich in den Bäumen oder im Wüstensand aufhalten, dann brauchen wir keine Zeit und Kraft aufzuwenden, um unsere Länder zu desinfizieren, sondern können gleich das Vierte Reich aufbauen.«

Ich hatte schon vorher das Gefühl gehabt, dass diese Männer sich seit dem Zweiten Weltkrieg überhaupt nicht geändert hatten, sie lagen nicht gerade auf den Knien und bereuten. Aber dass sie noch schlimmer geworden waren, das hatte ich nicht gedacht. Sollten sie an die Macht kommen, wären sie gefährlicher als je zuvor.

»Du hast mir immer noch nicht gesagt, wie du heißt«, sagte ich.

»Ernst Stangl, Obersturmbannführer der Waffen-SS«, kam es wie aus der Pistole geschossen. Es fehlte nur noch, dass er die Hacken seiner Turnschuhe zusammenknallte. »Sagt dir der Name was?«

Ich schüttelte den Kopf.

»Der Nachname, meine ich«, sagte er sanft.

Irgendetwas dämmerte mir, aber ich konnte es nicht fassen, also schüttelte ich erneut den Kopf.

»Ich selbst bin nicht so bekannt, nur unter meinesgleichen, und das ist auch gut so, aber einige müssen hervortreten und eine größere Verantwortung übernehmen als gewöhnliche Menschen. So eine herausragende Persönlichkeit war mein Bruder Franz. Schon als wir noch Kinder waren ...« Ernst Stangl sah vor sich hin. »Nun ja, es hat keinen Zweck, Fremden etwas über die eigene Kindheit zu erzählen, aber eine glücklichere Kindheit als die von Franz und mir, die gibt es wohl nicht.«

Einen Augenblick herrschte Schweigen und ich saß mucksmäuschenstill, damit er den Faden nicht verlor.

»Franz war ab 1941 Kommandant in Treblinka und es gelang ihm, noch unter den größten Schwierigkeiten die Produktion am Laufen zu halten. Man hat mir erzählt, dass während seiner Zeit in Treblinka ungefähr 700.000 Juden getötet wurden. Wenn das keine Leistung ist!«

Das konnte ich bestätigen. Ich erinnerte mich an die Lektüre in der Landesbibliothek.

»Nach dem Krieg ging er nach Rom, und unser treuer Freund, Bischof Hudal, versteckte ihn und half ihm, nach Brasilien zu kommen. Dort ging es ihm ausgezeichnet, er arbeitete in der Volkswagen-Fabrik in Sao Paulo, seine Frau und seine Kinder waren bei ihm und er war auch in unserer Arbeit engagiert. Aber dann ...«

Ernst Stangl zerbrach den Zigarillo zwischen den Fingern und trat ihn auf dem Boden aus.

»Ich habe es Ritschek oft vorgeworfen. Warum, zum Teufel, hat er diesen jüdischen Satan nicht umgebracht, als er die Möglichkeit dazu hatte? Er hätte ihn von seinen Hunden auffressen lassen können, aber dann wären die sicher an Vergiftung gestorben.«

»Von wem redest du?«, fragte ich vorsichtig.

»Von Simon Wiesenthal, von wem denn sonst?« Er schien keine Antwort auf seine Frage zu erwarten, denn er fuhr fort: »Wiesenthal fand Franz und machte ihm das Leben zur Hölle, doch wenn Robert Kennedy nicht gewesen wäre, hätte Brasilien ihn sicher nicht den deutschen Gerichten ausgeliefert. Verdammte Judenfreunde! Franz starb kurz nach dem Prozess in Düsseldorf. Hätte Ritschek Wiesenthal in Mauthausen umgebracht, wäre nichts von alledem passiert. Aber Ritschek sagt, dass es in Mauthausen so viele Juden gab, dass er nicht wissen konnte, wer Wiesenthal war, und letztendlich war nicht er es, der den Befehl gab, die letzten Gefangenen leben zu lassen. Wäre es nach ihm gegangen, wäre niemand lebend dort herausgekommen. Trotzdem überlege ich oft, was gewesen wäre, wenn Ritschek ...«

Sein Kinn sank auf die Brust, für einige Minuten war er in Gedanken versunken. Ich fror immer stärker und versuchte, das Gewicht von einer Pobacke auf die andere zu verlagern. Es half wenig.

»Aber unsere Zeit ist bald gekommen«, sagte Ernst Stangl mit kräftiger Stimme. »Die kommunistischen Länder brechen auseinander und wir sind bereit, die Macht zu übernehmen. Die Westmächte sollen sich nur raushalten, keinen Marshallplan, kein Gerede davon, den Schwachen zu helfen. Die Schwachen haben in unserer Welt keine Rechte, die Schwachen müssen weg. Ausradieren! In den baltischen Ländern haben wir während des Krieges viele unserer tüchtigsten Helfer gefunden und sie sind immer noch bereit. Ich werde dir ein Beispiel erzählen, das für alle Länder Europas passt. Die Besatzungsmacht hatte eines unserer lettischen SS-Regimenter gefangen genommen und es nach Deutschland ins Lager in Zedelheim gebracht. Im Lager gründeten sie die Organisation ›Daugavas Vanagi‹, die Falken von Daugavas, und schworen sich, Lettland wieder zu erschaffen, und zwar ein faschistisches, antisemitisches und antikommunistisches Lettland. Jetzt haben sie die Chance.«

»Die Westmächte werden es niemals zulassen, dass eine solche Regierung die Macht übernimmt«, sagte ich, während ich gleichzeitig fasziniert war von den Äußerungen des SS-Mannes.

»Die Westmächte«, schnaubte er verächtlich. »Ich kann dir einiges über deine Westmächte erzählen, was sie gar nicht gern gedruckt sehen würden. Nur ein kleines Beispiel dafür, wie viel ihnen Ideale bedeuten: ›Daugavas Vanagi‹ gründeten in verschiedenen Ländern Unterorganisationen, eine der Hauptgruppen entstand in Schweden, wo es von Balten wimmelt. Deren Führer war Karlis Lobe, wir nannten ihn den ›baltischen Eichmann‹, unter anderem deshalb, weil er als Standartenführer so hervorragende Arbeit geleistet hatte. So war in Ventspils kein einziger Jude mehr übrig, nachdem er und seine Männer dort gewesen waren. Aber obwohl die Schweden, darunter auch Tage Erlander, ganz genau wussten, wer Karlis Lobe war, durfte er in Ruhe und Frieden in Stockholm leben. Die Polizei gab ihm den Befehl, er solle sich nicht darum kümmern, was die Kommunisten befahlen oder forderten. Aber die Wahrheit ist: Antikommunistische Nazis sind gute Nazis und antikommunistische

Massenmörder sind gute Massenmörder. Gäbe es nicht solche Narren wie Simon Wiesenthal und andere, hätten wir nichts zu befürchten. In den USA gibt es Orte, in denen fast jeder Parteimitglied gewesen ist, wie zum Beispiel South River in New Jersey. Also komm mir nicht mit deinen Westmächten!«

Er holte die Zigarilloschachtel aus der Tasche und nahm sich einen neuen. Er schien ausgezeichneter Laune zu sein. Entweder weil er mir die Vorlesung halten durfte oder weil sie schließlich doch noch das Gold gefunden hatten. Das kam für sie wohl unerwartet, denn offensichtlich hatten sie nicht selbst die Grottenöffnung gesprengt. Durch einen Zufall hatte das U-Boot hier ein Jahrzehnt nach dem anderen liegen dürfen, anstatt entdeckt oder vom Meer zerschmettert zu werden, und der gleiche Zufall war schuld daran, dass ich hier saß.

»Was denkst du, warum es so vielen gelungen ist, zu entkommen? Glaubst du, das haben sie allein geschafft? Weit gefehlt! Das U-Boot, das ist eine andere Geschichte, zu der können wir auch noch kommen. Aber nimm nur zum Beispiel Ritschek. Was meinst du, wo er all die Jahre gewesen ist?«

»In Paraguay?«

»Nur in den letzten Jahren. Nein, Ritschek hat in Schweden gelebt, und obwohl die Behörden und die Polizei natürlich wussten, wer er war, ist es ihnen nicht im Traum eingefallen, es jemandem zu erzählen.«

»Warum nicht?«

»Du kennst dich in Geschichte nicht aus, wenn du so fragst. Du denkst an das Schweden von heute, den Wohlfahrtsstaat und Olof Palmes und Ingvar Carlssons internationale Rhetorik, aber dahinter gibt es ein anderes Schweden. Schweden war eines der sichersten Verstecke für unsere Parteigenossen. An Hilfe hat es dort nie gemangelt. Eine andere Sache, über die du dir offenbar nicht im Klaren bist, ist die, dass Dänemark der beste Fluchtweg für uns war. Einmal wegen der Nähe zu Schweden, aber auch weil in Dänemark niemand etwas unternommen hat. Das machen sie heute auch nicht. Land und Leute müssen zu den blödsinnigsten der Welt gehören. Kein Ernst, kein Rückgrat. Otto Skorzeni, von ihm hast du doch wohl gehört?«

Ohne eine Antwort abzuwarten, fuhr er fort: »Skorzeny rettete Mussolini mit einem Segelflugzeug. Eine Heldentat. Aber er hat außerdem auch die Fluchtroute durch Dänemark organisiert. Er war es, der das SS-Lazarett im Schloss Gråsten zu einem Flüchtlingszentrum umfunktioniert hat. Josef Mengele, der berühmteste von allen, war eine Zeit lang dort. Selbst Himmler hielt sich in der Nähe auf. Er rechnete damit, in Schweden untertauchen zu können und dass Folke Bernadotte ihm helfen würde, nun ja, das trauten sich die Schweden nun doch nicht. Aber gerade Folke Bernadotte war uns ein treuer Freund. Warum er den Juden auch noch helfen musste, das weiß ich nicht, jedenfalls hat er seine verdiente Strafe erhalten, als sie ihn in die Luft gesprengt haben. Weißt du, wie sie jemanden wie Viktor Ritschek genannt haben? Den ›Nürnberg-Lackaffen‹!« Er lachte laut.

Ernst Stangl erhob sich und ging auf und ab.

»Wer hätte gedacht, dass es in einer Grotte so kalt ist. Ich habe immer gehört, dass es wärmer wird, je weiter man ins Erdinnere kommt.«

Er schlug die Arme um sich.

»Doppelmoral und Heuchelei, das ist das Einzige, was bei deinen Westmächten zu finden ist. Geld allein zählt für sie. Keine Ideale wie bei uns. Wir haben ein Ziel, auf das wir hinarbeiten, und wenn die Macht wieder unser ist, dann werden wir eine Welt schaffen, in der es sich zu leben lohnt. Und wir haben unsere Leute überall sitzen, selbst in den höchsten Positionen. Die, die von Anfang an dabei waren, sind jetzt natürlich langsam alt geworden, aber sie haben selbst ihre Nachfolger ausgewählt. Und du kannst sicher sein, dass diese nicht zufällig ausgewählt worden sind. Wir hatten und haben unsere Organisationen, von einigen hast du sicher gehört, auch wenn die meisten Bezeichnungen reichlich verfälscht sind: ODESSA, Die Spinne, Bruderschaft, Kameradenwerk, Die Schleuse und noch andere. Aber unsere Organisationen hätten nicht so viel Schlagkraft, wenn sie nicht von anderen Organisationen unterstützt werden würden.«

»Was für Organisationen?«, warf ich ein.

»Amerikanische, englische, französische, ja, sogar russische. Am hilfreichsten von allen war der CIA, die amerikanische Gegenspionage, dort gab es viele Leute, die nur auf diesem Feld engagiert waren. ›Operation Safehaven‹, ›Operation Ratline‹ und ›Operation Paperclip‹. Letztere war vor allem gegen Wissenschaftler gerichtet, ab und zu drangen sie auf russisches Territorium vor und entführten Leute.«

Er grinste erneut höhnisch, sprach aber nicht weiter. Stattdessen ging er in den Torpedoraum hinaus. Ich konnte ihn dort reden hören, aber der Lärm mit den Kisten ging weiter, deshalb verstand ich nicht, was gesagt wurde.

Meine Situation war alles andere als behaglich, und das Schlimmste dabei war, dass ich keinen Ausweg sah. Alle Wege waren versperrt, die Kugel war mir sicher. Ich genoss für einen Moment diese angenehmen Gedanken.

Ernst Stangl setzte sich wieder auf die Koje mir gegenüber. Er hatte einen Pappbecher mit Kaffee, aus dem er trank. Ich roch den Kaffeeduft und mein Magen machte mich darauf aufmerksam, wie hungrig und durstig wir waren. Aber nie im Leben hätte ich dieses Untier um irgendein Entgegenkommen gebeten.

Stattdessen sagte ich: »Und was ist mit dir? Woher kommst du? Und das U-Boot?«

»Bist du nicht eigentlich mit Erzählen dran?« Die blauen Augen betrachteten mich spöttisch, während er einen Schluck Kaffee nahm.

Der Dampf stieg aus dem Becher und ich fühlte, wie steif gefroren ich war.

»Aber lass mal, du hast sowieso nichts von Bedeutung zu sagen.« Er stellte den Becher hin und begann erneut, auf und ab zu gehen. »Du hast das Gold gesehen und weißt also, dass es aus der italienischen Nationalbank stammt. 1944 konfiszierte Kesselring, damals der Oberkommandierende für Südeuropa, das Gold der italienischen Nationalbank, es waren hundertsiebzehn Tonnen. Davon tauchten vierundneunzig wieder auf, an den verschiedensten Orten, aber man wusste zumindest, was aus ihnen geworden war. Dreiundzwanzig Tonnen verschwanden und seitdem hat man in ganz Europa nach ihnen gesucht. Ich weiß, dass in den letzten Jahren bei der Suche ein großer Teil vom Sorattogebirge abgetragen wurde. Das liegt fünfzig Kilometer nördlich von Rom«, fügte er hinzu.

»In Italien sind Gerüchte im Umlauf, wonach es unter dem Gebirge eine Grotte gibt, in der das Gold sein soll. Stimmt, das Gold ist in einer Grotte, aber auf einem ganz anderen Breitengrad.«

Jetzt war Ernst Stangl in allerbester Laune. Während er hin- und herging, strich er sich mit der Hand über die Narbe auf seiner Glatze und die Augen hinter den Brillengläsern strahlten. Ob ich das als gutes oder schlechtes Zeichen werten sollte, wusste ich nicht. Auch egal, das Ende wäre sowieso das gleiche.

»Herbert Kappler, ich zweifle nicht, dass du weißt, wer das ist, hat ein gutes Stück Arbeit geleistet, als er 1977 aus Italien geflohen ist. Er hat den Journalisten berichtet, dass er dafür, dass man ihm geholfen hat, aus Italien herauszukommen, verraten habe, wo genau das Gold unter dem Sorattogebirge liegt. Und jetzt suchen sie da mit allen Kräften. In Wirklichkeit war immer geplant gewesen, das Gold zu verstecken, damit wir es später benutzen konnten. Kesselring hat dafür gesorgt, dass er in einen Verkehrsunfall verwickelt wurde, von Vietinghoff löste ihn an der Front ab und Kesselring und Kappler konnten das Gold nach Deutschland schaffen. Aber dann begann das Unglück. Im März 1945, gerade als wir uns einen friedlichen Wohnsitz suchen wollten, ernannte Hitler Kesselring zum Oberkommandierenden für ganz Westeuropa. Er löste von Rundstedt ab. Kappler wurde versetzt, ich weiß nicht mehr, wohin. Zurück blieb ich mit dem Gold. Es gelang mir, nach Kiel und weiter nach Flensburg zu kommen, bevor Deutschland mitten durchgeteilt wurde. Nun saß Kesselring in Süddeutschland und Kappler, ja, das wusste keiner. Ich brachte Kesselring dazu, Dönitz anzurufen, der uns – wenn auch widerwillig – die U 999 gab, und auf die letzte Minute gelang es mir und drei meiner Männer, fortzukommen. Viele andere hatten auch geplant, abzuhauen. Bormann und mehrere seiner Männer hatten die neuen Walther-U-Boote erwischt, aber da kam nichts dabei heraus. Eins davon sank bei Ærø, soviel ich weiß. Zwei kleinere U-Boote fuhren bis nach Argentinien. Die U 977 war so frech, in Norwegen anzulegen und Passagiere an Bord zu nehmen, aber das Boot war so beschädigt, dass es nur über Wasser fahren konnte. Deshalb fuhren sie nachts und tauchten am Tage und sie brauchten drei Monate, um ans Ziel zu kommen. Uns ging es nicht besonders gut. Wir waren gezwungen, an Land zu gehen. Der Kapitän kannte die Grotten hier und es gelang uns, das Boot auf den Strand zu setzen. Für den Kapitän und die Mannschaft hatten wir keinen Bedarf mehr, also haben wir sie uns vom Hals geschafft.«

»Wie seid ihr von den Färöern weggekommen?« Ich traute mich nicht, meine Abscheu zu zeigen, aber das wäre wahrscheinlich auch einerlei gewesen. »Ich meine, die Engländer waren doch noch nicht alle abgezogen?«

»Nein, das stimmt.« Der höhnische Blick war wieder da. »Aber wir hatten unsere Helfer im Land. Nicht alle unterstützten die englische Besatzungsmacht und außerdem war der Krieg in Europa vorbei, die Leute hatten genug damit zu tun, zu feiern und zu jubeln. Wir haben ein Passagierschiff nach Island genommen und sind von dort aus weiter.«

»Woher wusstet ihr, dass das Gold noch immer in der Grotte war? Die Wahrscheinlichkeit war doch nicht besonders groß.«

»Das stimmt auch wieder. Als wir damals aus der Grotte ruderten, waren wir überzeugt davon, dass wir das Spiel und damit das Gold verloren hatten. Unsere Hoffnung war nur, dass auch niemand sonst es in die Finger kriegen würde. All diese Jahre in Südamerika, zuerst in Argentinien und später in Paraguay habe ich mich darüber gewundert, dass man nichts von dem Gold gehört hat. Jemand hätte es stehlen können, aber wir haben so gute Verbindungen zum Goldmarkt, dass wir davon erfahren hätten. Wir schickten auch Anfragen aus, natürlich diskret, aber niemand hatte von einer größeren Menge Gold gehört. Die Bank von Italien hatte die dreiundzwanzig Tonnen nicht zurückerhalten und gestohlen worden waren sie auch nicht. Also mussten sie immer noch in der Grotte bei Sjeyndir liegen, auch wenn es unfassbar erschien.«

Stangl hielt inne und zündete sich einen neuen Zigarillo an. Mir bot er nichts an. Ich zweifelte daran, ob er mich überhaupt als einen Menschen ansah, auf jeden Fall nicht als einen Übermenschen von der richtigen Sorte.

»Zuerst haben wir einige Informationen über dein Land eingeholt. Wir haben schnell rausgekriegt, dass ihr am Rande des Bankrotts steht und jetzt nach neuen Fischereigebieten sucht. Wir haben an die Regierung ein Telex geschickt, dass wir ein Angebot hätten, und damit ließ sich alles machen. Egoismus und Habsucht herrschen offenbar wieder überall auf der Welt. Zum Glück.«

45

Ich hatte nunmehr mehrere Stunden angekettet dagesessen, und um meinen Rücken zu schonen, hatte ich mich auf den Boden gesetzt. Der war kalt, aber so tat der Rücken nicht so weh.

Stangl fühlte sich pudelwohl. Er trat mit seinen Turnschuhen nach mir, und als ich in das Gesicht hoch über mir schaute, grinste er nur schmierig, sagte aber nichts. Stattdessen ging er eine Weile nachdenklich auf und ab und rauchte.

»Ihr seid ein eigentümlicher Menschenschlag«, sagte er

schließlich. »Wir sind jetzt schon eine Weile hier. Na, du weißt ja, warum, und es sei dir auch vielmals dafür gedankt, dass es sich nicht noch länger hingezogen hat.« Er verneigte sich vor mir. »Danke schön, Herr Journalist.«

»Die Freude ist ganz meinerseits«, antwortete ich höflich.

Stangl kam wieder auf das Thema, das ihm am Herzen lag.

»Ihr habt eure eigene Sprache, Kultur, Wirtschaft, alles ist euer spezielles Eigenes zwischen Himmel und Erde, aber ich habe noch nie ein Volk getroffen, das gleichzeitig so stolz und so unterwürfig ist. Ihr prahlt damit, was alles euch gehört, aber gleichzeitig lasst ihr euch von Fremden behandeln, wie es denen gefällt. Ich dürfte mich eigentlich nicht beklagen, schließlich haben wir gerade diese Charaktereigenschaft ausgenutzt, aber es gefällt mir nicht, wenn ich ein arisches Volk so tief sinken sehe, dass es vor allem auf dem Bauche kriecht, was von außen hereinströmt. Euer Selbstbewusstsein ist nur mit Luftwurzeln verankert, wie die Pflanzen im Mangrovensumpf. Ihr seid, wie es in der Fachsprache heißt, Epiphyten. Es genügen ein paar wohlgesetzte Worte und ihr tut alles, worum die Leute, die von außen kommen, euch bitten, und bezahlt obendrein noch dafür.«

Stangl grinste vor sich hin und schüttelte den Kopf. »Was mir aus deutscher Perspektive am merkwürdigsten erscheint, ist die Unterwürfigkeit gegenüber allem, was dänisch ist. Dänemark mit seinen Kopenhagenern aus Blätterteig und seiner Kleinen Meerjungfrau.«

Das Letzte sagte er in einem künstlichen, süßlichen Ton auf Dänisch. »Ständig vergleicht ihr euch mit den Dänen, schimpft über sie, aber bindet euch trotzdem dran. Wie Geiseln, die ihre Entführer lieben. Die Dänen müssen euch gar nicht das Fell abziehen, das macht ihr schon allein. Eine Nation von Masochisten, das seid ihr. Euch fehlt Disziplin. Die könnt ihr von uns kriegen, wir sind das disziplinierteste Volk der Welt. Vielleicht mit Ausnahme der Japaner, aber wer möchte schon mit diesen o-beinigen, schlitzäugigen Zwergen verglichen werden. Ich jedenfalls nicht.«

Er war stehen geblieben und wippte auf den Fußsohlen, sein Gesicht hatte einen träumerischen Ausdruck.

»Warum sollen die Färöer nicht ein nationalsozialistischer Staat werden? Es gibt genügend Leute, die diese Idee unterstützen werden, und wir können sie anleiten. Dann sind wir auch wieder auf heimischem Grund. Südamerika ist kein Ort für weiße Menschen. Ich könnte schwören, ihr hättet im Krieg Partei für unsere Seite ergriffen, wenn die Engländer nicht zuerst gekommen wären. Vor allem wenn wir mehr für den Fisch bezahlt hätten. Und warum nicht«, fuhr er fort. »Wir haben vieles gemeinsam. Unser wie auch euer Volk gehören zur arischen Rasse, unsere Vorväter waren Wikinger und denke nur an das Nibelungenlied und Siegfried, den Drachentöter, Sjúrðdakvæði. Begreifst du nicht, dass wir nicht nur gegen die Juden, sondern auch gegen die Mohammedaner zusammenhalten müssen? Sie kommen aus allen Löchern hervorgekrochen, kriegen einen Haufen Kinder, die wieder einen Haufen Kinder kriegen, und alle holen sie Mann oder Frau aus ihrem Heimatland. Ein Mohammedaner braucht nur eine Generation, um sich zu verhundertfachen. Nach ein oder zwei Generationen haben sie die Macht in Europa. Aber warte nur, bald sind sie dran. Und dann könnt ihr von den Färöern dabei sein, ihr habt doch die richtige Einstellung gegenüber den Arabern, oder was meinst du?«

Er trat mir so fest gegen das rechte Bein, dass ich aufstöhnte.

»Ihr schafft nicht gerade die besten Voraussetzungen für eine Zusammenarbeit, wenn ihr herumlauft und die Leute umbringt«, sagte ich wütend. »Und wenn man unter einem Tisch angekettet ist, ist die Zusammenarbeit mit demjenigen, der einen festgemacht hat, nicht gerade das Nächstliegende.«

Ernst Stangl zuckte mit den Schultern und blies Rauch auf mich herunter.

»Du wirst jedenfalls nirgends mehr hinkommen. Es ist viel zu anstrengend, wenn du dauernd zu deinem Freund auf dem Polizeirevier rennst. Wer weiß, vielleicht reißt sich die Polizei eines schönen Tages doch noch zusammen und will uns an den Kragen. Und jetzt, wo du auch noch angefangen hast, mit einer Beamtin rumzumachen, da hören schon zwei auf dich. Nein, du bleibst hier.«

»Sie hören ja trotzdem nicht auf mich«, sagte ich in der schwachen Hoffnung, das würde seine Entscheidung ändern.

»Wer weiß, wer weiß«, antwortete der Rücken, während er nach vorn ging. Aber er kam im nächsten Augenblick zurück.

»Sie haben bereits die meisten Kisten zum Tunnel getragen, die Stunde des Abschieds naht. Wenn du eine vernünftigere Ansicht zu Juden und Negern hättest, dann hätten wir dich zweifellos brauchen können. Aber jetzt ist es zu spät.«

»Warum habt ihr Sonja Pætursdóttir umgebracht?«, beeilte ich mich zu fragen, damit Stangl den Abschied nicht beschleunigte.

»Sonja, ja«, er wiegte sich in Erinnerungen, und es schien, als gefiele ihm das, was er sah. »Sie sah gut aus, war unterhaltsam, und in der ersten Zeit war es ein Vergnügen, sie zum Essen an Bord zu haben. Du musst bedenken, dass wir seit Monaten nicht mehr in der Nähe einer Frau waren, deshalb kam sie sehr gelegen. Ihr Pech war, dass sie erst vor kurzer Zeit eine Artikelserie über den Zweiten Weltkrieg geschrieben und dafür eine Menge Bildmaterial gesichtet hatte. Sie erkannte sowohl Albert Kesselring als auch Herbert Kappler, aber das machte eigentlich nichts. Schlimmer war, dass sie Kapplers Geschichte kannte und von seiner Flucht aus Italien und seinem Aufenthalt in Deutschland wusste.«

»Warum, um alles in der Welt, habt ihr Fotos von Kesselring und Kappler an der Wand hängen, wenn ihr nicht wollt, dass die Leute davon erfahren?«, fragte ich neugierig. Diese Frage hatte ich schon mehrfach gedreht und gewendet.

»Warum nicht? Es geht niemanden etwas an, was wir aufhängen. Wir verleugnen unsere Vergangenheit nicht, wir sind stolz auf sie, wollen aber nicht auffallen. Vor Sonja war der Fischereiminister mehrfach an Bord gewesen und er hatte kein Wort dazu gesagt.«

Für Ernst Stangl war nichts Ungewöhnliches dabei, zwei berühmte Nazis an der Wand hängen zu haben. Wo er herkam, war es offenbar ganz alltäglich, und außerdem war er so arrogant, dass er die Gefühle, die Menschen gegenüber dem Dritten Reich hatten, gar nicht begriff. Sie hatten den Krieg verloren, sonst nichts. Und jetzt waren sie bereit, von vorn anzufangen.

»Hätte Sonja kein solches Getue um die Bilder gemacht und Herbert Kappler in Ruhe gelassen, dann hätten wir sie nicht angerührt. Eigentlich ist es ganz gleich, was aus ihr geworden ist, aber wir hatten keinerlei Interesse an irgendwelcher Unruhe während unseres Bergungsversuches. Ganz im Gegenteil. Aber Sonja war Journalistin und sie hatte einen Riecher für eine gute Story, Pech für sie, dass sie sich nicht mit der Geschichte von den Fischereirechten in der Karibik abfand. Sie fing an zu raten und eines Abends offenbarte sie uns beim Kognak alle ihre Schlussfolgerungen. Sie hatte hier in Sjeyndir auf der Lauer gelegen und uns die Klippen entlangrudern sehen, und sie sagte, sie wüsste, dass wir nach etwas suchten, und was, das würde sie auch noch herauskriegen. Zunächst einmal sollten wir 250.000 Kronen an sie und die gleiche Summe an ihren Freund Hugo Jensen überweisen. Das lehnten wir natürlich ab, aber sie machte uns klar, dass die Leute sich sehr aufregen würden, wenn sie über die Verbindung von alten Nazis und der Landesregierung schreiben würde, und dass wir in dem Fall das Land verlassen müssten. Sie wies auch darauf hin, dass es in die internationale Presse kommen würde. Du siehst, uns blieb gar kein anderer Ausweg.«

Er sah mich an, als wäre er überzeugt davon, dass ich ihm Recht geben würde.

In ihrem Brief an mich erwähnte Sonja, dass sie eine Frage hatte. Es drehte sich sicher um Kappler, das hatte ich mittlerweile herausbekommen, und das passte mit Hugos späterer Reise zum Dokumentationszentrum in Wien zusammen, wo er die gleiche Frage stellen wollte. Aber da gab es schon keine Sonja mehr.

Ich sah zu Stangl hoch. »Warum auf dem Støðlafjall? Wäre es nicht einfacher gewesen, sich in aller Stille ihrer zu entledigen?«

»Nein, ganz im Gegenteil. Ich kann mich selbst für diese geniale Idee nur loben. Sie wollte noch mehr Geld, das wollen solche Menschen ja immer. Darüber waren wir uns von Anfang an im Klaren, sie und ihr Freund hatten die 250.000 Kronen nur bekommen, damit uns eine Frist blieb, bis wir den besten Weg gefunden hatten, um sie loszuwerden. Als wir davon hörten, dass auf dem Støðlafjall nachts eine Veranstaltung stattfinden sollte, hatten wir die Lösung. Sonja erhielt Bescheid, uns dort zu treffen, und ich wollte die von ihr geforderte Million in bar mitbringen. Und durch einen Zufall ist sie hinuntergefallen. Niemand hat Fragen gestellt. Bis du gekommen bist.«

»Das glaube ich nicht. Mir scheint dein Plan nicht so sonderlich durchdacht. Was ist mit Hugo Jensen? Ihr habt ihm 250.000 Kronen gegeben, also muss er auch etwas gewusst haben.«

»Natürlich haben wir an Hugo Jensen gedacht«, schnaufte Stangl verärgert.

Mir fiel auf, dass er es nicht vertragen konnte, wenn man seine Vortrefflichkeit infrage stellte. Diese Kerle waren leicht verletzbar, gerade weil sie von ihrer eigenen Vollkommenheit so überzeugt waren. Aber vom Boden aus gesehen, in Handschellen, konnte es ihm ganz gleich sein, was ich dachte.

»Es war geplant, dass Hugo ins Wasser fallen sollte. Er trank nicht gerade wenig und Andreas-Petur sollte ihn an den Kai locken. Aber die beiden besoffen sich, und als er danach von Sonja hörte, tauchte er unter. Wir haben erst wieder von ihm gehört, als er das Land verließ.«

Ernst Stangl warf sich in die gegenüberliegende Koje.

»Nun ist ja wohl genug geredet worden. Bei dem Rest der Geschichte bist du ja selbst beteiligt, die kennst du ja.«

Er lächelte – das tat er gern – und die Schatten in seinem Gesicht und in der Umgebung verliehen ihm etwas Gespenstisches. Ich war in einen Hügel der Unterirdischen geraten und würde nie wieder herauskommen.

»Wie hast du die Bombe im Auto gefunden?«

»Schulze und Schultze haben die Kühlerhaube abgewischt, da gab es nicht viele Möglichkeiten. Warum habt ihr Andreas-Petur umgebracht?«

Er zuckte mit den Schultern und mit einer Handbewegung schien er diese störende Person beiseite zu wischen.

»Warum nicht? Ohne Bedeutung!«

»Ihr hättet ihn nicht foltern müssen.«

»Andreas-Petur hat mehr als einmal einen Auftrag vermasselt. Eine Ermahnung reichte nicht und außerdem sollten Hans und Günther sich auch mal amüsieren dürfen.«

Sich amüsieren, dachte ich und sah wieder den Arbeitstisch mit dem blauweißen Körper vor mir und in Nahaufnahme das getrocknete Blut unter den Nasenlöchern und die beiden in die Luft ragenden Metallstäbe.

»Du hängst einem jüdisch-protestantischen Menschenbild an, das in keiner Weise mit der Natur übereinstimmt«, fuhr Stangl fort. »Der Mensch ist ein Tier wie alle anderen, zwar auf einer höheren Stufe und besser in der Lage zurechtzukommen, aber er ist ein Tier. Worum es geht, ist ein ›survival of the fittest‹, und in diesem Zusammenhang ist es völlig bedeutungslos, ob es sich um eine Ameise oder um Herrn Joensen handelt, der unter der Hacke zermalmt wird. Das ist keine Frage von richtig oder falsch, sondern es geht nur darum, wer die Macht hat. Hier im Land habe ich mehrfach bei Hühnerhöfen tote Möwen am Zaunpfahl hängen sehen. Andreas-Petur war unsere Vogelscheuche.«

Auf diese Wahnsinnsrede gab es nichts zu erwidern, also schwieg ich.

Ich stellte mir vor, dass draußen wohl die Sonne aufgegangen war, ich sah die Berghänge in einer Fülle unterschiedlicher Grün- und Erdfarben leuchten, das Meer in verschiedenen Blautönen und weit am Horizont wie glänzendes Zinn erscheinen. Aber tief in einer Grotte im Bauch eines U-Bootes scheint dir nicht die Sonne des Glücks.

Stangl war nach vorn in den Torpedoraum gegangen, ich hörte ihn dort mit dem schrillen Weißhaarigen diskutieren. Einzelne Worte waren auch hier zu hören und so viel ich verstand, waren sie fertig mit dem Entladen des U-Bootes und jetzt dabei, die Kisten durch den Tunnel zu ziehen. Jetzt fiel mir erst auf, dass es vollkommen still an Bord geworden war. Weit entfernt, außerhalb des U-Bootes konnte ich etwas hören, sicher Hans und Günther, die dort arbeiteten.

Die beiden sprachen weiter in gedämpftem Ton und ich geriet in Panik. Ernst Stangl hatte mir ganz klar gesagt, ich würde nicht lebend aus der Grotte herauskommen. Meine einzige Hoffnung war, dass er mich nicht erschoss, sondern mich einfach hier sitzen ließ. Auf der anderen Seite war die erste Möglichkeit vielleicht die beste. Dann hatte es schnell ein Ende.

Lautes Gelächter war aus dem Torpedoraum zu hören, was mir gar nicht gefiel, denn sie hatten sich bestimmt etwas ausgedacht. Und das war kaum zu meinem Vorteil.

Stangl kam zu mir zurück und gleichzeitig hörte ich jemanden die Leiter auf das Vordeck hinaufklettern. Stangl schaute mich nachdenklich an und stieß die Luft leicht zwischen den Lippen hervor.

»Es war nett, mit dir zu reden, Hannis Martinsson, aber in einer guten Stunde haben die beiden die Kisten durch das Loch im Steinschlag geschafft und wir werden verschwinden.«

»Was wollt ihr mit dem Gold machen? Das muss Milliarden wert sein.«

Mir fiel nichts Besseres ein und ich wollte nicht, dass er mich verließ. Ich versuchte mit allen Mitteln, einen Ausweg zu finden, war aber vollkommen ausgebrannt.

»Ich schätze das Gold auf ungefähr drei Milliarden Dollar. Eigentlich hat es sich sogar ausgezahlt, dass das Gold hier gelegen hat, so haben wir eine größere Wertsteigerung, als wenn das Geld auf der Bank deponiert worden wäre.«

Stangl zündete sich noch einen Zigarillo an, und ich hatte das Gefühl, das würde der letzte in meiner Gegenwart sein.

»Hast du vom Pan American World Airways Flight 103 gehört?«

Ich schüttelte den Kopf.

»Aber von der schottischen Ortschaft Lockerbie? Dort ist das besagte Flugzeug nach einer Explosion abgestürzt. Die meisten meinen, die Bombe ginge auf das Konto von Ahmed Jebrils palästinensischer Organisation. Das stimmt auch. Aber wir sind es, die Ahmed Jebril finanzieren, und wir haben die Bombe bestellt.«

Er lächelte breit, und wenn jemand hereingekommen wäre, hätte er keine Sekunde überlegt, wessen Partei er ergreifen sollte: die des Schmutzigen, Unrasierten auf dem Fußboden oder die des Sympathischen oben auf der Koje.

»Es ist in unserem Interesse, wenn das Pulverfass im Mittleren Osten weiter ein Pulverfass bleibt, oder noch besser, wenn es in die Luft fliegt. Sollen doch die Juden und Araber sich gegenseitig abschlachten, umso weniger haben wir hinterher zu tun. Jedes Mal wenn sie sich einer friedlichen Einigung nähern, sprengen wir etwas in die Luft, und schon steht alles wieder in hellen Flammen. Die Arbeitsmethode ist ganz einfach, aber sie ist teuer. Vor allem in letzter Zeit, seit Syrien anfängt einzulenken. Einer unserer besten Männer während des Krieges, Alois Brunner, hat die ganzen Jahre in Damaskus gewohnt, und es ist ihm gelungen, Präsident Hafez al-Assad dazu zu bringen, alles nur Mögliche gegen die Juden zu tun. Aber jetzt hat es den Anschein, als gäbe er nach. Darum müssen wir uns noch mehr anstrengen.«

Ernst Stangl schob die rechte Hand unter die Windjacke und zog den Revolver des Kapitäns hervor.

Jetzt war der Augenblick gekommen. Mein Hals wurde trocken, aber das spielte keine Rolle mehr, ich wusste sowieso nichts zu sagen.

Stangl spannte den Hahn und zielte auf mich. Ich erstarrte und wandte meine ganze Kraft an, um die Augen offen zu halten. Nie im Leben sollte er mich vor sich zittern sehen.

Stundenlang saßen wir so da. Stangl mit dem glänzenden Revolver und ich steif, den Blick auf das schwarze Loch gerichtet, aus dem der Tod kommen würde. Vielleicht waren es auch gar nicht Stunden, aber der Augenblick schien mir so lang, und als Stangl langsam Arm und Hahn entspannte, begriff ich gar nichts. Ich starrte immer noch auf die Stelle, wo das schwarze Loch gewesen war.

»Du hast es meinem Sinn für Humor zu verdanken, dass ich dich lieber hier sitzen lasse, als dich zu erschießen. So habe ich etwas, womit ich mich auf dem langen Weg zurück nach Südamerika unterhalten kann. Wie es wohl ist, in pechschwarzer Finsternis zu sitzen und zu wissen, dass es keine Möglichkeit gibt zu entkommen?«

Er lachte vor sich hin, dass es im U-Boot widerhallte. Mir hing noch das Echo in den Ohren, als er mit der Lampe die Leiter hinaufgegangen war und die Luke zugeworfen hatte.

Nie hatte ich gedacht, dass es so schwarz und still sein könnte.

46

Da saß ich also in einer Grotte angekettet wie in dem Lied von den Trollen auf Horneland. Bestimmt war Stangl kein König Olav und ich kein riesiger Troll, aber das Ergebnis war dasselbe. Aber ich konnte es nicht wie die Trolle damals machen:

Habt ihr gehört von den Trollen,
die im Horneland wohnen sollen?
Der lebte am längsten, der am stärksten war,
denn einer aß den anderen mit Haut und Haar.

Der Hunger begann sich zu melden, jetzt, da ich mutterseelenallein war. Schließlich hatte ich seit mehr als vierundzwanzig Stunden nichts Richtiges mehr zu essen bekommen. Außerdem war ich durstig, aber was sollte ich nur tun?

Ich setzte mich auf den Rand der Koje und riss an den Handschellen. Nichts rührte sich, der Tisch war festgebolzt, und das Einzige, was ich aus diesem Spektakel davontrug, waren steife Finger, weil jetzt noch weniger Blut in sie floss.

Im Film konnten sie manchmal die Handschellen knacken, aber ich hatte keinerlei Werkzeug, oder? Ich suchte in den Taschen. Die Brieftasche hatten sie mir nicht abgenommen. Dafür hatten sie keine Verwendung. Das Feuerzeug hatte ich auch noch, aber keine Zigaretten.

Das Feuerzeug! Also hatte ich Licht.

Ich zündete es an und die Flamme erhellte die gesamte Messe, aber die kannte ich ja, also löschte ich es wieder, um nichts zu verschwenden.

Mein Taschenmesser hatten sie auch nicht angerührt und in mir wuchs eine Hoffnung. Ich öffnete es und versuchte, in den Tisch zu schneiden, aber auch wenn die Tischplatte aus Holz war, dann war es doch kein Holz, das mein Messer bearbeiten konnte. Ich weiß nicht, ob ich mir vorgestellt hatte, den ganzen Tisch in Stücke zu schneiden und so freizukommen. Das würde mehrere Wochen dauern und bis dahin wäre ich tot.

Mit den Fingern untersuchte ich das Schloss der Handschellen, aber da war nur ein rundes Loch, zu klein für die Messerspitze. Ich weiß auch nicht, welchen Nutzen es gehabt hätte, wenn das Messer hineingepasst hätte. So einfach war es sicher nicht, sich zu befreien.

Erneut saß ich eine ganze Weile in der Dunkelheit und absoluter Stille und überlegte, dass es doch einen Ausweg geben musste. Aber je länger ich nachdachte, umso klarer wurde mir, dass das eine Auffassung war, die ich aus Filmen und Büchern hatte.

Bunte Blätter und Filme hatten mich während meiner Jugend verdorben und jetzt konnte ich mich nicht damit abfinden, dass es wirklich keinen Ausweg gab. In *Die Minen des König Salomon* wurden sie buchstäblich von einem Strom aus der Grotte gespült und Edmund Dantès in *Der Graf von Monte Christo* kam mithilfe der Leiche eines Abtes aus dem Gefängnis frei. Aber hier gab es weder Ströme noch tote Äbte, also musste ich es allein schaffen.

Ich versuchte noch einmal, den Tisch mit dem Messer zu bearbeiten, aber das brachte nichts, also aktivierte ich stattdessen wieder das Feuerzeug. Ich wollte die Situation voll und ganz erfassen.

In meiner Reichweite gab es nichts, was ich benutzen konnte, meine einzigen Hilfsmittel waren also Feuerzeug und Taschenmesser. Die Bolzen im Boden waren groß und saßen wie reingeschossen. Mit der Eisenstange war auch nichts zu machen. Blieb noch der Tisch selbst und die Stange, an der er befestigt war.

Ich setzte mich auf den Fußboden und leuchtete unter den Tisch. Ein kurzes Rohr war am Tisch festgenietet und die Stange darin eingepasst. Ich versuchte es mit der Schneide vom Taschenmesser, sie schob sich dazwischen, wenn auch nur einen knappen Zentimeter.

Das Feuerzeug war so heiß geworden, dass ich es ausmachen und im Dunkeln überlegen musste. Ich hatte reichlich Zeit, vielleicht für den Rest meines Lebens. Das Rohr und die Stange konnten zusammengeschweißt sein, es gab weder Bolzen noch Nieten, aber es gab noch eine Möglichkeit und bei diesem Gedanken blieb mir fast das Herz stehen. Die Tischplatte konnte mit einem Gewinde festgeschraubt sein.

Der Tisch nahm viel Platz in dem engen Raum ein, und es könnte für die Mannschaft notwendig gewesen sein, ihn ohne viel Aufwand wegzuschaffen.

Als ich mich, so weit ich konnte, erhoben hatte, drückte ich mit aller Kraft die Tischplatte gegen den Uhrzeigersinn, aber so sehr ich auch drückte und schlug, keine Reaktion. Ich hatte gelernt, dass man eine Schraube lösen kann, wenn man sie zuerst in die Gegenrichtung dreht, deshalb lehnte ich mich an die andere Seite, drückte dort, so fest ich konnte. Er bewegte sich. Wirklich, er bewegte sich! Jetzt schlug mein Herz mit doppelter Geschwindigkeit und erfüllte mich und das ganze U-Boot mit seinem Pochen. Aber als ich wieder in die andere Richtung schob, bewegte der Tisch sich nur um einen Hauch, blieb ansonsten stehen wir zuvor.

Was sollte das nun wieder? Die Antwort leuchtete mir ein: französisches Gewinde! Die andere Richtung.

Auf die Knie und wieder auf die andere Seite und mit der Schulter dagegengestemmt. Langsam begann die Tischplatte sich zu drehen und ich krabbelte ein paar Runden auf den Knien, bis die Platte plötzlich dahing und an der Stange schaukelte. Ich drückte sie zur Seite und mit einem Knall fiel sie zu Boden. Langsam schob ich die Hände die Stange hinauf und war frei.

Mit brennendem Feuerzeug ging ich in den Torpedoraum, um nach etwas zu suchen, womit dich die Handschellen aufbrechen konnte. Der Boden hatte nicht mehr die Höhe der Schottkante und die losen Bretter lagen kreuz und quer. Die Kisten waren natürlich verschwunden.

Auf einem der Arbeitstische lag ein Schraubenzieher und an der Schiffswand hing Werkzeug. Das Meiste waren Nägel in unterschiedlichen Größen, aber es gab auch ein paar Schraubenzieher und Rohrzangen. Außerdem Schublehren, Feinmessschrauben und sonstige Messgeräte, aber es interessierte mich nicht, wie dick die Kette an den Handschellen war, es interessierte mich nur, sie loszuwerden.

Unter dem Tisch fand ich eine Metallsäge, mit einem Gummi befestigt. Im Dunkeln spannte ich ein Kettenglied der linken Handschelle im Schraubstock fest und führte mit der rechten Hand unter großen Schwierigkeiten die Säge hin und her. Ich prüfte mit dem Finger, ja, es funktionierte.

Eine halbe Stunde später hatte ich die Kette durchgesägt und konnte meine Arme wieder bewegen, wie ich wollte. Aber an den Metallringen konnte ich nichts tun, sie waren fest um meine Handgelenke geschlossen und verursachten ein ständiges Prickeln in den Fingern.

Was nun?

Es dürfte nicht schwierig sein, aus dem U-Boot und der Grotte herauszukommen, Stangl und seine Freunde dürften wohl kaum etwas unternommen haben, um mich einzusperren, schließlich war ich bereits festgekettet gewesen. Wenn ich draußen war, musste ich versuchen, nach Tórshavn zu kommen und die Polizei dazu zu bringen, sich um die ganze Angelegenheit zu kümmern. Auch wenn sie direkt nach Paraguay fuhren, müsste ein Polizeischiff oder ein Hubschrauber sie einholen können, bevor sie zu weit entfernt waren. Das Schnellste wäre, nach Tjørnuvik zu gehen und von dort Karl anzurufen. Aber könnte ich ihn am Telefon überzeugen? Also nach Tórshavn, und zwar so schnell wie möglich, das war das einzig Richtige.

Das Feuerzeug leuchtete mir den Weg durch das Boot zurück, ich verabschiedete mich von Kapitän Herbert Lucas, bevor ich die Leiter in den Turm hinaufkletterte. Der Weg durch die vorderste Luke wäre kürzer gewesen, aber wenn ich Glück hatte, lag Haralds Gewehr noch an der Brücke.

Es lag unter dem Brückenrand und es war geladen. Das gab mir einen Hauch von Sicherheit, denn ich wusste ja nicht, wo der Schoner jetzt war. Lag er noch in der Bucht oder waren sie abgefahren?

Schritt für Schritt ging ich zu den Holzplanken auf dem Vorderdeck. Zwischendurch blieb ich stehen und leuchtete mit dem Feuerzeug, dann ging ich wieder ein paar Schritte. Das ging langsam, aber ich kam ohne Panne zum Strand und zur Tunnelöffnung.

Ohne Lampe war es in der Grotte noch ungemütlicher und das ferne Grollen war im Gegensatz zur Stille im U-Boot überdeutlich zu hören. In der Grotte war es nicht still, das Meer und verschiedene, unbekannte Laute waren zu hören.

Es war fast eine Erleichterung, in den Tunnel zu kriechen.

Auf dem Boden konnte ich im Schein des Feuerzeugs lange Holzplanken sehen, die so gelegt waren, dass man die Kisten auf ihnen hatte ziehen können. Ein Mann an jedem Ende, ein Seil um die Kiste geschlungen, derjenige, der draußen steht, nimmt sie in Empfang, der drinnen zieht das Seil an einem dünnen Band, das am Seil befestigt ist, wieder zurück. Dann wird die nächste Kiste festgebunden. Das Holz hatten sie wohl an Bord gehabt, für den Fall, das es gebraucht würde.

Jetzt verstand ich besser, wieso sie so schnell fertig waren. Es ging auf zehn zu, das heißt, dass zwei Mann dreiundzwanzig Tonnen in gut zwölf Stunden an Ort und Stelle gebracht hatten. Das war unter derart schwierigen Bedingungen schnelle Arbeit.

Als die Tunnelöffnung in Sicht kam, kroch ich langsamer und entsicherte das Gewehr. Ich hatte genügend weißes Licht in den Hinterkopf bekommen.

Niemand lag draußen auf der Lauer. Ein Tau und ein paar Bretter lagen auf der Klippe, das war alles. Aber draußen an der Grottenöffnung hatte sich das Bild verändert. Ich konnte einen Umriss erahnen, aber es war nicht Haralds Boot, das vor der Öffnung schaukelte. Natürlich hatten sie es weggeschoben, aber da war etwas anderes.

Als ich mich auf dem Felsabsatz der Grottenöffnung näherte, sah ich, was geschehen war. Sie hatten die *Rani* versenkt, den Achtersteven aber nicht losgebunden. Der hing nun an dem kleinen Felsvorsprung mit Schraube und dem runden Heck in der Luft. Der Rest war unter der Wasseroberfläche.

Bis jetzt hatte ich dem Boot nicht einen Gedanken geschenkt, es war auch nicht meins, vielleicht deshalb, oder weil ich anderes zu bedenken hatte. Dafür würde Harald so wütend werden, dass, wenn es kein anderer tat, er mir nach dem Leben trachten würde. Die *Rani* war mehr als ein Boot für ihn, sie war ein Freund und Kumpel und machte ihm das Leben nicht nur erträglich, sondern schön.

Das Boot hatte das gleiche Schicksal erlitten wie sein Namensvetter in dem Lied:

*Er schlug Rani, den hässlichen Troll
in zwei Stücke ganz und gar,
ich schwöre bei meiner Seligkeit,
ausgestreckt auf dem Felde lag er da.*

Harald gefiel dieser Vers sicher ganz und gar nicht. Aber fürs Erste zuckte ich mit den Schultern und überdachte die Situation.

Direkt vor der Bucht war kein Schiff zu sehen, aber als ich weiter hinauskam und Richtung Norden sehen konnte, erblickte ich die *Eva*, die mit gehissten Segeln Richtung Nordost fuhr. Das Wetter war wieder richtig sommerlich geworden, Nebel und Nieselregen herrschten in der Bucht und oben zwischen den Bergen hingen Regenwolken.

Wie sollte ich von hier fortkommen?

Es waren nur ein paar Hundert Meter zu schwimmen bis zu einer Stelle, von der aus ich leicht an Land kommen konnte. Aber ich widerstand der Versuchung, mit dem Gewehr auf dem Rücken und meiner Kleidung in einem Bündel auf dem Kopf ins kalte Wasser zu springen. Ein James Bond war ich nun doch nicht. Ich wollte stattdessen versuchen, an der Grottenwand hochzukommen. Sie war uneben und nicht sehr weit oben gab es eine Art Terrasse, von der aus ich hoffentlich weg von der steilen Böschung in flacheres Terrain gelangen konnte.

Die Felswand hinauf ging es ausgesprochen einfach, das Gewehr bereitete mir weniger Schwierigkeiten, als ich erwartet hatte. Es gab genug Stellen, um sich mit den Händen festzukrallen, und auch für die Zehen war immer ein winziger Vorsprung oder ein Riss da. Als Junge war ich viel geklettert und diese Wand war ein Kinderspiel im Vergleich zu dem, was wir uns damals so vornahmen. Und sollte ich den Halt verlieren, war ja das Wasser unter mir.

Vor allem Letzteres machte mich übermütig und ich kletterte mit einer Geschwindigkeit, als wäre ich ein eingeschriebener Teilnehmer an der jährlichen Vogeleiersuche.

Auf der Terrasse ging es langsamer, weil ich Angst hatte, abzurutschen, aber nach einer Weile wurde sie zu einer größeren, grasbewachsenen Fläche und da ging es wieder schneller. Beim ersten Bach warf ich mich auf die Knie und trank und trank. So durstig war ich noch nie zuvor gewesen und ich konnte mich nicht erinnern, dass Wasser jemals so gut geschmeckt hatte.

Der Nebel hatte sich dort unten ein wenig gelichtet und der Schoner war immer noch nicht verschwunden. Es schien eher, als wäre er näher als vorher, und als ich die Augen zusammenkniff und einen Moment aufs Meer hinausstarrte, sah ich, dass er mit vier Segeln auf dem Weg zurück nach Sjeyndir war. Irgendwie mussten sie mich entdeckt haben, vielleicht war die blaue Steppjacke schuld, und jetzt kamen sie zurück, ihre Arbeit zu beenden.

47

Der Fluss teilte sich, und ich entschied mich, dem östlichen Teil zu folgen, der breiter war und mehrere Inseln hatte. Es war keine Rede mehr davon, so schnell wie möglich nach Tórshavn zu kommen. Jetzt galt es, mein Leben zu retten, und sonst nichts. Ich ging, so schnell ich konnte, den Hügel hinauf, versuchte aber gar nicht erst, zu laufen, denn dann hätte ich nach kurzer Zeit aufgeben müssen. Ich hoffte, in die Regenwolken zu gelangen, die in etwa hundertfünfzig Metern Höhe zwischen den Bergen hingen, und so meinen Verfolgern zu entkommen.

Aus der Bucht war Motorenlärm zu hören, und als ich hinunterschaute, sah ich ein Gummiboot mit Außenbordmotor mit hoher Geschwindigkeit das Land ansteuern. In derselben Sekunde, in der sie anlegten, sprangen Hans und

Günther an Land und liefen in meine Richtung. Beide hatten Maschinenpistolen in den Händen. Das war ein Vorteil für mich, denn die reichten vermutlich noch weniger weit als meine Flinte.

Als der feuchte Nebel mich einhüllte, fühlte ich eine Erleichterung und eine Freude, wie Nebel sie mir noch nie bereitet hatte. Aber mir waren auch noch nie zwei durchtrainierte Mörder auf den Fersen gewesen, die mit aller Kraft versuchten, auf Reichweite an mich heranzukommen.

Während ich mich beeilte weiterzukommen, überlegte ich mir, dass sie mich wohl in einer Viertelstunde eingeholt haben würden, wenn mir bis dahin keine Lösung einfiel. Ich war keine geübter Wanderer, und jetzt im Nebel war ich zwar geschützt, aber ich selbst sah auch nichts. Alle Augenblicke stolperte ich über ein Schaf, das vor dem Wetter Schutz suchte, und jedes Mal erschreckte ich mich aufs Neue.

Plötzlich stand ich vor einem steilen Felsabhang, der zu beiden Seiten im Nebel verschwand. Ich konnte ohne Weiteres neben dem Fluss hochklettern, entschied mich aber, den Kurs zu ändern und an dem Berghang die Felswand entlangzugehen, bis ich auf einen anderen Fluss stoßen würde und diesem nach oben folgen könnte. Hoffentlich gingen meine zwei Verfolger weiter nach Tjørnuvík, während ich mich nach Saksun wandte.

Umgeben von feuchter weißer Wolle lief ich ungefähr einen Kilometer den Berghang entlang. Anfangs dachte ich, ich ginge nach Westen, aber wenn ich auch nichts hatte, woran ich mich orientieren konnte, so hatte ich doch das Gefühl, der Steilhang liefe Richtung Süden. So würde ich den Fluss nicht finden, aber bevor ich überlegen konnte, was ich tun sollte, verschwand der Berghang. Das Terrain war steil und steinig und es gab nichts, was mir half, mich für einen Weg zu entscheiden. Mich hinzusetzen und zu warten, dass der Nebel sich heben würde, war zu riskant, also ging ich weiter. Ich versuchte, immer ungefähr auf der gleichen

Höhe zu bleiben, damit ich nicht völlig falsch lief und womöglich noch hinunterfiel.

Zu einem Zeitpunkt, als mir schien, ich wäre weit genug gegangen, und ich schon überlegte, ob ich mich verlaufen hätte, war der Fluss plötzlich da. Das half augenblicklich, das Leben bekam einen Kurs, an den es sich halten konnte. Wohin mich der Fluss führte, wusste ich nicht, aber wohl kaum direkt zum Meer, solang ich ihm flussaufwärts folgte.

Der Nebel trug verschiedene Geräusche mit sich, meistens von Schafen und einzelnen Vögeln, aber einmal kam es mir vor, als hörte ich Metall gegen Stein schlagen, aber glücklicherweise weit entfernt. Hoffentlich waren sie bis Tjørnuvík gelaufen, bevor sie entdeckten, dass ich einen anderen Weg eingeschlagen hatte.

Mit der Zeit wurde es anstrengender, zum einen weil ich auf ein wirklich steiniges Gebiet gekommen war, zum anderen aber auch weil mich das Gewehr störte. Ein paarmal hatte ich nicht übel Lust, es einfach wegzuwerfen, aber dann sah ich wieder vor mir, wie die beiden Blonden aus dem Gummiboot an Land sprangen, und das reichte.

Auch dieser Fluss durchschnitt einen Berghang, aber dieses Mal durchquerte ich ihn und ging weiter hinauf. Hinauf, die ganze Zeit hinauf. Es war sinnlos, darüber nachzudenken, welchen Weg ich nehmen sollte, ich konnte nicht weiter als ein paar Meter in die graue Nässe hineinsehen und kannte die Landschaft um mich herum überhaupt nicht. Ich wusste nur, dass es hier vielerorts sehr hoch war und nicht ganz ungefährlich, wenn man sich nicht auskannte.

Tropfen liefen mir das Gesicht hinunter und in die Augen, es tropfte von der Nase und vom Kinn. Die Steppjacke bestand ihre Prüfung gut, aber die Hose war völlig durchnässt und um die Füße herum war ich klitschnass und total verdreckt. Mehrere Male war ich in Schlamm getreten, aber mit der Zeit verschwand die Grasnarbe und wurde durch Felsen und Kies ersetzt. Zunächst erschien das wie eine Erleichterung, doch das währte nur kurz und dann sehnte ich mich nach dem Gras zurück. Es war mühsam, und die Müdigkeit zeigte sich dadurch, dass ich mehrere Male fast gefallen wäre, die Beine forderten nach einer Rast und ich setzte mich auf einen Stein.

Es war in keiner Weise angenehm, so erschöpft und nass auf einem Felsen in einem steilen Terrain zu sitzen, das ich nicht kannte. Im Augenblick zählte ich die beiden Mörder nicht zu den Gefahren, denn ich ging davon aus, dass sie den anderen Weg nahmen. Ich kannte nicht einmal die Namen der Berge. In der Schule mussten wir sie auswendig lernen und auf einer unbeschrifteten Karte der Färöer zeigen können. *Mylingur* konnte ich noch erinnern und dann war da einer mit einem merkwürdigen Namen, den ich mir nie merken konnte, und *Húgvan* und *Melin*. Warum konnten die Leute in Norøstreymoy ihren Bergen nicht ordentliche Bergnamen geben? *Mylingur* war nicht so schlecht, aber die beiden anderen klangen kindisch aufgeblasen.

Feuchtes Wetter trägt die Töne weit und ich glaubte eine Männerstimme zu hören. Ich war mir nicht ganz sicher, ging aber lieber weiter. Zwischendurch stand ich vollkommen still und lauschte, aber es war nichts zu hören. Ich verließ den Bach, von dem sowieso nicht mehr viel übrig war, und versuchte stattdessen, mich auf dieser Höhe des Gebirges zu halten. Hoffentlich stieß ich bald auf eine Schlucht oder Ähnliches, damit ich auf die andere Seite kommen konnte, aber das Dumme dabei war, dass ich nicht wusste, ob ich weit genug gekommen war. Eine Möglichkeit wäre, um den Berg herumzugehen, wenn mich das nur nicht schnurstracks ins Meer führen würde. Erst mal ging ich einfach weiter und versuchte, gar nichts zu denken.

In dichtem Nebel oder Regenwolken ist der Gesichtskreis stark eingeschränkt und alles verändert sein Aussehen, wirkt unheimlich und bedrohlich. In bebautem Gebiet, zwischen Häusern, hat das nur psychische Folgen, man fühlt sich eingeschlossen und im Extremfall kurz vor dem Ersticken, aber die konkrete Gefahr hat der Mensch eliminiert. In unbekanntem Gebirge kann jeder Fußtritt bei diesem Wetter Gefahr bedeuten. Man weiß nicht, wo man ist und wo der Weg hinführt, und außerdem merkt man nicht, ob man vorankommt. Man geht und geht, aber die Umgebung ist gleich bleibend monoton, alles sieht ähnlich aus. Das Terrain ist grasbewachsen oder steinig, steil oder eben, darüber hinaus gibt es keine Anhaltspunkte. Zeitweise glaubt man, nicht länger auf dieser Welt, sondern in einen unangenehmen Limbus entrückt zu sein, in dem man auf ewig gehen und das schwere russische Gewehr tragen muss.

Der Abhang, den ich jetzt entlangging, war sehr steil, das Gras nass. Ich fühlte, wie sich mein Magen zusammenschnürte und die Angst auszurutschen sich schwer auf mich legte. Es machte mir nichts aus, über einem Abgrund zu hängen und mehrere hundert Meter ins Meer hinabzuschauen oder aufs Hausdach zu klettern und zu malen, aber einen steilen Abhang über dem Meer entlangzugehen, das gefiel mir nicht. Ich hatte die ganze Zeit Angst, den Halt zu verlieren, über die Felskante zu stürzen und ins Bodenlose zu fallen.

Das Ganze hier war, als ginge ich in einem kleinen Zimmer, das sich die ganze Zeit mit mir fortbewegte. Wie groß war dieser Raum? Die Gedanken waren vage und schweiften ab. Wenn der Radius zwei Meter beträgt, so ist der Flächeninhalt Radius im Quadrat mal Pi. Das heißt, 4 mal 22 sind 88, geteilt durch 7 macht ungefähr 12,5, nein, eher 12,6.

Eine Weile hatte ich das Gewehr auf dem Rücken getragen, aber es war so lang, dass mir der Gewehrkolben die ganze Zeit gegen die Kniekehlen schlug. Jetzt trug ich es mit beiden Händen. Seit ich meinte, Stimmen gehört zu haben, war es entsichert. Hier durfte nicht gezögert werden.

Hier herrscht Schweigen, hier herrscht Warten, hatte Brorson nicht so etwas gesagt? Mehr konnte ich nicht erinnern, und deshalb versuchte ich, diese beiden Zeilen wieder aus meinem Kopf herauszukriegen. Aber wie immer, wenn die Müdigkeit kurz davor war zu siegen, verliert man die Kontrolle über seine Gedanken.

Hier herrscht Schweigen ...
Wie groß war der Raum also? Gut zwölf Quadratmeter. Ein schönes Zimmer.

Und der Umfang, was war mit dem? Zweimal der Radius mal Pi und das ergibt ...

Im selben Augenblick stand er vor mir und füllte den Schafspfad, dem ich seit einer Weile gefolgt war, breit aus. In meinem Kopf war immer noch die Verwunderung darüber, dass Flächeninhalt und Umfang das Gleiche ergaben, als ich beide Schüsse abfeuerte.

Hans oder Günther, ich konnte den Unterschied nicht feststellen, flog hoch und verschwand im Nebel. Der Knall der Schüsse dröhnte und dann war es doppelt so still wie zuvor. Ich lauschte, aber es war nichts zu hören. Vielleicht war er allein gewesen? Das glaubte ich nun nicht, aber der andere konnte doch ein ganzes Stück weit weg sein.

Der Rückstoß hätte mich fast umgeworfen, aber ich fiel nicht. Nicht wie dieser Mistkerl. Er hatte keine Zeit gehabt, seine Maschinenpistole zu benutzen, sie hing ihm noch über der Schulter, als er im Nichts verschwand.

Ich hatte einen Fehler begangen, als ich beide Schüsse gleichzeitig abfeuerte. Jetzt hatte ich keine Waffe mehr und der andere Zwilling befand sich immer noch im Gebirge. Zweifellos hatte er die Schüsse gehört, das hatten sicher alle in den nördlichen Ortschaften, aber die machten sich nicht mit der Maschinenpistole in der Hand auf die Suche.

Ich nahm das Gewehr noch ein Stück weiter mit, bis ich einen passenden Stein fand, unter dem ich es versteckte. Jetzt existierte es wenigstens dort, eine andere Frage war, ob wir es jemals wiederfinden würden. Andererseits gab es keinen Grund, Harald mehr als nötig aufzuregen.

48

Jetzt lief ich. Ich versuchte, meine ganze Kraft in die Beine hinunterzuschicken, damit sie sich in einem regelmäßigen Rhythmus fortbewegen konnten. Das Gehirn sandte den Befehl zu den Beinen und unterbrach dann die Verbindung in der Hoffnung, sie selbst würden die Steuerung übernehmen. Aber statt zu laufen, stürzte ich eher davon, und nicht nur weil das Gelände so schwierig war. Schmerzen in der Lunge und Seitenstiche mischten kräftig dabei mit.

Später, ich wusste nicht, wie viel später, fiel und glitt ich einen Erdrutsch hinunter und landete in einer Schlucht. Und aus der Schlucht mühte ich mich wieder den Hang hinauf. Die Geschwindigkeit war bedeutend langsamer geworden, hier war nicht mehr die Frage, ob ich lange oder kurze Schritte machte, sondern wie ich überhaupt vorankam. Ich traute mich nicht, mich hinzusetzen. Ich hatte Angst, von der Kälte steif zu werden oder, was noch schlimmer wäre, in einen Schlaf zu fallen, aus dem ich nicht wieder aufwachen würde.

Es ging immer steiler hinauf, über regelrechtes Geröllgebiet mit Felsblöcken dazwischen. Ich versuchte aufzupassen, wohin ich trat, um möglichst keine Spuren zu hinterlassen, die mich verraten könnten. Aber kleine Steine rollten sowieso die ganze Zeit den Abhang hinunter in den Nebel.

Irgendjemand war hier in der Nähe.

Ich versteckte mich hinter einem Felsblock und hielt die Luft an. Einen Moment lang war nichts zu hören, aber dann war da wieder das Geräusch von rollenden Kieseln. In dem Nebel war schwer abzuschätzen, wie weit entfernt es war, aber wohl doch im Umkreis von fünfzig Metern.

Schafe, es konnten Schafe sein, sagte ich zu mir selbst. Oder ein Mann aus einem der Orte hier, der in den Bergen herumlief? Nein, Letzteres bestimmt nicht. Es gab niemanden, der bei so einem Wetter ins Gebirge ging, wenn es nicht unbedingt notwendig war – und warum sollte es im Juni unbedingt notwendig sein? Hoffentlich waren es Schafe, aber es konnte auch der zweite Igelkopf sein. Aber wie, um alles in der Welt, hatte er es geschafft mich einzuholen? Die Antwort war sicher ganz einfach. Beide waren wohl in Richtung Saksun gelaufen, nachdem sie gemerkt hatten, dass ich nicht nach Tjørnuvík unterwegs war. Sie hatten eine viel bessere Kondition als ich und brauchten nur die Wege und Pfade zu durchkämmen, um früher oder später auf mich zu stoßen.

Warum hatte ich keine bessere Idee gehabt, als nach Saksun zu gehen? Ich hätte lieber umkehren sollen, zurück nach Sjeyndir und dann über Stakkur nach Tjørnuvík. Wieder hörte ich etwas, aber dann war es weg, und ich wusste nicht, ob ich mich auf mein Gehör verlassen konnte. Das Blut pochte in meinem Kopf, die Lunge schmerzte und all das irritierte mich sehr.

Wenn es nun der andere Zwilling war, wie sollte ich mich verteidigen? Ein Taschenmesser nützte nicht so furchtbar viel gegen eine Maschinenpistole. Nur eine andere Schusswaffe kam gegen eine MP an.

Ich suchte mir einen schweren, spitzen Stein und war bereit zum Angriff.

Lange stand ich hinter einem Felsbrocken und lauschte, aber jetzt war es vollkommen still. Nichts. Nur der Nebel und mein eigener Herzschlag. Es war schwer, den Stein in der erhobenen Hand zu halten, also legte ich ihn auf den Felsen.

»Quien es? Günther?«, kam es von der anderen Seite des Felsens.

Mein Herz schien stillzustehen, aber ich hob den spitzen Stein, und als die Hände mit der Maschinenpistole zum Vorschein kamen, schlug ich mit aller Kraft zu.

Ein Schrei und die Pistole flog über den steilen Abhang in die Tiefe. Bevor Hans sich mir zuwenden konnte, hatte ich erneut Schwung geholt und traf ihn jetzt an der rechten Wange. Blut spritzte und er sank in sich zusammen und rollte und rutschte fast in Zeitlupe hinunter.

Ich warf den Stein zu Boden und lief, wohin war ganz egal, nur weg hier, fort von dem Verrückten. Falls er nicht tot war, hatte ich schlechte Karten. Ich zog mich hinauf, fast kriechend, aber ich kam voran, wenn auch nur langsam. Der Berghang war jetzt so steil, dass etwas passieren musste, und als ich hochschaute, hatte ich einen Bergüberhang direkt vor mir.

In der Stille, die eintrat, als ich stehen blieb, konnte ich rollende Steine und Stöhnen hören. Hier war keine Zeit zu verlieren, ich lief zu einer Spalte, die mit Moos und Gras bewachsen war. Die ersten Meter war es, als ginge ich eine Treppe hinauf, aber dann wurde der Spalt so eng, dass er nur noch wie eine Furche im Felsen erschien.

Unter mir sah es aus wie immer, grau und pelzig, aber ich wusste, dass er mir auf den Fersen war. Die Finger bekamen Halt in Rissen, die Zehenspitzen auf Wurzeln und Rillen. Eine Handbreit nach der anderen, Fuß um Fuß ging es zum Kamm hinauf, der glücklicherweise nicht glatt war.

Die Eisenringe um meine Handgelenke unterstützten nicht gerade die Fingerfertigkeit, aber hier half nichts anderes, als die Zähne zusammenzubeißen.

Jetzt konnte ich ihn von unten hören, und mir schien, als könnte ich auch eine Gestalt im Nebel erkennen, und während ich um mein Leben lief, kamen mir ein paar Zeilen des Liedermachers Kári P. in den Kopf über *ihn da unten, der ihn da oben da unten verbrennen will.* Mit diesen Zeilen im Sinn kämpfte ich mich zum Berggipfel empor. Die Schwierigkeit war, sich über die Felskante hinaufzuziehen, das war leichter gesagt als getan. Ich wollte mich eigentlich lieber nicht darauf verlassen, dass das Gras halten würde, aber es gab nichts anderes, woran ich mich hätte festhalten können. Das war schlimmer, als aus dem Wasser in ein Boot zu kommen.

Das Taschenmesser! Vorsichtig fischte ich es aus der Tasche heraus und öffnete es. Dann streckte ich mich, so weit ich es wagte, nach vorn und hieb es ins Gras. In dem Augenblick, als ich mich über die Kante ziehen wollte, umschloss etwas Festes, Schweres meinen rechten Knöchel.

Der linke Fuß stand ziemlich sicher auf einem Vorsprung und die Hände hielten sich glücklicherweise an verwelktem Gras und dem Messer fest, aber die Kraft, die an den Beinen zog, wurde stärker. Ich versuchte, schräg nach hinten hinunterzusehen. Mir direkt zugewandt sah ich ein schmutziges, grinsendes Gesicht. Die Augen, hellblau, glänzten in besinnungsloser Wildheit, strahlend weiße Zähne und das ganze Gesicht strotzend vor Blut und Dreck.

Er hing fest an meinem Bein, während seine linke Hand nach einem Halt suchte. Das konnte nur noch ein paar Sekunden gut gehen, und während ich darum flehte, dass das Gras mich halten würde, zog ich mein Taschenmesser heraus und stieß es, so fest ich konnte, in Hans' Hand.

Das Blut spritzte und er ließ los. Die andere Hand hatte noch keinen Halt gefunden und mit weit aufgerissenen Augen und einem Schrei verschwand er unten im Nebel. Es erklang ein dumpfer Aufprall und das Schreien hörte auf.

Einige Sekunden lang drückte ich mich gegen den Fels und sammelte mich. Dann stach ich erneut das Taschenmesser in die Grasnarbe und zog mich hoch. Als ich es geschafft hatte, blieb ich kurz liegen, zwang mich dann aber, aufzustehen und weiterzugehen.

Jetzt musste ich nur in Bewegung bleiben, durfte nicht anhalten oder hinfallen. Der Nebel war immer noch der gleiche, nach einer Weile wusste ich gar nicht mehr, wo ich war. Ich hoffte, dass ich irgendwann über einen Pass und von dort aus ins Saksunardalur kommen würde.

Stundenlang schleppte ich mich durch die Landschaft, mein einziger Gedanke war zu gehen, mich zu bewegen. Zwischendurch erreichte ich eine fast flache Ebene, aber meistens ging es bergauf, ich hatte das Gefühl, ich müsste bald im Himmel sein. Dann ging es eine Zeit lang hinunter und ich kam an einen Bach, aus dem ich trank. Die Gegend war noch steinig, aber je weiter ich nach unten kam, desto mehr Gras gab es und ab und zu auch sumpfige Wiesen. Ich wagte es nicht, den Fluss aus den Augen zu lassen, und als die

Wiese zu Schlamm und Matsch wurde und mich zu einem Umweg zwingen wollte, ging ich lieber direkt am Fluss. In dem feuchten Gebiet floss er eine Weile fast waagerecht, aber ich war mir sicher, dass er bald schneller ins Tal schießen würde. Und das tat er auch. Das Wiesengelände war zu Ende und die Steigung wurde steiler. Plötzlich, als würde eine Kulisse verschoben, trat ich aus dem Nebel und sah direkt auf Saksun hinunter.

Die Bucht lag friedlich da und auch im Ort gab es keinerlei Lebenszeichen. Meine Uhr war kaputt, deshalb wusste ich nicht, wie spät es war, aber Essenszeit war sicher schon vorbei. Doch ein Auto nach Tórshavn würde ich sicher ohne Probleme bekommen.

Ich ging wieder los.

49

Die blauen Augen kamen immer näher, sie wurden so groß, dass sie zum Meer unter mir wurden, dem ich entgegenfiel. Der Fall war lautlos und wollte nicht enden, es kribbelte im Magen und ich schloss die Augen, um mich auf den Aufprall vorzubereiten. Aber er kam nicht. Stattdessen sah ich gegen eine weiße Decke und meine Hände strichen über Bettzeug.

Mein Blick wanderte die gegenüberliegende Wand entlang und blieb an einer typischen Amariel-Norðoy-Lithographie hängen. Während ich auf den Fischkutter und die Gesichter sah, die an Munch erinnerten, lief das Gehirn im Leerlauf. Aber dann wurden Kontakte geschlossen, es begann zu arbeiten und mit der Zeit kam es auf Touren und spulte den ganzen gestrigen Tag vor mir ab. Der geschundene Körper sorgte dafür, dass ich nicht den Eindruck bekam, als hätte ich die Ereignisse nur geträumt.

Ein Lastwagen auf dem Weg nach Tórshavn hatte mich mitgenommen. Der Fahrer wollte wissen, worauf um alles in der Welt ich mich eingelassen hatte, verdreckt, wie ich war.

Ich erzählte ihm, dass ich von Sjeyndir übers Gebirge gegangen war. Das Letzte, was ich hörte, bevor ich vor Erschöpfung einschlief, war, wie er etwas von erwachsenen Männern murmelte, die Tourist spielten.

Er weckte mich, als wir in Tórshavn angekommen waren. Ich dankte ihm und ging zu Duruta. Sie stieß einen Schrei aus, als sie mich sah, schob mich dann jedoch mit resoluter Hand ins Bad und danach ins Bett. In der Zwischenzeit bekam ich etwas zu essen und zu trinken und versuchte ihr zu erzählen, was passiert war. Von den Handschellen hatte sie mich auch befreit und jetzt waren nur noch blutunterlaufene Schwielen an den Gelenken zu sehen. Wer weiß, was der Fahrer wohl gedacht hatte? Er hielt mich sicher für einen Sadomasochisten. Wenn ich an die letzten beiden Wochen dachte, musste ich einräumen, dass da etwas dran war.

Wie spät mochte es wohl sein? Die Uhr auf dem Nachttisch sagte halb zwei. Ich hatte mehr als zwölf Stunden geschlafen. Es war an der Zeit aufzustehen, aber der Körper wollte nur äußerst ungern das warme Lager verlassen. Die Beine kamen schließlich doch außenbords, und nachdem ich einen Augenblick auf der Bettkante gesessen hatte, kam ich auch in die Senkrechte. Im Zimmer waren keine Kleidungsstücke und steif und wund ging ich ins Wohnzimmer, um nachzusehen, ob dort jemand war. Ein Zettel lag auf dem Tisch: *Lieber Hannis! Ich bin gegen drei zurück. Habe deine Schlüssel mitgenommen und bringe dir Sachen mit. Gruß, Duruta.*

In den nächsten anderthalb Stunden hatte ich also nichts anzuziehen. In einem Kleiderschrank fand ich einen hellroten Hausmantel und jetzt fehlten eigentlich nur noch Pantöffelchen mit hellrotem Quast, dann wäre die Ausstattung perfekt. Ich verzichtete auf die Pantöffelchen und setzte mich ans Telefon.

Auf dem Polizeirevier sagte man mir, dass Karl bis Montag freihatte. Ich wählte seine Nummer und sah aus dem Fenster. Der Taxistand *Auto* war im Nebel gerade zu erahnen, und die Wagen, die kamen und gingen, hatten die Scheinwerfer an.

»Hier ist Karl.«

»Hier ist Hannis ...«

»Wo hast du dich herumgetrieben?«, unterbrach er mich. »Duruta hat angerufen und mir etwas von einer Grotte bei Sjeyndir erzählt, in der ein U-Boot voller Gold gelegen hätte, die Männer vom Schoner aber damit abgehauen seien. Sie hat noch mehr gesagt, aber wie hängt das alles zusammen?«

»Das will ich dir gern erzählen«, entgegnete ich. »Komm zu Duruta nach Hause, dann wirst du es erfahren.«

Als Duruta um Viertel nach drei kam, hatte Karl die ganze Geschichte erfahren und seit einer Weile bereits mit mir überlegt, was man tun konnte. Er hatte im Landeskrankenhaus angerufen und man hatte ihm gesagt, dass ein junger Mann aus Paraguay auf der Unfallstation gewesen war, ihn aber irgendjemand wieder abgeholt hatte. Nein, er hatte sich nicht die Beine gebrochen, hatte sich jedoch einen Fuß verletzt, als er einen Berghang hinuntergefallen war, und die rechte Hand war auch arg in Mitleidenschaft gezogen. Im Hafenamt erzählten sie Karl, dass die *Eva* in der Vágsbotnur lag, aber am Abend oder in der kommenden Nacht, wenn sie mit der Proviantierung fertig waren, in See stechen wollte.

Es gab keine Zeit zu verlieren. Aber zunächst musste ein Hindernis aus dem Weg geräumt werden: Wenn wir ehrlich waren, hatte keiner von uns auch nur die geringste Ahnung, was wir machen sollten. Karls Vorschlag ging dahin, dass wir nach Sjeyndir fahren sollten, um nach dem U-Boot zu sehen und den erschossenen Mann zu suchen. Der Nachteil war, dass das Zeit kostete, und die hatten wir nicht. Ich trug wieder meine übliche Kleidung, und mit ihr war mein Selbstbewusstsein so sehr gewachsen, dass ich es wagte, auch einen Vorschlag zu machen. Aber der wurde sofort von Karl und Duruta verworfen, beide meinten, weder die Regierung noch die Polizei würde so etwas erlauben. Der Kern meines Vorschlags bestand darin, die drei vom Schoner zu verhaften, während wir unsere Untersuchungen vornahmen. Das Einfachste war meiner Meinung nach, an Bord zu gehen und die Ladung zu überprüfen. Das Gold konnte nicht von allein dort hingekommen sein und außerdem musste es der *Eva* anzusehen sein, dass sie dreiundzwanzig zusätzliche Tonnen an Bord genommen hatte. Sie müsste ziemlich tief im Wasser liegen.

Aber Letzteres wurde nicht gutgeheißen.

»Sie könnten doch etwas ganz anderes geladen haben«, sagte Karl abweisend. »Proviant und alle möglichen Waren.«

»Dreiundzwanzig Tonnen?«

»Was weiß ich«, sagte er. »Ich kenne nur deine Version, der ich mit Einschränkungen glaube, aber wir gehen nicht ohne bombensichere Beweise an Bord. Da ist nichts zu machen. Die Landesregierung hat größeres Interesse an Fischereirechten als daran, Klarheit über Andreas-Petur Joensens Tod zu erhalten. Er war keine besonders geschätzte Person und Sonja Pætursdóttirs und Hugo Jensens Tod sind beide als Unfälle registriert. Und was das Gold betrifft, so ist es, wenn es denn existiert, ohne Bedeutung.«

»Du meinst, zwanzig Milliarden sind ohne Bedeutung?«, fragte ich sprachlos.

»Ja, für uns, für die Färöer. Das Gold gehört der italienischen Nationalbank, und sobald durchsickert, dass es gefunden wurde, fordern sie die Auslieferung, und nach internationalen Abkommen können wir sie nicht verweigern. Nein, unsere Landesregierung hat kein Interesse am Gold, die will ein Fischereiabkommen. Um Teile der Fischfangflotte und ihre eigenen Ministersessel zu retten.«

Die Männer vom Schoner hatten die Landesregierung genau an ihrem wunden Punkt erwischt, sodass sie machen konnten, was sie wollten.

Karl hatte sich warm geredet und schob den Oberkörper in die verschiedensten Positionen, dass die Stuhllehne knackte. Plötzlich fiel er fast in sich zusammen, und man konnte ihm ansehen, dass der fatalistische Polizeimann wieder die Oberhand gewonnen hatte.

Resigniert winkte er ab und sagte schwerfällig: »Es gibt nichts, was wir machen können. Jedenfalls nicht, bevor sie schon weit in internationale Gewässer verschwunden sind. Und obendrein müsste man dann die dänische Fischereiwacht überreden, ihnen nachzufahren. Nein, die kommen mit heiler Haut in ihr Naziparadies in Paraguay und können sich mit ihrer Diebesbeute amüsieren.«

Eine ganze Weile saßen wir alle drei stumm da, jeder in seine Gedanken vertieft. Ab und zu rührte sich einer und wollte etwas vorschlagen, aber ein weiterführender Gedanke hielt ihn davon ab, bevor er den Mund aufgemacht hatte. Alles deutete darauf hin, dass Karls Weissagung in Erfüllung gehen würde. Uns fiel nichts ein und es gab niemanden außer uns, der einen Finger rühren würde, um die Ausländer aufzuhalten. Sie hatten alle mit Versprechungen und Betrug geblendet.

Ein Gedanke setzte sich in mir fest, und als ich sah, wie überrascht Karl war, wusste ich, dass es eine winzige Chance gab, den Schoner daran zu hindern, in die Heimat zu entkommen. Es würde nicht leicht sein, Karl oder Duruta davon zu überzeugen, dass sie mir helfen müssten, aber wenn ich ein wenig Unterstützung bekäme und das Versprechen, so zu tun, als wenn nichts wäre, war es nicht unmöglich ...

50

Eine Brise von Nordost hatte den Nebel mit sich genommen und die Sonne schickte ihre Strahlen über den Nósoyarfjøður und Argir. Der Ort war noch nicht erwacht, aber das Licht spiegelte sich golden in den Fenstern und reflektierte auf den geparkten Autos. Hier war es wirklich *still in der Bucht und im Eisloch*, aber ich stand an dem Samstagmorgen um sechs Uhr nicht an der östlichen Mole, um die Natur zu genießen. Ich hatte bereits seit drei Stunden hier gestanden und gehofft, dass ich meinen verdienten Lohn dafür erhielt.

Die Bombe war nie aus dem Kadett entfernt worden. Duruta hatte Piddi í Utistovu davon erzählt, aber er hatte sie mit den Worten abgewiesen, ich sei mit all meinen Morden und Überfällen schon paranoid. Danach hatte sie beschlossen zu warten, bis ich wiederkam.

Karl gefiel mein Plan nicht so recht. Aber je mehr ich ihm von Ernst Stangl und Viktor Ritschek erzählte, desto weniger hatte er einzuwenden, und als ich ihn daran erinnerte, wie Andreas-Petur ausgesehen hatte und dass niemand eine solche Behandlung verdiente, willigte er ein.

Karl musste mir zeigen, wie ich die Bombe aus dem Auto und ins Boot schaffen konnte. Der Plan lief darauf hinaus, dass Stangl und Co. in ihr eigenes Messer laufen sollten.

Die Weiterbildung bei Polizeibeamten war gar nicht so schlecht und Karl hatte einen Bombenkurs mitgemacht. Auf der Fríðrik Petersensgøta stand er nach wenigen Minuten mit dem Zylinder in der Hand, und in der Wohnung erklärte er mir, wie und wo ich die Bombe an Bord des Schoners installieren sollte. Natürlich unter der Voraussetzung, dass ich an Bord kam.

Als Karl mich spät am Abend verließ, betonte er, dass ich kein Wort darüber fallen lassen dürfte. Er selbst würde auch steif und fest behaupten, dass er keine Ahnung von meinem Vorhaben gehabt hätte, und das würde er notfalls auch vor Gericht beschwören. Das war auch der Grund dafür, dass Duruta trotz ihrer Proteste nicht bei uns war.

Von Bryggjubakki aus beobachtete ich eine Weile, was an Bord der *Eva* vor sich ging. Sowohl Stangl als auch Ritschek kamen hin und wieder an Deck und sprachen zwischendurch in eine Luke ganz vorn auf dem Schiff. Sicher hatte Hans seine Kajüte dort.

Je länger ich wartete, umso unsicherer wurde ich. Würde es mir überhaupt gelingen, an Bord zu kommen? Ich war kurz davor, die Geduld zu verlieren, und in einem Wahnsinnsaugenblick hatte ich Lust, die Bombe einfach hinüberzuwerfen und sie an der Brücke in die Luft gehen zu lassen. Aber wenn der Gedanke auch verlockend war, es war keine gute Idee. Das würde große Schäden verursachen und außerdem hatte ich keine Lust, zwanzig Jahre wegen Mordes im Gefängnis zu sitzen.

Endlich gingen Stangl und Ritschek von Bord und Richtung Stadt. Ich traute meinen Augen kaum und hielt die Luft an, aber gleichzeitig wusste ich von dem Gespräch mit dem einen, dass diese Männer eiskalt waren. Sie wussten sicher, dass ich nach Tórshavn gekommen war, aber sie würden heute Nacht abfahren, was konnte ich ihnen schon tun? Und damit hatten sie vollkommen Recht – wenn da nicht ihre eigene Bombe gewesen wäre.

Als die beiden Alten die Mylnugøta hinauf Richtung Vaglið verschwanden, ging ich vorsichtig ganz hinten beim Ruder an Bord. Hans durfte auf keinen Fall merken, dass jemand auf dem Schiff war. Die schwere Last sorgte dafür, dass der Schoner sich nicht rührte und nicht verriet, dass Gäste gekommen waren.

Die Achterluke war offen, ich schlich mich unter Deck. Die Funkgeräte waren das Erste, was mir ins Auge fiel, und kurz darauf stahl ich mich wieder an Land. Das war in letzter Sekunde, denn als ich zur Tórsgøta hinaufsah, tauchten die beiden auf der Treppe zum Postamt auf.

Ernst Stangl und Viktor Ritschek waren in blendender Laune, sie waren sicher leicht angeheitert, und ab und zu lachten sie so herzlich, dass man gern gefragt hätte, was denn so lustig war. Aber ich trat lieber nicht hervor und kurz darauf verschwanden sie in der Luke.

Erst gegen drei Uhr kam wieder Leben in den Schoner. Bis dahin war ich mehrere Male in gebührendem Abstand um die Bucht herumgegangen. Es war Freitagnacht und viele Menschen hielten sich in der Nähe des Tanzlokals *Kvøldlot* auf. Das kam mir gerade recht, denn so konnte ich als Einzelperson in der Menge untertauchen, die den Kai und die Anleger entlangschlenderte.

Paare spazierten in der Sommerwärme und ein einzelner Betrunkener, der keine Lust hatte, nach Hause zu gehen, machte Lärm, als Hans am Ruder im Achtersteven auftauchte. Der Verband an seiner rechten Hand leuchtete weiß.

Stangl und Ritschek machten die Leinen los und langsam fuhr der Schoner *Eva* aus Asunción mit Motorkraft aus der Vestara Vág. Außerhalb der Mole setzten sie Segel und eine leichte Brise schob den Schoner wie einen lautlosen weißen Schwan aus dem Fjord hinaus.

Ich beobachtete sie, bis sie hinter der Spitze von Glyvursnes verschwanden.

Danach blieb ich an der Mole stehen und wartete auf den Knall. Zu Hause bei Duruta hatten wir spekuliert, dass sie wohl kaum ihr Funkgerät benutzen würden, solange der Schoner noch am Kai lag. Es war sicher auch gar nicht erlaubt. Dafür wurden sie zweifellos von sich hören lassen, sobald sie abgelegt hatten. Die Bombe war unter dem Tisch des Funkraums montiert, und sobald der Sender eingeschaltet wurde, würden auch die Kabel zum Zylinder Strom führen.

Um Viertel vor sieben wurde ich belohnt. Weit entfernt war eine Explosion zu hören. Der Knall klang in der Morgenstille vollkommen rein und klar. Die Vögel schwiegen einen Moment, aber als nicht mehr kam, begannen sie von Neuem.

Eine maßlose Erleichterung durchfuhr mich und machte mich müde. Seit ich von Bord des Schoners gegangen war, hatte mich der Zweifel gequält, ob die Bombe überhaupt funktionierte. Endlich konnte ich aufatmen und meine Gedanken schweifen lassen.

Ich blinzelte in die Sonne, als ich zur Mole ging, und dachte an die Fahrt nach Sjeyndir, die wir drei in den nächsten Tagen unternehmen wollten. Vielleicht konnte Karl Ka-

trin und die Mädchen auch überreden mitzukommen, dann würde es ein richtiger Ausflug.
Ich freute mich bereits darauf.

Epilog

Tindhólmur verschwand backbord unter uns und das *No Smoking*-Schild erlosch. Aus alter Gewohnheit steckte ich die Hand in die Jackentasche, um Zigaretten herauszuholen, im gleichen Moment fiel mir jedoch ein, dass ich ja aufgehört hatte. Das Feuer im *Ølankret* hatte mich von dieser Last kuriert, und ich kann allen, denen es schwer fällt aufzuhören, nur empfehlen, es mit dieser Methode zu versuchen. Sie ist nicht ganz ungefährlich, aber jede Medizin hat ihre unerwünschten Nebenwirkungen.

Wir waren schon weit im Juli, und Olavsøka, das große Fest, näherte sich. Es war viele Jahre her, dass ich es zu Hause gefeiert hatte, und nicht dass ich keine Lust dazu hatte, aber ich musste nach Dänemark, um Verschiedenes zu regeln.

Die letzten Wochen waren wie sonnendurchflutete Tage verstrichen und ich hatte ernsthaft angefangen darüber nachzudenken, ob ich zurück auf die Färöer in eine Wohnung in der Lucas Debesargøta ziehen sollte.

In der Landesregierung hatte es anfangs einen Wirbel sondergleichen gegeben. Ein Fischereiboot westlich von Sandoy hatte die Explosion gemeldet und sogleich mitgeteilt, dass von dem Schoner außer ein paar kleinen Wrackteilen nichts mehr übrig war. Mitglieder der Landesregierung hatten im Fernsehen und im Radio verkündet, welcher Katastrophe die färöische Fischerei entgegenging. Wenn es nicht ein neues Fischereiabkommen gäbe, und zwar bald, dann würde das Unglück über uns hereinbrechen.

Ein paar Tage lang hörte man nichts von Tinganes, aber dann hieß es, dass kein karibisches Land die Männer vom Schoner kannte und dass sie überhaupt keine Pläne hinsichtlich eines Fischereiabkommens mit irgendjemandem und schon gar nicht mit dem Ausland gehabt hatten. Jetzt gab es ernsthaft Krach draußen auf Næsset und alle gaben sich gegenseitig die Schuld, dass sie sich hatten reinlegen lassen. Es wurde gesagt, die am häufigsten benutzten Worte bei den Sitzungen der Landesregierung seien *Arschloch, Dummkopf, Abschaum, Schwindler* und *Bestie* gewesen. Das Letzte, was man hörte, waren Diskussionen über eine vorgezogene Wahl, aber es gab niemanden, der die Zeche zahlen wollte.

Es wurde viel Aufhebens von dem U-Boot in der Grotte bei Sjeyndir gemacht. Geschichten und Vermutungen füllten die Medien und Journalisten aus der ganzen Welt kamen. Aber das Logbuch existierte nicht mehr und ich sagte nichts über seinen Inhalt. Die Weltpresse fand schnell neue Themen und bei uns kam das U-Boot ins Feuilleton zu Fischereizucht und Busverkehr. U-Boot-Kapitän Herbert Lucas und seine Mannschaft wurden auf dem Friedhof am Velbastaðvegur in Tórshavn beerdigt und die deutsche Regierung schickte eine Delegation.

Das U-Boot lag immer noch in der Grotte und dort würde es sicher noch eine Weile liegen bleiben. Zum einen weil es viel Arbeit war, den Steinrutsch abzutragen und das fast achthundert Tonnen schwere Boot aus dem Gebirge hinauszuschleppen, zum anderen aber aufgrund der Streitereien.

Die Meisten waren der Meinung, das U-Boot solle an Land, und zwar als Erinnerung an den Zweiten Weltkrieg. Aber damit waren die christlichen Parteien nicht einverstanden. Für sie war das Boot eine Vernichtungswaffe, die viele Seeleute umgebracht hatte, und der Herr würde es nicht gutheißen, wenn es als eine Art Denkmal dienen sollte. Ihr Vorschlag ging dahin, es als Alteisen zu verkaufen und das Geld einem Witwenfonds zu überführen.

Wie üblich gab es niemanden, der auf diese Gruppe hörte, aber trotzdem wurde man sich nicht einig. Die Historiker von der Universität in Tórshavn wollten das U-Boot auf Debesartrøð stehen haben. Dort gab es zwischen der alten Landesbibliothek und dem Schifffahrtsmuseum Platz auf dem Rasen. Sie argumentierten damit, dass es nur logisch war, das eine Boot bei den anderen aufzubewahren, und außerdem könnten sie es für den Geschichtsunterricht benutzen.

Andere wollten es in Sortudíki zwischen dem Rundfunkgebäude und Nordens Haus stehen haben. Hierher kamen viele Touristen und außerdem war das färöische Radio schließlich die Institution, die am meisten vom Zweiten Weltkrieg berichtet hatte.

Es gab noch viele andere Vorschläge. Die Leute von Klaksvík wollten das U-Boot überall, nur nicht in Tórshavn sehen, und viele Orte sprachen von Regionalentwicklung und Kriegsschiffen, als hingen diese Dinge zusammen. Am wütendsten waren die Bewohner von Tjørnuvík. Seit dreißig Jahren gab es hier Wikingergräber, und Fornminnissavnið, das Museum von Tórshavn, hatte alles abgeräumt, was darin gewesen war. Und jetzt planten dieselben Personen, ein U-Boot, das im Gebiet von Tjørnuvík gefunden worden war, nach Tórshavn zu verfrachten. Sie selbst wollten es unterhalb der Engelwurzgärten in ihrem Ort haben.

Mir war es vollkommen egal, wo die U 999 bleiben würde, wenn es jemals aus der Grotte kam. Mir genügte es, dass die Mannschaft unter die Erde gekommen war und einen Grabstein erhalten hatte. Das waren wir Herbert Lucas schuldig.

Dann der Schoner. Er war auf etwa zweihundert Meter Tiefe gesunken und wäre nur schwer zu finden. Außerdem würde es ziemlich teuer werden, dort hinunterzukommen und das Gold zu bergen. Aber das eilte nicht. Motten und Rost gingen Gold nicht an, und wir vier, die davon wussten, waren der Meinung, dass es doch eine ganz schöne Altersversorgung war, die dort lag.

Neben Duruta und Karl hatte ich Harald von den Ereignissen dort oben im Norden erzählt. Er ging an Krücken und nannte mich einen Bootsmörder, aber die Versicherung hatte zugesagt, die *Rani* zu erstatten, so konnte er mich nur mit dem Gewehr ärgern. Aber das tat er auch derart penetrant, dass ich ihm schwor, wenn ich das nächste Mal heimkäme, würde ich die Berge auf Norøstreymoy durchpflügen, bis ich den Stein fände, unter den ich es gesteckt hatte.

Ich dachte gerade an Tauchkurse, als eine färöische Stimme mich fragte, ob ich zum Essen etwas trinken wollte.

Morden im Norden: Kirsten Holst

Du sollst nicht töten!
Deutsche Erstausgabe
Aus dem Dänischen von Paul Berf
ISBN 3-89425-501-3
»*Die dänische Queen of Crime: Kirsten Holst sorgt mit ihrem Krimi, in dem es um eine Serie von Morden in Jütland geht, für Hochspannung.*«
Neues Deutschland

Wege des Todes
Deutsche Erstausgabe
Aus dem Dänischen von Hanne Hammer
ISBN 3-89425-510-2
»*Die Charaktere sind sorgfältig gezeichnet, ihre Sprache ist authentisch und klar und die Atmosphäre sachlich und lebendig – zugleich ein bisschen wie ein Wallander-Krimi und doch mit ganz eigener Note. Bitte mehr davon!*«
Lit4.de

In den Sand gesetzt
Deutsche Erstausgabe
Aus dem Dänischen von Hanne Hammer
ISBN 3-89425-517-X
»*Aus Skandinavien entern stets wieder beste Autoren unsere Büchertische. In Dänemark sind die Romane der Holst Bestseller, Amerika hat ihr den Edgar-Allen-Poe-Preis verehrt. Vergnüglich die Motiv- und Mördersuche, genau die richtige Unterhaltung für längere Abende am Kamin.*« Blitz Leipzig

Zu lebendig zum Sterben
Deutsche Erstausgabe
Aus dem Dänischen von Hanne Hammer
ISBN 3-89425-529-3
»*Dieser Roman ist mehr als ein raffinierter Krimi.*« Buchprofile

Volles Haus
Deutsche Erstausgabe
Aus dem Dänischen von Hanne Hammer
ISBN 3-89425-540-4
»*Es gibt eigentlich keinen Grund, warum Kirsten Holst, die dänische Queen of Crime, in Deutschland nicht genauso bekannt ist wie ihre nordischen Mörderkollegen Mankell oder Indridason. Geradlinig und ohne viel Schnickschnack spinnt sie einen spannenden und vor allem logisch aufgebauten Plot, dessen Fäden sie zu jeder Zeit in der Hand behält.*«
www.literature.de

Morden im Norden: Pentti Kirstilä

Tage ohne Ende

Aus dem Finnischen von Gabriele Schrey-Vasara

Deutsche Erstausgabe ISBN 3-89425-537-4

»*Den eigenbrötlerischen Hanhivaara werden alle Leser lieben, die Krimis im Stil von Raymond Chandler schätzen.*« Darmstädter Echo

»*... ein richtig guter Finnland-Krimi für alle Fans der nordischen Thriller.*« Südkurier

»*Achtung, hier wird scharf mit Platzpatronen geschossen! Raffiniert ist Kirstilä auch.*« Tobias Gohlis, DIE ZEIT

»*Das Ende des Romans wird Sie schockieren. Sie werden danach etwas Ruhe brauchen.*« Deutsch-Finnische Rundschau

»*... ein derart raffiniertes Strickmuster für eine Geschichte gibt es tatsächlich nur selten... Autor Kirstilä setzt auf den großen Bluff - und der Rest ist Staunen.*« Westdeutsche Zeitung

Nachtschatten

Aus dem Finnischen von Gabriele Schrey-Vasara

Deutsche Erstausgabe ISBN 3-89425-548-X

»*Unglaublich spannend!*« Neue Luzerner Zeitung

»*Der Finne Pentti Kirstilä erzeugt mit sprödem nordischem Charme und einem sarkastischen Ermittler eine dichte Atmosphäre. ›Nachtschatten‹ spielt in der gehobenen Gesellschaft in Tampere, wo lauter erfolgreiche Menschen mit viel Aufwand versuchen, eine glückliche Fassade aufrechtzuerhalten. Der Mörder hat ein Alibi, der Ermittler traut keinem und fällt doch auf eine Frau herein, und auch sonst geizt der eigenwillige Autor nicht mit Überraschungen.*« Der Standard

»*›Nachtschatten‹ ist ein souverän geschriebener Krimi für alle, die schon alles kennen und sich gerne an den entlegenen Plätzen der Krimiwelt umschauen, ob da nicht doch noch etwas Neues lauert. In Finnland: ja.*« www.hinternet.de: Watching the detectives

»*›Nachtschatten‹ entwickelt sich in kurzer Zeit zu einem so spannenden Buch, dass man es kaum aus der Hand legen mag.*« ap – Susanne Gabriel, in: Rheinische Post

»*Nichts zum Nörgeln gibt es bei ›Nachtschatten‹ von Pentti Kirstilä.*« Thomas Wörtche, kaliber .38, Leichenberg Nr. 11/2005

Very British: Krimis von Susan Kelly

Tod im Steinkreis
Deutsche Erstausgabe ISBN 3-89425-502-1
Aus dem Englischen von Inge Wehrmann

»Wie der Held, so die Schreibe: konzentriert, solide, aber trotzdem humorvoll und voller Überraschungen. Wie schön, dass weitere Romane mit dieser Hauptfigur angekündigt sind.« Badische Neueste Nachrichten
»›Tod im Steinkreis‹ ist spannend, menschlich sehr fesselnd, in der Nähe von Colin Dexters Inspector-Morse-Romanen anzusiedeln – und damit unbedingt lesenswert.« Bergsträßer Anzeiger

Und schlachtet das gemästete Kalb
Deutsche Erstausgabe ISBN 3-89425-512-9
Aus dem Englischen von Ingrid Krane-Müschen und Michael J. Müschen

»... ein außergewöhnlich gut konstruierter, spannungsgeladener, mit untergründigem Humor gewürzter und zum Teil anrührender Krimi.«
tip Magazin
»Diese Serie ist das reinste Vergnügen. ›Und schlachtet das gemästete Kalb‹ ist ein weiteres Beispiel für Susan Kellys Kunst, psychologische Spannung aufzubauen.« Yorkshire Post

Schwesterkind
Deutsche Erstausgabe ISBN 3-89425-532-3
Aus dem Englischen von Ingrid Krane-Müschen und Michael J. Müschen

»Susan Kelly legt ein Talent an den Tag, durch das die Charaktere ihrer Figuren so lebendig erscheinen, dass der Leser in den Sog psychischer Abgründe gerät und sich von ihm nicht mehr loszureißen vermag.«
Rheinische Post
»Susan Kelly hat eine einzigartige Fähigkeit, ihre Charaktere in problematischen Bindungen lebendig erscheinen zu lassen. Das macht süchtig nach mehr von ihren Büchern.« Chicago Tribune

Mördernest
Deutsche Erstausgabe ISBN 3-89425-544-7
Aus dem Englischen von Ingrid Krane-Müschen und Michael J. Müschen

»Schuld und Sühne, Verzeihung und Rache – keine Idylle in Südengland. Susan Kelly schreibt moderne britische Krimis im allerbesten Sinne.«
Andrea Fischer, Der Tagesspiegel